明けない夜を逃れて

シャロン・サラ
岡本 香 訳

THE MISSING PIECE
by Sharon Sala
Translation by Kaori Okamoto

mira

THE MISSING PIECE

by Sharon Sala

This edition is published by arrangement with Harlequin Books S.A.

Published by K.K. HarperCollins Japan, 2020

人生をあきらめない人たちにこの本を捧げます。

キャシー、不屈の闘志で道を切り開いていくあなた。
わたしの本に登場する強いヒロインは、
みんなあなたをモデルにしているのよ。

アイリス、最後の十四年間は認知症を患いながらも、
九十八歳までがんばってくれた。
最後の最後まで、あなたは生きることをあきらめなかった。

愛しいボビー、肉体は地上を去っても、
魂はわたしのそばにあります。

明けない夜を逃れて

おもな登場人物

チャーリー・ドッジ――私立探偵
ジェイド・ワイリック――チャーリーのアシスタント
アニー――チャーリーの妻
テッド――アニーの主治医
カーター――行方不明になった大富豪。テッドの兄
ジェイソン――カーターの甥
エドワード――カーターの兄
ディナ――カーターの姉
ミランダ――ジェイソンの恋人
ケニス――ディナの婚約者
マーリン――ワイリックの友人
サイラス・パークス――〈ユニバーサル・セオラム〉の創始者

1

ダラスの朝。

通勤車で混み合う環状道路で、大型トラックのうしろを走るのはなかなかスリルがある。今日のように雨など降っていようものなら、目隠しされたまま運転しているも同然だ。雨粒とトラックのタイヤがあげる水しぶきのせいで、ワイパーをハイモードにしてもろくに前が見えない。

この道を走り慣れているチャーリー・ドッジでさえ、ハンドルを握る手に力がこもった。ただ、みぞおちのあたりが重苦しいのは、雨のせいではなく、目的地がアルツハイマーの介護施設だからだ。チャーリーの妻は三年前からその施設に入所している。

家を出るときにアシスタントから電話があり、途中で事務所に寄らなければならなくなったことも、チャーリーの暗い気分に拍車をかけていた。

エキセントリックでボスをボスとも思わないワイリックを、どうしてアシスタントとして雇う気になったのかはわからない。ワイリックが有能なのはまちがいない。今やチャーーリーの探偵事務所は、彼女なしでは成り立たなくなってしまった。

女性でありながら百八十センチ近い長身で、棒のように細く、いつもキャットウーマンのように体にぴったりフィットした服を着ている。ワイリックの過去については不明な点が多いが、がんのサバイバーであることはすぐにわかる。病の爪痕が体じゅうに残っているからだ。

ワイリックはスキンヘッドで、まつげも、眉も、両方の乳房もない。理由は定かでないが、彼女は乳房の再建手術を受けなかった。髪が生えないなら胸もいらないと開き直ったのだろうか。ともかく、ワイリックの外見はふつうとはちがう。そして彼女には確固としたスタイルがあった。

長く陸軍にいて多くを見てきたチャーリーは、多少のことでは動じない人間になっていた。それでもワイリックには驚かされる。メンサ（人口の上位二パーセントのIQを持っ者だけが入会を許される非営利団体）のメンバーで、コンピュータを自在に操り、空手の腕前はチャーリーよりも上。さらにヘリのパイロット免許を持ち、愛車はメルセデスベンツというスーパーウーマンだ。

ワイリックは何をやらせても人並み以上にやってのける。彼女にできないことなどあるのだろうか？　雇い主を雇い主とも思わないもの言いをするので、腹が立つこともあるものの、裏表がなく、事務所のためなら能力の出し惜しみをしない優秀なアシスタントだ。

ダウンタウンに向かう出口が見えてきた。ウインカーをあげて誘導路に入り、減速しなながらカーブした道を走っているとき、携帯が鳴った。待ちくたびれたワイリックが電話してきたのだろう。チャーリーは不機嫌な声で応じた。

「なんだ？」

「ミスター・チャーリー・ドッジの携帯ですか？」

チャーリーは眉をひそめた。知らない男の声だ。

「そうですが、どちら様ですか？　どこでこの番号を？」

「失礼しました。デンバーにあるダンレーヴィー社の、ジェイソン・ダンレーヴィーという者です。あなたに仕事を依頼したいんですが」

ダンレーヴィーという名にはどこか聞き覚えがあったが、事務所ではなく、いきなり個人の携帯に電話をしてきたところが気に入らなかった。

「どこでこの番号を？」チャーリーはもう一度尋ねた。

「テッド・ダンレーヴィーに教えてもらいました」

「テッド？　ドクター・ダンレーヴィーが無断で個人情報を教えたんですか？」

「いえ……正確にはちがいます。私が勝手に電話を盗み見たのです。テッドがあなたを推薦していたので。実は緊急を要することが起きて――」

チャーリーは無言のまま電話を切って、前方に注意を戻した。

フリーウェイの出口から事務所の入っている高層ビルまでなら、何も考えなくても運転できる。ビルに隣接した立体駐車場に車を入れたところで、チャーリーは肩の力を抜いた。ワイパーを停止させ、六階にある専用駐車場に車をとめる。

車を降りたところで立ちどまって、膝のしびれがとれるのを待った。雨のせいで古傷がうずくのだ。

足音をかき消す勢いで雨が降っている。自分の足音が聞こえないということは、他人の足音も聞こえないということだ。チャーリーは何度かうしろをふり返りつつ、連絡通路へ向かい、カードキーを使って事務所のビルに入った。

ワイリックは出がけの電話で、急いで署名してもらいたい書類があるとか言っていた。急ぎの書類などあっただろうかと首をひねりながら、足早に事務所へ向かう。

事務所のドアを開けた瞬間、サンダルウッドの香りがただよってきた。ワイリックがアロマキャンドルをたいたようだ。

こちらに気づいたワイリックが、デスクをまわってやってくる。黒いタートルネックにボマージャケットを着て、ボトムスは黒のスキニーパンツにロングブーツでまとめている。アイメイクをしていなかったら、男と見まちがえるようないでたちだ。

「おはようございます」ワイリックが言った。

「何にサインしろって？」チャーリーはあいさつもそこそこに口を開いた。

ワイリックがファイルを開いて六枚ほどの書類をとり、ペンとともに差しだす。署名が必要な箇所に付箋がしてある。

チャーリーが書類を読みはじめたとき、事務所のドアが開いた。同じ階にある保険代理店の社員が三人、入ってくる。

「いったいなんなんだ?」

ワイリックが平然として書類を指さした。「書類の内容に問題がなければ公正証書にするので、公証人と立会人をお願いしたんです」

チャーリーは書類に視線を戻した。「で、これはなんの書類なんだ?」

「あなたに頼まれた書類です。自分に万が一のことがあった場合、奥様の後見をどうするかについて」

「ああ! もうできたのか」

チャーリーは書類を一枚ずつめくって、最後のページで手をとめた。

「いとこのローラを後見人にするよう頼んでおいたはずだが?」

「調査の結果、あなたのいとこはリハビリ中でした。ギャンブル中毒で、しかもこれが三度目です。そういう人に奥様の資産を任せるのはどうかと思いまして」

チャーリーは目を瞬《しばた》いた。「あの、お堅いローラがギャンブルだって?」

ワイリックはデスクの上の別のファイルを指さした。「調査結果の詳細はそのファイルに綴《つづ》ってあります」

チャーリーは書類をデスクに戻そうとした。

「だったらこの書類にサインすることは――」

「三ページ目のAの1をよく読んでください」

チャーリーはページを戻して文字を追い、はっと顔をあげた。「きみが？」

「ほかに適当な人が見つかるまで、わたしが後見人代理を務めます。わたしは金銭的に不自由していませんし、奥様に対するあなたの献身的な姿勢を尊敬しています。親族でもっとふさわしい人が見つかったら、そのときに変更すればいいでしょう。それまでは、わたしが奥様の権利を守ります」

チャーリーはワイリックを見つめた。パープルのアイシャドウにブラックリップという攻めのメイクが彼女らしい。仕事では毎日ワイリックに命を預けているようなものなのだから、妻のことを任せるのも抵抗はなかった。

「ありがとう」ぶっきらぼうに言って、署名をする。

保険代理店の社員が書類を受けとって、立会人ふたりに署名欄を示した。それから公証人欄に自分の名前を書き、スタンプを押して、ワイリックに書類を返す。

三人が事務所を出ていき、ワイリックがコピーをとりに行ったあとも、チャーリーはギャンブル中毒だと判明したいとこのことを考えていた。

ワイリックが原本をチャーリーに渡し、コピーを自分のファイルに入れて、もう一通をデスクの上に置いた。

「あなたの弁護士にも一通、送っておきます」

チャーリーはうなずいた。「ほかに用はあるか?」

「あなたになければ――」

「ない。これから妻に会いに行くから電話は受けない。仕事の電話があったら内容を聞いておいてくれ」

チャーリーは出ていきかけて立ちどまり、ワイリックの返事を待った。彼女が何も言わないのでふり返り、目を細める。「聞こえたのか?」

ワイリックは弁護士に送る封筒に宛先を書いているところで、顔もあげなかった。

「もちろん聞こえています。胸はなくても耳はありますから。ぐずぐずしていないで奥様に会いに行ってください」

「まったく……どっちがボスか、わかっているのか?」チャーリーは小声で毒づいた。

ワイリックが顔をあげ、底知れぬ深みをたたえた黒い瞳でチャーリーを見据える。

チャーリーも負けじとワイリックを見返した。

ワイリックの左目の端がぴくりと動く。

「もういい」そう言って事務所を出ようとしたとき、知らない男が事務所に飛びこんできて、たたきつけるようにドアを閉めた。

若くはないが、体はよく鍛えているようだ。グッチのスーツは豊かさの証《あかし》でなければ、見栄《みえ》っ張《ぱ》りの証拠だろう。男はポケットからハンカチを出して額の汗を拭き、ネクタイを直しながら、すがるようにチャーリーを見た。

「チャーリー・ドッジ？」

こざっぱりした黒い口ひげがロバート・ダウニー・ジュニアを思わせる。

「そうだ」チャーリーは答えた。「そちらは？」

「アストン・スティラーだ。殺される。助けてくれ」

チャーリーが何か言う前に、廊下から騒々しい足音が聞こえてきた。音からして歩幅が大きく、体重もありそうだ。チャーリーはスティラーをちらりと見た。今にも気絶しそうな顔をしている。ドアが勢いよく開いて、スティラーが悲鳴をあげた。

「その男だ――ぼくを殺そうとしているのは！」

男はスティラーを見ると、拳を握りしめ、うなりながら突進してきた。

チャーリーが男をとめようとしたとき、ワイリックが立ちあがって、テーザー銃を発射した。

男がドミノの駒のように仰向《あおむ》けに倒れ、ばたばたともがく。

スティラーはふり返って、長身の女戦士《アマゾネス》を茫然《ぼうぜん》と見つめた。

チャーリーはワイリックをにらんだ。「余計なことを」

「こんなところで乱闘になったら、またインテリアがだめになりますから」ワイリックが冷静に言った。

「まったく」チャーリーは電気ショックに苦しんでいる大男を見おろした。「こいつを縛るから警察に通報してくれ」

チャーリーは男の胸からテーザー銃の電極を抜いてうつぶせにし、背中で手首を縛った。

スティラーはぽかんと口を開けたまま、突っ立っている。

チャーリーはスティラーを見た。「こいつに殺されそうになったのか？」

スティラーがうなずいた。

「だったら問題は解決だな。単純な仕事だったから五千ドルでいい。支払いは小切手かクレジットカードで。領収書が必要ならワイリックに言ってくれ」

スティラーがまだ事態を理解しきれない様子で財布に手をのばす。

「好奇心から訊《き》くんだが、どうしてこの男に狙われた？」チャーリーは大男を縛りながら言った。

スティラーが肩をすくめ、財布からゴールドカードをとりだした。スーツは豊かさの証だったらしい。

「浮気したんだ」

「あんたと、この男の女がか？」

「いや、ぼくがその男と浮気をした。今朝、別れ話を切りだしたらキレて……」

パトカーのサイレンが聞こえてきた。五分もしないうちにばたばたと足音が近づいてくる。チャーリーは戸口から顔を出して、廊下にいる警察官たちに手招きをした。

「こっちだ」

ダラス市警の警官三人がやってきた。

「チャーリー・ドッジ、今日は何事だ？」ひとりの警官が尋ねる。

チャーリーはスティラーを指さした。

「詳しいことは彼に聞いてくれ。かいつまんで言うと、そこで手を縛られている大男が、グッチ男を殺そうとしたんだ。私は用があるからこれで失礼する。ちなみに大男を倒したのはワイリックだ」

警官たちの視線がワイリックに集中する。おずおずとワイリックに近づく警官たちを尻目に、チャーリーは事務所を出た。駐車場に着いたときは、もうアニーのことを考えはじめていた。

チャーリーとアニーはこの五月で結婚二十三周年を迎えた。アニーがアルツハイマーの診断を受けて三年。あっという間に症状が進行し、彼女の安全を守るためには〈モーニンググライト・ケアセンター〉に入所させるほかなくなった。

〈モーニンググライト・ケアセンター〉はチャーリーのタウンハウスから車で二十分のとこ

ろにある、アルツハイマー患者専門の介護施設だ。そこにいるのがアニー自身のためだということはわかっているが、最愛の妻にとって自分がたまの訪問者でしかなくなったという事実は、三年経《た》った今もチャーリーを苦しめている。

戦いに赴くような気持ちで、立体駐車場から雨のなかへ車を出した。妻に会うのは一週間ぶりだ。彼女は気にかけてもいないだろうが、チャーリーは彼女と離れていることがつらくてたまらなかった。実際に痛みを感じるほどに。

警察は、もうあの大男を連れていっただろうか？

いずれにしてもワイリックに任せておけばまちがいはない。ワイリックはときとして、上司であるチャーリーのことまで意のままに動かそうとする。それがわかっていながら彼女に頼るチャーリーも悪いのだが、ワイリックが来てからというもの、小さな探偵事務所の経営状態は右肩あがりなのだ。

赤信号でスピードを落としたとき、前方の車が無理に交差点を通過しようとして、右から来た配達車と衝突した。チャーリーは急ブレーキを踏んだ。雨のなか、衝突した二台の車から運転手が降りてくる。一方は怒鳴り、もう一方は両手を大きくふっていた。一方が殴りかかり、もう一方がしゃがんでよける。

殴り合いの始まりだ。

信号が青に変わると同時に、チャーリーは衝突した車をよけて交差点を通過した。数ブロック先で左折しようとしたとき、反対車線を猛スピードで走っていくパトカーとすれちがった。ぴかぴか光る赤色灯やにぎやかなサイレンは、衝突事故そのものよりも運転手同士の喧嘩《けんか》が原因だろう。

五分ほど走って〈モーニングライト・ケアセンター〉の駐車場に車を入れる。建物の正面に救急車がとまっているのを見て、一瞬どきりとしたものの、アニーに何かあったなら連絡があるはずだと自分に言い聞かせた。念のために携帯を確認したチャーリーは、着信がないとわかって小さく息を吐いた。

玄関になるべく近い駐車スペースに車をとめ、雨のなかを小走りで玄関に向かう。髪や服についた水滴がぽたぽたとコンクリートの上に垂れた。

ロビーに足を踏み入れると、いつものことだが足もとが揺らぐような心細さに襲われる。まわりの世界がぐにゃりと歪《ゆが》む。

施設に入っている患者たちが見ている世界と同じように……。

受付には、同僚からピンキーと呼ばれている中年女性が座っていた。ピンキーが顔をあげ、さぐるようにチャーリーを見る。視線が合うと、ピンキーはすぐにうつむいた。過去に一度、チャーリーと口論をしたことがあるのだ。

ピンキーの表情は硬かった。まなざしは鋭く、顎に力が入っている。

自分に余裕がなかったばっかりに彼女を畏縮させたことを、チャーリーは後悔していた。

「おはようございます、ミスター・ドッジ」ピンキーが緊張した声で言った。

「表に救急車がとまっていたが……」

「奥様ではありませんからご心配なく。サンルームにおられると思います」

チャーリーは面会者のリストに名前と時刻を書いて、受付の前を通りすぎ、内扉の前に立って施錠が解除されるのを待った。かちりと音がして、内扉が開く。

男性患者がうつむいて廊下を歩いている。車椅子に座って前かがみになり、ぶつぶつとひとり言を言っている患者もいるし、泣き叫んでいる患者もいる。

その患者がどうして泣いているのか、だいぶ前に職員に尋ねたことがある。職員の答えは、とくに理由があるわけではなく、眠っているとき以外はずっと泣いているということだった。泣く以外の動作を忘れてしまったのだと。

アニーがそんなふうになるなんて想像もつかないが、時間の問題だということもわかっていた。

雨のせいで、サンルームはいつもよりも暗い。窓の向こうに広がる庭では、サルスベリの深紅の花が雨粒をたたえて重そうに垂れていた。

天が、アニーや患者たちのために涙を流しているかのようだ。明日になれば、サルスベリの下は花びらで血の色に染まるだろう。

老人がゆっくりと近づいてきて、チャーリーの顔をまじまじとのぞきこんだ。

「マーティーか？」

「いえ、ちがいます」チャーリーは答えた。

「マーティーなのか？」老人が繰り返す。

返事をする前にスタッフがやってきて、老人を連れていった。

チャーリーは喉にこみあげてきたものをのみこんだ。逃げだしたい気持ちをこらえてサンルームを見まわすと、アニーは長テーブルにいた。テーブルの上にはジグソーパズルがちらばっている。

チャーリーは平静を装って妻に近づいた。うつむいた首のカーブは、病気を発症する前と変わらず優美だ。アッシュブロンドの髪も、初めて会ったときと同じだった。アニーは青い服を着ていた。彼女の好きな色。

チャーリーには繰り返し見る夢がある。

夢のなかで施設を訪ねると、アニーがこちらを向いてほほえんでくれる。笑いながら両手を首にまわし、ハグしてくれる……。

そんな日は、もう来ない。

チャーリーは長テーブルに視線を落とした。

アニーはジグソーパズルも好きだ――少なくとも、かつては好きだった。今はパズルのピースを拾っては別の場所に移動させたり、膝に置いたりするだけで、完成させることはない。拾って、置いてを繰り返しているだけ。

　隣の椅子に腰をおろしたチャーリーは、アニーの耳のうしろにキスしたいと思った。病気になる前の彼女は、そうすると小さく息をついたものだ。

　チャーリーはパズルの外枠になるピースをさがして、順番に並べはじめた。

「わたし、あなたのことを知っているのかしら？」アニーが言った。

　いつものことだが、みぞおちを貫かれるような痛みが走る。

「知っていたんだよ」

　アニーが膝の上のピースをひとつとって、チャーリーに渡した。視線を合わせようとはしない。

　チャーリーは無言でピースを受けとって脇に置き、また外枠のピースをさがしはじめた。外枠のピースを見つけて並べるたびに、アニーは自分のとったピースをチャーリーに渡した。彼女が最後に差しだしたピースは、偶然にも外枠の最後のピースだった。

　アニーは机に身を乗りだして、枠だけが完成したパズルを見た。それからチャーリーに向かってほほえんだ。「できた」

　チャーリーは胸がいっぱいになって、アニーの目を見つめた。

　しかし彼女の心は、すでにちがうところへさまよっていた。パズルにもチャーリーにも興味を失って……。

アニーの視線が窓の外に向けられる。

携帯が鳴った。事務所の番号だ。

ワイリックのやつ、電話するなと言ったのに。

チャーリーは着信を無視した。

すぐさまメールが届く。

〝問題発生、電話に出てください〟

チャーリーは返信した。

〝アニーと一緒だ〟

〝向かいのビルが火事。うちのビルもガス漏れで避難指示が出ました。何を持って逃げますか？　パソコン？　書類のファイル？〟

「なんてこった！」チャーリーは小さく叫んだ。

〝パソコンだ。すぐに戻る〟

アニーはまだ庭を見ている。チャーリーは立ちあがりかけて動きをとめ、彼女の耳もとに顔を寄せて、ささやいた。「きみが忘れても、ぼくは覚えているよ」

アニーの反応はなかった。

胸をかきむしりたいほどの焦燥感をこらえてロビーへ引き返す。

内扉を出て受付の前を通ったとき、ピンキーが顔をあげた。

「お帰りでしたら時間を書いてください」

チャーリーはピンキーの声を無視して外に出た。雨のなか小走りで車に向かう。ダウンタウンに向かうフリーウェイに乗ってすぐ、ビル群の上にたなびく黒い煙が見えた。

チャーリーがジープをとめたとき、ワイリックはベンツに三台目のパソコンを運んできたところだった。

ベンツに乗るほどの経済力があるワイリックがどうして探偵事務所のアシスタントに応募してきたのか、いつもながら疑問に思う。あのモデルのベンツなら、最低でも十二万ドルはするはずだ。五百三十六馬力のエンジンを搭載し、五・三秒で時速百キロまで加速する。興味があったから調べたのだ。装備だってボンドカーより充実しているのではないだろうか。

ちなみに雇い主であるチャーリーが運転しているのは国産のジープだ。

チャーリーが車を降りたところで、ワイリックが怒鳴った。

「わたしはもう一往復して最後のパソコンを運びます。書類も箱にまとめてあるから、あなたはそっちを運んでください」そして連絡通路のほうへと走っていった。

めずらしく緊迫したワイリックの声に事態の深刻さを思い知らされて、チャーリーも大股で走りだした。

「ファイルは置いていくんじゃなかったのか?」

「両方運べるならそのほうがいいでしょう」

ビルに入ったチャーリーは、六階の廊下に並んだオフィスのドアがどこも開けっぱなしで、人の気配がないのを見て尋ねた。

「ほかの連中は?」

「とっくに避難しました」

チャーリーは眉間に深いしわを寄せ、事務所に入るとファイルの箱を重ねて持った。

「きみはどうして避難しない?」

「あなただってここにいるでしょう!」ワイリックがぴしゃりと言う。「とにかく急いでください。ふたりならあと一往復で終わる」

チャーリーはわきあがる疑問を押しやって駐車場へ走り、ジープの後部座席に箱を置いて事務所へ引き返した。ガス会社のロゴをつけた車が駐車場へ入ってくる。車から降りた作業員たちが、チャーリーたちのあとに続いてビルへ入ってきた。

「あんたたち! 避難指示が出ているはずだ!」

チャーリーはファイルの入った箱を抱え、車に戻りながら怒鳴り返した。「彼女に言ってくれ!」

後方でワイリックが作業員たちに何やら言い返しているのが聞こえたが、内容までは聞きとれなかった。

ジープに箱をのせてふり返ったときには、ガス会社の職員は消えていた。ワイリックが最後の箱を運んでくる。チャーリーはその箱を奪ってジープに積み、ベンツを指さした。

「さっさとここから出るんだ」

「どこへ運びます？」

「あとで指示する。とにかくビルから離れよう」

急いで駐車場を出て、通りを走る車の流れに合流する。チャーリーは頭のなかを整理してからワイリックに電話をした。

「とりあえずぼくのタウンハウスへ向かってくれ。前に来たことがあるから場所はわかるな？」

「はい」

フリーウェイを走っているとき、後方で爆発音がした。ものすごい音で、運転していてもジープが揺れるのがわかった。バックミラーに大きな火の玉と、立ちのぼる黒い煙が映っている。

携帯が鳴った。ワイリックだ。

「なんだ？」

「ビルのあった一画が吹き飛びました」

「どうしてわかる？」

「わたしは情報通ですから」ワイリックはそれだけ言って電話を切った。

チャーリーは携帯を置いて、さっきの作業員たちのことを思った。無事に避難できただろうか？　隣接するコーヒーショップの店員や、通りの先にあるベーカリーは？　あれほど大きな爆発ともなれば、後片づけには相当の時間がかかるはずだ。店を失った人のうち、はたして何人が別の場所で再出発できるだろう？

ふたたび携帯が鳴った。ワイリックにちがいない。チャーリーはいらだって電話に出た。

「なんだ？」

「ミスター・ドッジ！　切らないでください。朝も電話をしたデンバーのジェイソン・ダンレーヴィーです。プライベートの番号を勝手に調べたことは謝ります。でも、どうしてもあなたの助けが必要なんです。報酬はいくらでも払いますから」

チャーリーは眉をひそめた。このダンレーヴィーとかいう男はなかなかしぶといようだ。しかし魔法の言葉が出たからには、話くらい聞いてやってもいい。

「今はとりこみ中だ。今夜八時に、改めて電話してもらえないか？」

「ありがとうございます！　感謝します！」ジェイソン・ダンレーヴィーはそう言って電話を切った。

チャーリーは携帯をポケットに入れ、タウンハウスに併設された駐車場に車を入れた。

さほどせずしてワイリックのベンツが隣に入ってきた。

ベンツのドアが開くと同時に、ワイリックが言う。「とりあえずダイニングのテーブルにパソコンを設置していいですか？　ファイルは箱に入れたまま積みあげておきましょう。必要なものがあれば、その都度さがせばいいですし」

「わかった。ところでデンバーのダンレーヴィー一族を知っているか？」チャーリーはファイルの箱を車からおろしながら言った。

ワイリックが動きをとめる。「それ、本気で訊いてます？　カーター・ダンレーヴィーを知らないんですか？　経営するのは〈ダンテック・インダストリーズ〉に〈ポーラーダン・スノーモービルズ〉、〈ダンスター・スタジオ〉……いくらでも続けられますが」

「ああ、そのダンレーヴィーか」

「……本気で訊いていたんですね」

「きみはなぜそんなに詳しいんだ？」

ワイリックはあきれ顔でパソコンのモニターを持ちあげた。「とにかく運んでしまわないと」

チャーリーがもうひとつ箱を出すあいだ、ワイリックが我慢できなくなったようにまた口を開いた。

「このあいだからカーター・ダンレーヴィーが行方不明だって、盛んにニュースで流れているじゃないですか。身の代金の要求がないので、もう死んでいるんじゃないかという説もあります。いくらあなたでも、たまにはニュースくらい観《み》ますよね？」

「先週はヒューストンのチャイナタウンで張り込みをしていたから、テレビは観られなかったんだ」

チャーリーはそう言い返しつつも、依頼に興味を覚えはじめていた。死んでいるかもしれないということは、遺体は見つかっていないということだ。カーター・ダンレーヴィーには相続人が何人いるのだろう？　いちばん得をするのは誰なんだ？

チャーリーはワイリックを従えてエレベーターへ向かった。

「それで、カーター・ダンレーヴィーはどうして行方不明になった？」操作パネルのボタンを押しながら尋ねる。

「ランチミーティング会場のレストランへ向かったきり、消息を絶ったんです。車は見つからず、身の代金を要求する電話もありませんでした。それにしても、失踪事件のことも知らないのに、どうしてダンレーヴィーのことを訊いたんですか？」

「ジェイソン・ダンレーヴィーという男が、ぼくを雇いたいと電話してきたからだ」

「なんのために？」

「わからない。いきなり携帯に電話をかけてきたから腹が立って、一度は切ってやった。さっきもう一度かけてきて、金ならいくらでも払うと言うから、夜にかけ直してくれと言っておいた。話だけでも聞こうと思って」

ワイリックが両眉をあげる。「あなたにはお目付役が必要ですね」

「もういるじゃないか」チャーリーはぼそぼそとつぶやいてエレベーターを降りた。

チャーリーの家のダイニングテーブルは、事務所のデスクとほぼ同じ状態にセッティングされていた。ダイニングルームの三方の壁には書類の入った箱が積み重なっている。今が八月ではなく十二月で、もみの木があって、箱がラッピングされていたら、クリスマスを待つ大家族の居間に見えたかもしれない。

夕方になってワイリックが帰ったあと、チャーリーはようやく肩の力を抜き、キッチンでローストビーフにホースラディッシュソースをたっぷりかけたサンドイッチをつくった。レタスとガーリックディル風味のピクルスを添えて、皿の空いている部分にポテトチップスを山盛りにする。そして冷蔵庫からラガービールを一缶出してリビングへ向かった。

テレビをつけると偶然にも、失踪しているカーター・ダンレーヴィーのニュースをやっていた。ジェイソン・ダンレーヴィーの映像が流れ、叔父のカーターに関して有力な情報を提供した者に五万ドルの報奨金を出すと告げている。

「さすがに気前がいいな。もしかすると、カーターがすでに死んでいると思っているのかもしれない。つまり、ぼくに対する依頼は、カーターの遺体を見つけること……？」そこまでつぶやいてから眉間にしわを寄せる。このごろ、気づくとひとり言を言っているのだ。

サンドイッチの残りをラガービールで胃に流しこみ、空の皿をキッチンへ運ぶ。

携帯が鳴ったのは、パントリーの棚を開けたり閉めたりして、どこかへしまったはずのスニッカーズをさがしているときだった。時計を見るとあと数秒で八時だ。

「ジェイソン・ダンレーヴィーだな」そう声に出したあとで、廊下の鏡に映る自分をにらみながらリビングに戻った。「いい加減にひとり言はやめろ。これじゃあまるで、孤独な老人じゃないか」

ローテーブルの上の携帯をつかむ。「チャーリー・ドッジです」

「ミスター・ドッジ、ジェイソン・ダンレーヴィーです」

「昼間は失礼しました。話を聞きましょう」

「二週間前に、ダンレーヴィー財閥のトップで、私の叔父であるカーター・ダンレーヴィーが行方不明になりました。本人から連絡はありませんし、身の代金を要求する電話もないので、家族としてはもう死んでいるのかもしれないと悲観しています。叔父は文字どおり、跡形もなく消えてしまったのです。叔父には妻も子どももいません。兄がいますが、何十年も前に失明して、家から出ることはほとんどありません。弟はダラスにいて、あなたの奥さんの主治医をしています。それから私の母は、叔父の姉にあたります。結婚してリードという姓になりましたが、夫が死に、息子のぼくが将来叔父のあとを継ぐことが決まったので、今はダンレーヴィー家に戻り、ダンレーヴィーを名乗っています」ジェイソンはそこで息を継いだ。「失踪当日、叔父はデンバー市内で行われるミーティングに出席するために家を出ましたが、目的地には到着しませんでした。事故や病気で病院に運ばれたという連絡もありませんし、何か騒ぎに巻きこまれたという目撃情報もありません。携帯は電源が入っていなくてつながりません。消息を絶つ前に誰かに連絡しようとした形跡もありませんでした。警察が交通監視カメラの映像を解析したのですが、最後に叔父の車が確認できたのはダラス市内の交差点の手前で、交差点を通過したあとはどこの監視カメラにも映っていませんでした。家族はひどくショックを受けています。でも、身内のことで悲しんでばかりもいられません。ダンレーヴィー財閥にはさまざまな系列会社があり、何千人もの従業員を抱えています。たとえ叔父が死亡していたとしても、早急に遺体を確認して法的な手続きをとり、会社の経営体制を維持していかなければならないのです。デンバー市警は一生懸命捜査をしてくれていますが、今のところなんの収穫もありません」

「つまりデンバー市警が一丸となって捜索しても見つけられないでいる人物を、私に見つけろと？」

「あなた以外に頼れる人がいないのです。テッド叔父が、あなたを業界でいちばんのやり手だと言っていました」

チャーリーはため息をついた。アニーの主治医であるテッド・ダンレーヴィーの紹介とあっては、むげに断ることもできない。

「依頼を受けるにしても、私の本拠地はダラスですから経費がかかりますよ。デンバーまでの航空運賃、調査のあいだ滞在するホテルの宿泊代、食事代、レンタカー代……。加えて、調査料金は一日五千ドルです。契約するのであれば、調査を始める前に二万五千ドルの保証金を支払っていただきます。叔父上を見つけた暁にはさらに十万ドル。見つからなかった場合は、保証金の二万五千ドルと経費以上は請求しません」

「それで結構です」ジェイソンは即答した。

「わかりました。では、さっそく質問しますが、カーター氏には敵がいましたか？　家族のなかで仲たがいしていた人は？」

「取り引き相手は残らず敵になりえます」ジェイソンが言った。「ビジネスとなると、叔父は容赦のない人でしたから」

「ご家族はどうです？　カーター氏を恨んでいた人はいませんか？」

ジェイソンは即座に答えた。「とんでもない。仕事を離れたら、ユーモアと思いやりに満ちた人です。まあ、頑固なところはありますが」

「カーター氏が亡くなって得をする親族は誰ですか？」

「それは……全員です」ジェイソンの声が硬くなった。「遺産は平等に配分されますから。さっきも言ったとおり、会社の経営は私が引き継ぎます。二十一歳のときからそのために準備してきたのです。ですがミスター・ドッジ、私たちの望みは叔父を見つけることであって、犯人さがしではありません。家族を容疑者扱いしないでいただきたい」

「実際に容疑者なのです。デンバー市警もその線を考慮しているはずですよ。いずれにせよ、私の調査のやり方が気に入らないなら、ほかをあたってください」チャーリーは突き放した。

「待ってください」ジェイソンが慌てた。「おっしゃりたいことはわかります。あなたのやり方で構いません」

「そうですか」チャーリーは考えた。「では、できるだけ早くデンバーへ行きます。最初にオフィスのコンピュータを調べたいのですが」

「手配しておきます。どんな手段を使っても叔父を見つけてください」

「叔父上のオフィスはどこにあるのですか？」

「デンバー市内です。このあと住所と秘書の名前をメールで送ります」

「お願いします」チャーリーはそう言って電話を切った。

家に向けて車を走らせながら、ワイリックは肩や腰の筋肉のこわばりを感じた。パソコンを運んだり走ったりしたせいだろう。もっと鍛えないといけない。

それにしてもすごい爆発だった。まさかダウンタウンの一角が吹き飛ぶとは……。ニュースで見た感じでは、ちょっとやそっとでは復旧できそうもない。

ベンツをマンションの駐車場に入れる。ワイリックの部屋は五階だ。

グロック拳銃と鍵をポケットに入れ、車を降りて携帯をレザーパンツのうしろポケットに滑りこませた。そのままエレベーターへ向かう。ブーツの踵《かかと》がコンクリートを打つ音が駐車場内に反響して、尾行されているような錯覚に陥った。それでなくても外にいるときは常に尾行を警戒している。

大股でエレベーターまで移動し、部屋のある階へ向かった。部屋の前まで来たとき、ドアの下にメモが挟まっているのに気づいた。お向かいに住むラリューからだ。

〝あなたに荷物。代わりに受けとっておいたからノックして〟

ワイリックは小さくほほえんだ。ラリューはいっぷう変わった老婦人だ。向かいのドアをノックして待つ。

ドアが開いてラリューが顔をのぞかせた。ワイリックを見て目を細め、Ａ４サイズの封筒を差しだす。

「すてきなヘアスタイルだこと」ラリューが言った。

スキンヘッドをなでるワイリックの鼻先で、ラリューはばたんとドアを閉めた。この率直さとそっけなさがありがたかった。

自分の部屋に入って、鍵と封筒をキッチンカウンターに放り、室内や窓を点検して侵入者がないことを確かめる。それからキッチンへ戻って、改めて封筒を手にとった。

いったいなんだろう？

送り主の住所も消印もないということは、誰かがここまで届けたのだ。三回ひっくり返して調べたあとで、開けても問題なさそうだと判断する。封をナイフで切って、封筒を逆さにした。

中身が出てきた。

一枚目は古い写真だ。白いひだ飾り《ラッフル》のついたドレスを着た女の子が写っている。その子の手をとっているのはサイラス・パークスという男だ。子どもは、幼いころのワイリックだった。

サイラス・パークスは〈ユニバーサル・セオラム〉という組織のトップで、ワイリックもかつてはそこに所属していた。サイラス・パークスは自分をワイリックの父親だと言っていたし、ワイリックもそれを信じていた。実際には単なる精子提供者で、ジャネット・バーチが提供した卵子を受精させたにすぎない。それも、利己的な目的のために。

ジャネット・バーチは五歳までワイリックを育てた女性だった。

写真と一緒に封筒から出てきた手紙を開く。ワイリックの心臓が早鐘を打った。

〝おまえが使っていたデスクから、この写真が出てきた。手もとに置きたいだろうと思ったので送る。おまえががんを克服したと聞いて、とても喜んでいる。仕事に戻る準備ができたら電話しなさい。ちょうどおまえが打ちだした理論に基づいて研究を進めているところだ。メンバーに加わりたいだろう〟

くたばれ、とワイリックは思った。あんな男は父親ではない。がんになって、組織の役に立たないとわかったときはあっさりと切り捨てたくせに、今さら戻ってこいなんて虫がよすぎる。

ワイリックの理論に基づく研究を彼らの力だけで成功させることができたとしても、特許を申請するときが見ものだ。組織を離れたあと、ワイリックは独力で研究を進め、すでにすべての特許を取得していた。

問題は、こういう封筒が届いた以上、もうこのマンションにはいられないということ。組織の一員もしくは組織に雇われた者が、このドアの外に立ち、ラリューと話をしたのだ。

ワイリックは手紙をたたきつけると踵《きびす》を返し、足音も荒く寝室に入った。

ウォークインクローゼットからスーツケースをふたつひっぱりだして荷造りを始める。この二年で三度目の引っ越しだ。この部屋を気に入っていただけに残念だった。

クローゼットから貴重品の入った金庫を出してダッフルバッグに入れる。ベッドからシーツをはがして丸め、金庫の上に詰めこんだ。次は衣類をスーツケースに移す。

一時間ほどで、必要なものはすべて詰めおわった。一週間分の食糧をあきらめなければいけないことが腹立たしい。

この部屋は又借りの又借りなので、本来の所有者にメールで退去を告げるだけでよかった。キッチンへ行って写真と手紙を封筒に戻し、ダッフルバッグの内ポケットに入れてすべての荷物を廊下へ出す。

ドアが開いてラリューが顔を出し、スーツケースを見て眉をあげた。

「あたしの言ったことが気に障ったのかい?」

ワイリックは老婦人の手の上に部屋の鍵を落とした。「ちがうわ。明日、誰かが鍵をとりに来るから」

「あたしはあんたの秘書じゃないんだけど」

ワイリックは皮肉を受け流して、スーツケースをエレベーターのほうへ押した。

「またね《アスタ・ラ・ビスタ》、ベイビー」ラリューが鍵をふってみせる。

ワイリックは下のボタンを押した。エレベーターが来るのを待っていると、ラリューの部屋のドアが閉まる音が聞こえた。

アスタ・ラ・ビスタ、ラリュー。

数分後、ワイリックのベンツは駐車場を出て、ダラス郊外を目指して走りだした。

2

ワイリックのベンツが、フリーウェイを走る車のあいだを縫うように走っていく。

さんざんだった一日の締めくくりがこんなふうになるとは、予想もしていなかった。誰にも干渉されず自由に生きたいだけなのに、それを実行しようとすると、ひとつところに長く留《とど》まることができない。

運転しながら何度かバックミラーに目をやる。先ほどからずっと、同じ車のヘッドライトが目についていた。速度を変えても、車線を変更しても、あいだに何台か車を挟んで必ずその車がいる。

しつこいやつ。

ワイリックはアクセルを踏みこみ、四車線にちらばる車のあいだをパチンコ玉のようにジグザグと移動してからフリーウェイを降りた。一般道をしばらく走ったが、もう問題の車は見当たらなかった。

尾行をまいたことに満足してフリーウェイに戻り、オールド・イースト・ダラスで降りる。ダラスに引っ越してきたときはしょっちゅうこの地区を訪れていたが、連中に見つかってからは近づかないようにしていた。マーリンを訪ねるのは久しぶりだが、連絡なしで行ってもいやな顔はしないはずだ。

年月に磨かれた優美さをたたえる邸宅の私道に入ったときは、すでに夜の九時をまわっていた。敷地を囲むように外灯が並び、白っぽい光の下で蛾《が》がくるくると踊っている。カーブを曲がって三階建ての邸宅に近づくと、モーションセンサー式のライトが次々と点灯して、クリスマスの教会のようにまぶしい光を放った。

ワイリックは邸宅の前にベンツをとめてエンジンを切った。深呼吸して車を降り、呼び鈴を鳴らす。

ドアが開き、老人が出てきた。ワイリックを見て驚きの表情を浮かべたあと、目を細めて彼女の顔をまじまじと観察する。

「わたしよ、マーリン」

老人のうるんだ目が大きく見開かれた。「本当にワイリックなのか？」

「本当に本当」

マーリンは息をのんだ。「これはうれしい来客だ！　急に姿を見せなくなって、ずいぶん心配したんだよ。さあ、入りなさい」

「ありがたいけど遠慮しておく。おしゃべりをしに来たわけじゃないから。ひとつ質問があって」

「質問？」

「地下の部屋はまだ空いてる？」

「もちろんだとも。泊まる場所が必要なのか？」

「ええ」

マーリンが笑うと、きれいにそろった入れ歯がのぞいた。

「だったらあそこはきみのものだ。好きに使ってくれ」

その言葉を聞いたワイリックは、張りつめていたものがいっきに溶けていくのを感じた。

「月の賃料は？」

「最後に貸したときは月八百ドルもらっていたが――」

ワイリックは財布を出し、百ドル札を八枚抜いてマーリンに渡した。「じゃあ、これで」

マーリンはうなずいて紙幣をポケットにしまった。

「ちょっと待っていてくれ。鍵をとってくる」

まぶしすぎる光の下、ワイリックは落ち着かない思いで立っていた。できることならライトの電球を片端から外してまわりたい。

一分ほどして、マーリンが戻ってきた。

「これが鍵だ。しばらくほったらかしだったから、ちょっと埃《ほこり》っぽいかもしれん」

「気にしないわ。ありがとう、迷惑はかけないから」

マーリンはワイリックの全身に改めて目を走らせたあとで、辛抱できなくなったように尋ねた。「もう体は大丈夫なのか?」

「ええ」

「私たちは今でも隔週の土曜に会っているんだ」

ワイリックは首をふった。「ありがたいけど、わたしはやめておく」

「わかった。ともかく顔を見せてくれてうれしいよ」

ワイリックは車に戻り、家の裏側へまわって、地下にある貸し部屋のドアを開けた。まずは侵入者が入ってこられそうな箇所がないか、部屋のなかを確認する。窓はふたつあって、シェードカーテンがついていた。出入り口はひとつだけだ。上階にあるマーリンの住居へ続くドアもあるが、鍵がかかっていた。

満足したワイリックは車から荷物を運んだ。明日、仕事の帰りに食糧を買ってくれば、とりあえず生活はできる。

Wi-Fiを使ってもいいか、マーリンに確認するのを忘れていたことを思い出す。まあ、勝手に使って何か言われたら、そのときに話し合えばいいだろう。何も言わなかったら気にしていないということだ。

ただの老人に見えて、マーリンの知能指数もメンサに入会できるレベルだった。だからダラスに移住した当初、連中がここへワイリックをさがしに来たのだ。

マーリンに迷惑をかけるのは本意ではないが、今回もどうにか切りぬけてみせる。

翌朝、仮事務所となったチャーリーのタウンハウスに出社したときには、チャーリーは出張の準備をほとんど終えていた。ドアを開けたチャーリーが下着を抱えたまま、入れと手招きする。

「メールはチェックした。急ぎの用件はない」チャーリーは下着を手に、スーツケースのある寝室へ向かった。そしてさっきよりも大きな声で続けた。「ダンレーヴィーの依頼を受けることにした。これから空港へ向かって、デンバーへ飛ぶ。ダンレーヴィーについて調べてほしいことは机の上のメモにまとめておいた。発《た》つ前に何か言っておきたいことはあるか？」

「昨日、引っ越しました」

チャーリーが荷造りをやめてリビングへ戻ってきた。「またか？」

「ゴキブリが出たので」

ワイリックの表情は、それ以上訊《き》くなと警告していた。

「まあいい。この部屋の鍵はパソコンの前に置いてある。ダンレーヴィーの件が片づいたら新しいオフィスをさがすよ」

ワイリックはチャーリーの部屋の鍵をキーチェーンに通した。

チャーリーが寝室へ向かうのを見て、素早く彼の携帯をつかみ、三十秒もしないうちに自作アプリをダウンロードしてアイコンを隠す。チャーリーは前にも仕事で遠出したきり、連絡がとれなくなったことがあるからだ。エバーグレーズ大湿地帯を上空から捜索すること二日。ようやく彼を発見し、レスキューチームを組んでボートで救出に向かった。救出されたチャーリーは高熱に浮かされ、肩を脱臼していた。

あんな思いをするのは二度とごめんだ。


サイラス・パークスは出社する時間をすぎても自宅にいた。会社ではとりたくない電話を待っていたからだ。〈ユニバーサル・セオラム〉のトップに君臨するサイラスには、好きな時間に出社する自由がある。二杯目のコーヒーを注いだとき、ようやく携帯が鳴った。

「もしもし?」

「マック・ドゥーリンです。封筒を届けました。彼女は帰宅後しばらくして、あなたの予想どおり荷物を持って出てきました。フリーウェイに入ったあともしばらく尾行したのですが、最後は見失いました。暗かったし、交通量も多かったし、彼女ときたらカーレーサー並みのドライビングテクニックを披露してほかの車を追い抜いていったので。今後の指示はありますか?」

「今までと同じだ。通勤時に尾行して新しい住所をつきとめろ」
「残念ながらそう簡単ではありません。職場のあったビルを含む一角が、昨日のガス爆発で吹き飛びました。これからどこで商売を続けるのか、そもそも続けるつもりがあるのかさえわかりません」
「ともかく調査を続行しろ。次に見つけたら車に発信器でもつけるんだな。そうすればいちいちさがしまわらなくてすむ」
「承知しました」ドゥーリンはそう言って電話を切った。

ワイリックがｉＰａｄに送ってくれたファイルのおかげで、デンバーまでのフライトのあいだに、チャーリーはカーター・ダンレーヴィーの生い立ちや人柄をかなり詳しく把握できた。

空港で赤のシボレー・エクイノックスをレンタルして、ホテルへ向かう。本当はもう少し落ち着いた色のほうがよかったのだが、赤しか残っていなかった。

チェックインの時間にはまだ早いので、フロントで荷物を預かってもらって、〝今から本社へ向かう〟とジェイソン・ダンレーヴィーにメールする。時計はそろそろ昼の十一時を指そうとしていた。

ジェイソン・ダンレーヴィーは、デンバーのダンレーヴィー本社ビルで、ローマにいるミランダ・ドイチと電話していた。ミランダとは、ここ一年半ほどつきあったり別れたりを繰り返しているのだが、カーター叔父の失踪がマスコミでとりあげられるようになってからは毎日のように電話がかかってきた。カーターが失踪したとき、ミランダはヨーロッパを旅行中で、予定を切りあげて帰国すると言うのをジェイソンが慌ててとめたのだった。

「ダーリン、何か新しい情報はないの？」

「あったらとっくに知らせているよ」

「つらいでしょう！　ああ、あなたに会いたくてたまらないわ。ベッドに入るたびに、あなたが恋しくなるの」

ジェイソンはミランダと真剣に交際しているつもりはなかった。ただ、ベッドでの相性が信じられないほどいいので、しつこくされても突き放せないでいる。

「ぼくも同じだ。とにかくきみは気にせず、お父さんのお金で存分に楽しむといい。戻ったら会おう」

ミランダがくすくす笑った。「わたしのこと、よくわかっているのね。熱いキスを送るわ。すごく会いたいし、早くあなたの妻になりたい」そしてジェイソンが何か言う前に、ミランダは電話を切った。

彼女との結婚など考えてもいない。

ジェイソンはいらいらと机の引きだしを開けて、コカインをとりだした。

鼻から入ったコカインが五感を揺さぶりはじめたとき、携帯の着信音が響いた。ジェイソンは着信音を無視して目をつぶり、強烈な刺激を楽しんだ。セックスと同じだ。興奮が最高潮に達して首筋の産毛が立ちあがるのを感じたあと、ゆっくりまぶたを開け、鼻をこする。

「なかなかよかった」ジェイソンはひとり言を言いながら机に散った粉を拭き、メールを開いた。

チャーリー・ドッジがもうデンバー入りして、ここへ向かっている。

叔父のテッドはドッジを非常に高く評価していた。評価に見合う男であればいいのだが、とジェイソンは思った。

ミランダが電話を切ったとき、ローマは夜の七時をまわったところだった。最初のうちこそ八時間の時差に困惑したが、ジェイソンが電話に出る確率の高い時間帯はじきにわかった。彼と話すと、いつも下腹部が熱くなる。ミランダはディルドをとりだした。デンバーに帰るまでは、この二十センチのゴム製のペニスをジェイソンに見立てて、自分を慰めるしかない。

アトランタの空港でパリ行きの便に乗るとき、荷物検査場でひと悶着《もんちゃく》あったことを思い出す。検査員がスーツケースからディルドをとりだしたとき、ミランダは恥じ入ることもなく笑いとばして、荷物のなかにそれを戻したのだった。

二度目のクライマックスにうめき声をあげて体を震わせ、ベッドに仰向《あおむ》けに倒れる。ディルドは股のあいだに埋まったままだ。アドレナリンを大放出してリラックスしたミランダは、夜は外食をやめ、ルームサービスを頼むことにした。食事の注文を終えてから父のヨハネス・ドイチに電話をする。

母親のヴィヴィアンを十一歳のときに失ったせいか、もうじき三十になるミランダと父親の絆《きずな》は強い。父の声を聞いた瞬間、ミランダの頬がゆるんだ。携帯に番号を登録してあるので娘であることはわかるはずなのに、父がいつも同じ質問をするからだ。

「もしもし、ミランダかい?」

ミランダはくすくす笑った。「そうよ、わたしよ。今、ローマにいて、とっても楽しい時間を過ごしているの。お嫁に行くとき持っていくのにぴったりのファブリックを見つけたのよ。あとはミラノに着いたらすぐ、ウェディングドレスを手に入れるつもり」

「気に入るものが見つかってよかった。この世でおまえの笑顔ほど私を幸せにしてくれるものはないよ。おまえの喜びがパパの喜びなんだ。おまえみたいな娘を持って、パパは誇らしい」

ミランダはふたたび笑った。「ありがとう。パパは世界一だわ。それで、パパのほうはどう？　悪さをしていないでしょうね？　教会でいつもうしろのベンチに座る未亡人に誘惑されてない？　あの人はわたしのことが好きじゃないのよ」

ヨハネスが声をあげて笑った。「仕事が忙しくて、女性にうつつを抜かしている暇はないな」

「どうかしらね」ミランダの部屋を誰かがノックした。「もう行かなきゃ。ルームサービスが届いたの。大好きよ、パパ。また電話します」

「楽しみにしているよ」

ミランダは電話をベッドの上に放ってドアに向かった。

ミランダがローマで夕食をとっているころ、ジェイソンは準備万端で私立探偵がやってくるのを待っていた。

数分後、部屋に入ってきたチャーリー・ドッジは、ジェイソンの想像とずいぶんちがっていた。長身で、若々しく、体が引き締まっている。ベテランの私立探偵というから、くしゃくしゃの背広を着て足を引きずった中年男を想像していたのだが、ドッジは背広のしわどころか、腹のたるみとも縁がなさそうだった。

正直なところ、ジェイソンはチャーリー・ドッジの存在感に圧倒されていた。しかしそれは喜ばしいことなのかもしれない。有能を絵に描いたようなこの男なら、失踪事件を解決することもできそうだ。

　ダンレーヴィー社の基盤は揺らいでいる。社長であるカーターの安否がわからないままでは、家族も会社も前に進めないのだ。

　チャーリー・ドッジの黒っぽい髪やオリーブ色の肌を見て、ジェイソンは自分の赤毛や青白い肌がいつにも増して嫌いになった。男としての劣等感をふり払って、チャーリーに右手を差しだす。

「ミスター・ドッジ、お会いできて光栄です」

　チャーリーは、ジェイソンのネイビーブルーのネクタイに白い粉がついているのを見逃さなかった。ジェイソン・ダンレーヴィーの情報ファイルに薬物の項目を加える。

「ついてますよ」チャーリーは握手をしながら、ネクタイに視線を落とした。

　ジェイソンは自分の胸を見おろしてネクタイの汚れに気づき、チャーリーの手を放した。そして大したことではないというように肩をすくめた。

「これは失敬」そう言って粉を払う。「どうぞ、座ってください」

　ダラスからデンバーまで窮屈な座席で辛抱したあとだけに、ゆったりとした椅子がありがたかった。奥の壁に飾られた、歴代のダンレーヴィー財閥の長の写真に目をやる。

　はたしてジェイソン・ダンレーヴィーは、彼らに続く器なのだろうか？

　コカインを吸い、女のような握手をするこの若造は。

ああ、〝女のような〟という表現は適切ではなかった。ワイリックのしかめ面が目に浮かぶ。

頭のなかでひとり言を言っている自分に気づいてうんざりする。自分で自分に突っこみを入れるようになったらおしまいだ。

黙ってチャーリーが話しだすのを待っていたジェイソンが、待ちきれずに口を開いた。

「それで、私に手伝えることはありますか？」

「そうですね、保証金を事務所の口座に送ってください。それからカーター氏のオフィスとパソコンにアクセスできるようにしてもらいたいのですが」

ジェイソンはうなずいた。ダンレーヴィー家としては、カーターを見つけてくれるなら要求された二倍の報酬を払ってもいいほどだった。インターコムで秘書を呼ぶ。

「ミスター・ドッジを叔父のオフィスまで案内してくれ。彼の要求はすべて叶《かな》えること。どんな情報にもアクセスを許可する」

秘書が一瞬の間を置いて返事をした。「……かしこまりました」

ジェイソンは立ちあがり、チャーリーをドアまで送った。「ほかに必要なことがあればいつでも携帯を鳴らしてください。私にできることはなんでもします。なんとしても叔父を見つけてもらいたいのです。会社にとってはもちろん、家族にとっても、叔父はかけがえのない存在ですから」

「わかりました。ちなみにデンバー市警でカーター氏の失踪事件を担当しているのは誰ですか?」

「クリストバル刑事です。ダンレーヴィー家はグリーンウッド・ヴィレッジにあるので、正確にはデンバー市警の管轄ではありません。しかし、叔父の失踪はデンバー市にとっても大きな事件なので、市警が直接、捜査の指揮を執っています。クリストバル刑事に電話をして、あなたが調査に加わることを伝えておきます。交通監視カメラの映像を見せてもらうといいですよ」

チャーリーはうなずき、秘書のあとをついて部屋を出た。

3

カーター・ダンレーヴィーのオフィスは、本社ビル十階の南東の角にあった。南側と東側の壁は床から天井まで一面が窓になっている。広々とした部屋に、幅が四メートルはありそうな凝ったデザインの紫檀《したん》の机があり、机の端にパソコンが一台のっていた。反対端には、おそらく〈ティファニー〉のアンティークと思われる美しいランプが据えられている。

全体として、パンフレットの撮影用か、舞台装置かと思うほど、さっぱりと片づいたオフィスだった。

チャーリーは秘書をふり返った。「いつもこんなに片づいているのですか?」

秘書がうなずいた。「ミスター・ダンレーヴィーはきちんとしているのがお好きですから」

「デスクの上に置かれているものは失踪時と同じですか?」

「はい、同じです。警察の方以外、誰もここには入っていません」

「デスクの上にはいつも、必要最低限のものしかないということですか？」

念を押された秘書は面食らった表情をしたあと、首をふった。「いえ……ミスター・ダンレーヴィーがいらっしゃるときは、スケジュール帳とコーヒーカップ、その脇にペンが五、六本置いてあります」

チャーリーは絨毯《じゅうたん》をざっと見渡した。デスクからミニバーに向かうあたりの毛の質感が、かすかにほかとちがう。

カーター・ダンレーヴィーはかなりの酒好きなのだろうか？

チャーリーは机の上のパソコンを指さした。「パソコンはあれだけですか？」

秘書がためらった。「その……いいえ」

「ほかはどこに？」

秘書の表情に迷いが浮かぶ。

「どんな情報にもアクセスしていいとジェイソンから言われています。裏も表も調べつくさないことには、失踪人は見つかりません」

「……わかりました。どうぞこちらへ」

秘書はミニバーへ近づき、棚にふれた。かちりという音がして壁の一部が浮きあがり、小さなドアが現れた。隠し部屋だ。

秘書に続いて隠し部屋に足を踏み入れると、五台のパソコンが起動していて、なんらかのプログラムを実行していた。二台のプリンターが絶え間なく紙を吐きだしている。五台のうち少なくとも一台は、ニューヨーク株式市場の株価を表示しているのがわかった。

「警察はこの部屋を見ましたか？」チャーリーは尋ねた。

「いいえ。ほかにパソコンがあるかと訊《き》かれませんでしたので」

「そうですか。カーターの過去のスケジュールの記録はありますか？」

「はい。私が毎日、その日の日程をプリントアウトしてお渡ししていたので、そのデータがございます」

チャーリーは秘書に名刺を渡した。「では、過去六カ月のスケジュールをこのメールアドレスに送ってください。カーターはふだんから自分の車で移動していたのですか？」

「いいえ。仕事のときは、いつも運転手が会社の車で送迎していました」

「失踪した日は自分で運転したそうですが、何か特別な理由があったんですか？」

「わかりません。とくに何も言っておられませんでしたから」

「いつもとちがう行動だったんですね？」

「はい」

「失踪した日に運転していた車のモデルと型式、ナンバープレートを教えてください。それから、会社が所有している車両のリストを、さっきの名刺のアドレスに送信してもらえますか？」

「承知しました」

チャーリーは隠し部屋をもう一度見た。「これらのパソコンのパスワードが必要です」

「それは、私の一存では――」

「私の仕事は行方不明者を見つけることです。今回、行方不明になっているのはあなた方のボスだ。以前から誰かに脅迫されていたなら、それは有力な手がかりになりますし、ガールフレンドの有無も重要です。人には言えない事情があって、自主的に身を隠した可能性だってある。パソコンのなかにはそうした手がかりが眠っていることが多い。向こうの机のパソコンも含めて、すべてのデータに目を通さなければなりません」

「わかりました」

チャーリーはうなずいた。「今のところ、あなたにしてもらいたいことはそれだけです。ほかに知りたいことがあった場合、どうすればあなたに連絡できるでしょう？」

秘書がカーターのデスク上の電話を指さした。「その電話で七番を呼びだしてください。私が出ます。これからパスワードを調べてまいります」

チャーリーはうなずき、秘書が部屋を出ていくのを待ってワイリックに電話した。二度目の呼び出し音でワイリックが出た。

「〈ドッジ探偵事務所〉です」

「ぼくだ。ダンレーヴィーのオフィスにいる。ミニバーのうしろに隠し部屋があった。隠し部屋にはぜんぶで五台のパソコンがあって、二台のプリンターが休みなくデータを印刷している。パソコンの一台はニューヨーク株式市場の株価を表示している。社長室のデスクにもパソコンがある。じきにパスワードが判明する。きみに渡されたUSBメモリは用意した」

「パスワードがわかったらもう一度電話してください。操作法を教えますから」

そこで電話が切れた。

「またあとで」チャーリーは切れた電話に向かってつぶやいたあと、紫檀の机の引きだしを調べはじめた。いかにもお飾りの社長室なので、重要なものが見つかるとも思えなかったが、すべてに目を通すのが調査の基本だ。

引きだしを調べおわる前に秘書が戻ってきた。それぞれのパソコンのパスワードが記された紙をチャーリーに渡し、社長室を出ていく。

チャーリーはすぐにワイリックに電話をした。それから十五分もしないうちに、ワイリックはすべてのパソコンにアクセスしていた。

「データをダウンロードするのにどのくらいの時間がかかる?」

「待っている必要はありません」

チャーリーはためらった。「だがUSBメモリはどうするんだ?」

「回収してください。プログラムをパソコンに入れましたから、あとは遠隔操作で作業できます」

「怪しいものが見つかったら知らせてくれ」

「もちろんです」

チャーリーは今度こそワイリックより先に電話を切ろうとしたが、失敗した。

くそっ。

USBメモリをポケットにしまって隠し部屋のドアを閉じ、社長室を出る。

次の行き先はデンバー市警だ。車に戻ったチャーリーは、ジェイソンから聞いたクリストバル刑事の電話番号を携帯に入力した。二度目の呼び出し音で相手が出た。

「刑事課、失踪事件担当のクリストバルです」

「クリストバル刑事、こちらはチャーリー・ドッジです。ダラスの私立探偵で、このたびダンレーヴィー家に雇われ、カーターの失踪について調査することになりました。できればまずそちらへ伺って、これまでの捜査についてお話を伺いたいのですが」

「いいですよ。待っています」クリストバルが言った。

「よかった。では、のちほど」チャーリーは電話を切ってカーナビをセットし、駐車場を出た。

同じころ、クリストバルはチャーリー・ドッジなる人物についてネット検索をしていた。

調べれば調べるほど、チャーリーが腕の立つ私立探偵だということがわかる。元陸軍レンジャー部隊所属で、コロラド州の私立探偵のライセンスを所持している。これまでにも難事件を多く解決しているようだ。事件の早期解決を心から願っているクリストバルとしては、チャーリーが捜査に加わることになんの異論もなかった。

車を走らせながら、チャーリーはアニーのことを考えた。今日の具合はどうだろう？　安定しているといいのだが。

以前は一日じゅう、そんなことばかり心配していた。最近はそこまで頻繁には考えないものの、それがいいことだとも思えない。自分の日常からアニーがどんどん遠のいていくようだ。彼女との距離は――心理的にも物理的にも――広がるばかりで、それが悲しかった。

ただ、自分がダラスを離れているあいだもワイリックがいる。事務所のことと同様に、アニーに万が一のことがあったとしても、ワイリックがついていれば安心だ。

警察署が見えたところで、チャーリーは私的な問題を脇に押しやった。駐車場に車を入れ、ブリーフケースと携帯をつかんで車を降りる。受付で用件を話すと、クリストバル刑事のデスクに案内された。

「クリストバル刑事、チャーリー・ドッジです。急な連絡にもかかわらずお時間をとっていただいてありがとうございます」

「当然ですよ」クリストバルが気さくに言った。「どうぞ、おかけください」

チャーリーはデスクの向かいに腰をおろした。

「それで、どんなことを知りたいのでしょう?」クリストバルが尋ねた。

「捜査で得た情報を可能なかぎり教えていただけると助かります。それから、カーターの車が消える直前の交通監視カメラ映像があると聞いたのですが、コピーさせていただけませんか? コピーが無理なら、ここで見るだけでも構わないのですが」

クリストバルは笑顔を浮かべた。「コピーできますよ。情けないのですが、われわれ警察は手詰まりの状態です。心当たりはすべてあたったのですが、なんの手がかりも得られませんでした。ミスター・ダンレーヴィーがみずから姿を消したのか、誘拐されたのかさえわかっていないのです。捜査の進展がないことに、上層部もダンレーヴィー家の人々もやきもきしていて……」

「プレッシャーがかかっているんですね」クリストバルの飾り気のないもの言いに、チャーリーも頬をゆるめた。「ところでカーター・ダンレーヴィーにはきわどい趣味などありませんでしたか? 組織的な犯罪に関与しているとか……」

クリストバルが首をふった。「いいえ、少なくとも警察の知るかぎり、そういったことはありません。公明正大な人柄です。もちろんあれほどの社会的地位にあって、敵がいないわけがありません。ダンレーヴィー財閥は巨大ですし、さまざまな業界に進出していますから当然、軋轢《あつれき》もあるでしょう。それでも、表立って嫌がらせや脅迫をしていた輩《やから》は見つかりませんでした」

「カーターのような地位にある人物が黙って姿を消したとすれば、相当の理由があったはずです」

「たしかに」クリストバルが言った。「しかし、それがなんなのかがわからないのです。ちょっと失礼して、交通監視カメラのコピーの手配をしてきます。待っているあいだにコーヒーでもいかがですか？」

「ありがたくいただきます。いつも昼までに十杯は飲んでいるはずなのに、今日は飛行機で一杯目を飲んだきりなので」

クリストバルが声をあげて笑った。「ぼくもカフェイン中毒です。ミルクと砂糖は？」

「ブラックで」

クリストバルが遠ざかっていくと、チャーリーは携帯で時間を確認した。ワイリックからはまだなんの連絡もない。息を吐いて硬い背もたれに体重をかける。仕事柄、待つのは得意だ。

さほどせずにクリストバルがコーヒーと大きなチョコチップクッキーを二枚、ナプキンにのせて持ってきた。

「署員がクッキーを持ってきたんですよ。いかがですか？　ぼくはこれが二枚目なんです。あなたも罪悪感を覚えることなく食べてください」クリストバルがいたずらっぽく笑った。

チャーリーも笑顔を返した。「ありがとう」

クリストバルはうなずき、椅子に座ってさっそくクッキーを頰張った。

チャーリーはコーヒーをひと口飲んで、その苦さに心のなかで顔をしかめ、カップを置いた。

「待っているあいだにいくつか質問させていただいてもいいですか？」

「どうぞ、どうぞ」クリストバルが言った。

「ジェイソン・ダンレーヴィーから聞いたんですが、カーターの車はある地点まで交通監視カメラに映っていて、いきなり消えたそうですね？」

「そのとおりです」

「消える瞬間はわからなかったんですか？　どこかにカメラのない場所があったということでしょうか？」

「いえ、カメラは設置してあったんですが、故障していたんです。誰かが銃で撃ったんですよ」

「いつから故障していたんですか？」

「それが、故障してから二十四時間も経《た》っていなかったんです」クリストバルはまたクッキーを食べた。

「偶然にしてはできすぎていますね。カーターを誘拐しやすいように犯人が壊したか、カーター本人が足跡を残さないように壊したか」

クリストバルがうなずいた。「警察も同じように考えました」

チャーリーは苦いコーヒーをもうひと口飲み、礼儀としてクッキーを少し食べながら、いろいろな可能性を検討した。「カーターの家族関係はどうですか？　遺産相続人で怪しい人物はいませんでしたか？」

「いませんね。そのあたりの情報はファイルにまとめて、あとでお渡しします。家族ひとりひとりから事情聴取しましたが、カーターの失踪に一様に胸を痛めているようでしたし、金銭的に問題を抱えている者もいませんでした」

「ジェイソン自身もですか？」

クリストバルは眉をひそめた。「ええ。どうしてそんなことを訊くんですか？」

「さっき会ったとき、ネクタイに白い粉がついていたんです。コカインでしょう。汚れを指摘しても、ごまかそうとする様子がなかったので」

「それは初耳だ」クリストバルがつぶやいた。

「まあ、常習ではなく、ただの気晴らしかもしれませんが」

「ふむ」

「もうひとつ。カーターのオフィスには隠し部屋があります」

クリストバルが目を見開いた。「隠し部屋？」

「ミニバーのうしろに」

「そんなものをどうやって見つけたんですか？」

「社長室があまりにすっきりしすぎているので、ほかにもパソコンがあるんじゃないかと秘書に尋ねたら、うしろめたそうな顔をしました。カーター捜索のためにジェイソンからあらゆる情報にアクセスする許可をもらっていると強調したところ、秘書がミニバーのパネルを押して隠し部屋を見せてくれたんです。五台のパソコンがノンストップで動いていました」

「やられた！」クリストバルが悔しそうな顔をした。「もう一度、会社へ行ってみます。それで、パソコンから何かわかりましたか？」

「今、アシスタントに調べさせています。暗号化されている可能性もあるので」

「暗号解読ができるアシスタントがいるんですか？」

チャーリーはにやりとした。暗号解読はワイリックの十八番《おはこ》だ。

「うちのアシスタントは何をやらせてもずば抜けているんですが、ハッキングさせたら彼女の右に出る者はいないでしょうね。自分でプログラムも書けますし。パイロット免許も持っていて、私も危ないところを助けてもらったことがあります。ここへ来る直前も、クライアントを追いかけてうちの事務所に押しかけてきたストーカーを、机に隠し持っていたテーザー銃で倒したんですよ」

クリストバルがにやりとした。「いい警官になりそうだ」

「規則が大嫌いなので、そこが問題ですね」

クリストバルが大声で笑った。

それからふたりは黙ってクッキーを食べた。チャーリーが苦いコーヒーを飲みおえたとき、ファイルと交通監視カメラの映像のコピーが届いた。

クリストバルはすべてそろっていることを確かめてから、チャーリーのほうへ差しだした。「これからも捜査にご協力いただけますか?」

「もちろんです。コピーをありがとうございました。助かります」

「こちらこそ、隠し部屋の情報に感謝します。エレベーターまでご一緒しますよ」

チャーリーはファイルと録画のコピーをブリーフケースに入れ、クリストバルのあとについてエレベーターへ向かった。

「幸運を祈ります」クリストバルがエレベーターの下降ボタンを押す。

「お互いに」チャーリーはそう言ってエレベーターに乗った。


警察署を出たときは正午をまわっていた。ランチタイムのせいかダウンタウンの道路は渋滞している。チャーリーはレンタカーに乗ってエンジンをかけ、エアコンをつけた。捜査ファイルを開くと、カーターの車が交通監視カメラから消えた地点が地図つきで載っていた。空腹よりも現場を確かめたい気持ちが勝ったので、その地点をカーナビに登録する。前回デンバーに来たのは結婚五周年の記念旅行で、アニーと一緒だった。ダウンタウンを走っていると、ふたりで行ったレストランや観光スポットが目について、悲しい気持ちになる。

「長い人生、いろいろあるな」チャーリーはそうつぶやいて、カーターの件に意識を引き戻す。

フィフティーンス・ストリートを走っている最中に、カーナビが次の交差点を右折してワインクープ・ストリートへ入れと告げた。カーターのランチミーティングの会場だった〈チョップハウス・レストラン〉のある通りだ。前方に迫ってくる交差点こそ、交通監視カメラが故障した場所だった。この交差点を境に、カーターの足跡は途絶えたのだ。

チャーリーは周囲の様子を観察した。アムトラック鉄道の駅が近い。

とりあえずワインクープ・ストリートへ折れて、レストランへ続く道を走ってみる。途中、ホテルや駐車場をいくつも通りすぎた。駅が近いせいだろう。車を隠すには絶好の場所だ。

車を見失った地点がわかったので、ホテルに戻ることにした。そろそろチェックインの時間だ。最初は飛行機で次はレンタカー。もう移動には飽き飽きした。部屋に帰って休みたい。

ウェルトン・ストリートにある〈グランドハイアット〉のロビーは、チェックインを待つ女性でごった返していて、そのうちのかなりの人数がすでにバーで一杯やったあとのようだった。イベントか何かがあるのだろう。

改めてチェックインすると、荷物はすでに部屋に運んであると告げられた。鍵をもらってエレベーターで九階へ向かう。エレベーターを降りたところで案内表示を確認し、九一〇号室をさがした。

客室はゆったりしていて、ベッドも寝心地がよさそうだ。カーテンを引いて日の光を部屋に入れてから、荷物をほどいてノートパソコンをとりだす。何より先に交通監視カメラの映像を確認したかった。

靴をぬぎ、ルームサービスで昼食を注文して、クリストバル刑事にもらった捜査ファイルを開いた。カーターが運転していた車の型式と色、ナンバープレートを確認してから映像を見る。該当の車を見つけるのは造作なかった。

カーターの車はフィフティーンス・ストリートをワインクープ・ストリート方面へ向かっていたが、問題の交差点を通りすぎたあとは、どの通りの交通監視カメラにも映っていなかった。交差点の周辺をみずからの目で確かめたあとだけに、あそこで誘拐されたなら目撃者がいるはずだということはわかった。

となると、カーターがみずから姿を隠した可能性が高い。もしくは自宅を出た時点ですでに誘拐されていて、犯人の言うとおりにするしかなかったのかもしれない。

ともかく交通監視カメラの映像は見た。次は警察の捜査ファイルを読むとしよう。

ノートパソコンとファイルを持ってベッドに移動し、枕を重ねて背中にあてがい、ファイルを読みはじめる。ノックの音がして、ルームサービスが届いた。ホテルの係員が部屋を出ていくのを確認してから、テーブルに移動して、昼食を食べながらファイルの続きを読んだ。


ワイリックはカーターのパソコンの中身を洗いざらいダウンロードして、チャーリーが目を通したほうがいいデータを選《よ》り分けていった。チャーリーのタウンハウスに来たのは初めてではないが、リビングよりも奥に足を踏み入れたことはなかった。

オフィスとしては申し分ない。広いし、ちゃんとしたキッチンがあり、食材もそろっている。チャーリーがいないあいだはここに泊まって、通勤時間を省略することだってできるだろう。非常に心惹《ひ》かれるアイデアだったが、自宅で進行中のプロジェクトもあるので却下する。

だいいち、チャーリーの家になじみすぎるのもよくない。雇用主とは一線を画すべきなのだ。ひそかにチャーリーをセクシーだと思っていることは、死んでも知られたくなかった。

ワイリックは二度と恋愛をしないと決めていた。乳がんになったと知ってフィアンセが去ったとき、男は信用できないと悟ったからだ。だいいちチャーリーは、心の底からアニーを愛している。

おまけに、今の自分を恋愛対象として見てくれる男性がいるとも思えない。毛髪も乳房も失った。もともと長身だったこともあって、ヒールのある靴をはくと身長は百八十センチを超える。アンドロイドのような中性的な外見になってからは、過去の自分を封印し、タフなアマゾネスを演じてきた。それが演技でなくなったら、わたしの人生は完璧と言っていい。

昼時になったのでデリバリーで中華料理をオーダーして仕事を続けた。四十五分後に玄関でチャイムが鳴る。ワイリックは作業中のファイルを保存して立ちあがった。

配達してくれたのは見覚えのある男だった。

配達人がいぶかしげな表情で袋を差しだす。「引っ越したの?」

ワイリックは眉をひそめた。プライベートに踏みこまれた気がしたのだ。

「まあ、そんなようなもの」それだけ言って男の鼻先でドアを閉める。

料理をキッチンへ運んで袋を開けた。割り箸を見て、子どものころの感謝祭の記憶がよみがえる。母と、ウィッシュボーン（鶏の鎖骨の端をつかんでひっぱり、大きな骨片を得たほうの願いが叶うという風習）をしたっけ。たった五年で終わった子ども時代を思うと切なくなった。

「くよくよしたって仕方ないでしょう」自分に言い聞かせて容器を出す。春巻きとオレンジ・チリチキン、サヤインゲンとエビの炒《いた》めものも、酢豚もある。

食べきれないほど注文したのは、持ち帰って夕食にするためだ。ついでに〈ウォルマート〉のホームページで食材を注文した。こうしておけば帰りがけに駐車場で品物を受けとることができる。

サヤインゲンとエビの炒めものを食べ、春巻きも何本か食べた。チリチキンと酢豚であと二食はしのげる。残りものをしまっているときに携帯が鳴った。

手を拭いて携帯をチェックした。株式仲買人からだ。

「もしもし、コーニー？」

コーニーことランダル・コーンは、あいさつを省略して早口で用件を切りだした。「ナスダックが最高値を更新してかなりの儲《もう》けが出たぞ。きみの会社の株価もあがった。それからダンレーヴィー財閥の株価が値下がりを続けている。言うまでもなくトップが謎の失踪を遂げたせいだ。今のうちに株を買っておいたらどうだろう？　ここ何年もなかった安値だし、トップが交代したら――」

「ストップ」ワイリックは言った。「仕事でダンレーヴィーの件にかかわっているから、それ以上言わないで。事情を知って株を買ったら不正取り引きになるでしょう」

「へえ……そうとは知らず――」

「連絡してくれてありがとう。仕事に戻らなきゃ」

ワイリックは電話を切ってため息をついた。せっかくの儲け話に乗れないのは残念だ。ダンレーヴィー財閥の経営状態は悪くないし、多方面に進出しているところも好ましい。だが、カーター・ダンレーヴィーの失踪事件にかかわっている以上、株を買えば面倒なことになりかねない。

昼食の残りを冷蔵庫へ入れてアイスティーをグラスに注《つ》ぎ、ダイニングルームのテーブルへ運んだ。気持ちを切り替えてパソコンの前に座る。

午後の時間はゆっくりとすぎていった。ワイリックは根気よく、ダウンロードしたデータの分類を続けた。カーターの銀行口座に関するデータを調べているとき、隔週の木曜日に五千ドルの現金が引きだされていることに気づいた。しかも引きだしは過去十年にわたって続いている。一カ月に一万ドル、一年に十二万ドル。十年間だと百二十万ドルになる。カーターにすればはした金かもしれないが、誰かに脅迫されて送金していた可能性もある。これはチャーリーに知らせる価値があるだろう。

時計を見ると十八時をまわっていた。引っ越したせいで、通勤時間が余分にかかる。

ワイリックは作業内容を保存してパソコンの電源を切り、タウンハウスを出た。〈ウォルマート〉へ寄って、事前に購入した食材が運ばれてくるのを待つ。若い女性の店員が近づいてきたのでトランクを開けた。

店員は袋を積んでトランクを閉め、運転席側にまわった。

ワイリックはレシートにサインして二十ドルのチップを差しだした。

「ありがとうございました」店員が満面の笑みを浮かべる。

ベンツを駐車場から出し、フリーウェイに乗る。ほかの車のあいだを縫うように走りながら、尾行されていないことを何度も確かめた。

チャーリーのタウンハウスを出て一時間二十分後、マーリンの邸宅のゲートをくぐり、家の裏へまわって車をとめた。買ったものをぜんぶ部屋に運ぶのに、何往復かしなければならなかった。ベンツのドアをロックして警報装置をオンにし、部屋に入ってドアに鍵をかけたところで、ようやく肩の力を抜く。

中華の残りを冷蔵庫に入れ、残りの食材も片づけた。それからバスルームへ行ってシャワーを全開にする。

バスルームのドアは等身大の鏡になっていて、背が高くて引き締まった、筋肉質の体が映っていた。胸からウエストにかけてドラゴンのタトゥーが入っている。タトゥーがあまりにあざやかなので、髪や乳房がないことさえかすんでしまう。ドラゴンの尾は背中にまわって右のヒップから脚へ巻きつき、膝のすぐ下まで続いていた。力強く神秘的なドラゴンが、残酷な現実と対峙《たいじ》する度胸をくれる。

シャワーの温度があがって湯気が立ち、鏡のなかのドラゴンがぼやけてきた。ワイリックは温度を調節してからシャワーの下に入り、シャワーカーテンを引いた。

シャワーから出るころにはエアコンのおかげで部屋が冷えていたので、手早く体を拭いてTシャツとショーツを身につけた。二食続けて中華だと胃にもたれそうなので、スクランブルエッグとトーストしたマフィンを用意して、ソファーでニュースを見ながら食べる。

食後に甘いものがほしくなって、棚のなかをひっかきまわし、キスチョコをひとつかみ持ってノートパソコンの前に移動した。マーリンのＷｉ‐Ｆｉにログインして株価をチェックする。それから、趣味と実益を兼ねて制作中のゲームのファイルを開いた。Ｘｂｏｘ用のゲームで、仮タイトルは『地獄の道化師』だ。ワイリックは唇を噛《か》んだ。やっぱり〝道化師〟はやめておこう。

4

　午後六時、チャーリーは警察の捜査ファイルを読みおわって、カーターのスケジュールを調べはじめた。カーターがここ一年のあいだにこなしたアポイントメントを順番に追っていく。スケジュールのパターンがつかめれば、通常とは毛色のちがうアポイントメントがおのずと浮きあがってくるだろう。だが、カーター本人のことをよく知らないので、なかなか勘が働かない。

　カーターの人柄をつかむためには、なるべく早いうちに家族から話を聞いたほうがよさそうだ。全員一緒に話したほうがいいのか、個別に話したほうがいいのかはまだわからないが、家族の誰かが事情を知っているのではないだろうか。身の代金の要求がないということは、やはりみずからの意思で姿を消した可能性が高い。家族もしくは血縁関係にない第三者が、殺したいほどカーターを憎んでいたなら別だが……。

　ワイリックは何か手がかりを見つけただろうか？

　電話してみようかとも思ったが、やめておいた。何かあれば知らせてくるだろうし、確認のためだけに電話をしようものなら、辛辣な言葉を浴びせられるのは目に見えている。

ワイリックほど歯に衣《きぬ》を着せない人物を、チャーリーは知らなかった。そのくせプライベートは頑として明かそうとしない。どうしていつも喧嘩腰《けんかごし》なのか。なぜダラス市内で転々と住む場所を変えるのか。興味はあるが、あえて訊《き》かないようにしていた。仕事さえきちんとしてくれれば、あとはワイリックの自由だ。

資料とにらめっこをしていたせいで目が疲れたし、背中が凝っていた。戦場で負った古傷のせいもあるだろう。チャーリーは時計を確認した。七時にホテルのレストランを予約してある。ちょうどよく腹が減ってきたので、資料をしまって部屋を出た。

ロビーは相変わらず女性客であふれていた。どの女性もそろいのネックストラップをかけて、同じロゴの入ったバッジをつけている。ロビーのソファーが完全に占領されているところからして、レストランも行列ができているような気がした。

レストランのほうへ向かうと、予想どおり、にぎやかなおしゃべりが聞こえてきた。角を曲がったところで、テーブルが空くのを待つ女性客の長い列が目に飛びこんでくる。

チャーリーは列の横を通りすぎて案内係の前に立った。

「いらっしゃいませ、ご予約はおありですか？」

「チャーリー・ドッジの名前で七時に予約してあるはずなんだが」

案内係は予約リストを確認してからメニューを手にとった。「ミスター・ドッジ、こちらへどうぞ」

　うしろで女性たちがひそひそと話しているのがわかった。声の感じからすると、チャーリーが先に席に通されたことへ文句を言っているわけではなさそうだ。

　案内係がチャーリーをふたり用のテーブルに案内してメニューを渡す。

「すぐにウェイターが参りますので、メニューをご覧になっていてください」

「ありがとう。ところでずいぶん女性客が多いようだが、イベントか何かがあるのかな？」

　案内係のプロらしい表情がゆるんだ。「そうなんです。華やかでしょう？　ロマンス作家の方々のイベントなんですよ」

「すごい数だね」

「全米規模の集いなので。わたしも仕事の合間に、お気に入りの作家さんにサインをいただいてしまいました。役得ですね。では、ごゆっくり」

　チャーリーはメニューを開いた。そういえばレストランの外に並んでいた女性たちの横を通りすぎたとき、おいしそうというささやきが聞こえたことを思い出す。てっきり料理のことかと思ったが、ちがっていたのかもしれない。

　いちおうメニューを眺めたものの、食べたいものは決まっていた。プライムリブステーキをミディアムレアで。つけ合わせはバターをたっぷりかけたベイクドポテトだ。チャーリーは手をあげて給仕係に合図をした。

叔父がいないあいだ、ジェイソン・ダンレーヴィーはダイニングテーブルの上座につく。背後の壁にかかっているのはシーン・ダンレーヴィーの肖像画だ。シーンは二百年ほど前にアイルランドから海を渡ってアメリカへやってきた、ダンレーヴィー家の祖先だった。鉄道で財を成した男の娘に見初められ、いっきに成りあがったのだ。ダンレーヴィー家の華麗な歴史の始まりだ。

自身の体を流れるアイルランド人の血を、ジェイソンははっきりと意識していた。当時の服を着れば、シーンの代わりに肖像画のなかに入ってもまったく違和感がないはずだ。ダンレーヴィー家の子孫は残らず額が広く、鼻筋が通っていて、青い瞳にふさふさした赤毛なのだから。

八時をすぎると最初の皿が運ばれてきた。口当たりがよいのにコクのあるヴィシソワーズはジェイソンの好物だ。みなの前に皿が置かれたところで食事が始まった。

エドワード・ダンレーヴィーは目が不自由だと感じさせない勢いでスープを飲んでいる。一方、ジェイソンの母親のディナは、太るのを恐れているかのようにほんの少しずつしか口に運ばなかった。

ディナの隣に座っているケニス・マイヤーズは婚約者を名乗っているが、ディナの薬指に婚約指輪は見当たらない。

ジェイソンはケニスのことが気に入らなかった。ディナの弟のテッドがもっと近くに住んでいれば、何か言ってくれるだろう。しかしテッドは医師の仕事が忙しく、去年のクリスマスに帰ってきたきりだ。

それでもチャーリー・ドッジを勧めてくれたことには感謝しないといけない。

ディナがスープを飲むのをやめて、背もたれに体重を預けた。「ジェイソン、今朝、チャーリー・ドッジと会ったのでしょう？　どんな人だったの？」

エドワードが手をとめ、妹の声のするほうへ頭を向けた。「チャーリー・ドッジって誰だい？」

「カーター叔父さんをさがすためにぼくが雇った私立探偵だよ」母に代わって説明する。

エドワードが眉をひそめた。「ぜんぜん知らなかった」

「警察は捜査に行き詰まっているからね。新しい手がかりは見つからず、うちの株価はさがる一方だ」

「そうなのか？」エドワードが目を見開いた。「それさえ知らなかった。まったく、おまえがいなければどうなっていたことか。ディナも私も会社のことにはうといから」

「いいんだよ、エドワード伯父さん。こういうときのために何年も前から準備してきたんだから」

「で、そのドッジというのはどういう人物なんだい？」ケニスが尋ねた。

ジェイソンがケニスのほうを見ると、ちょうど母がケニスの額にかかった髪をなでつけたところだった。

「テッド叔父さんの推薦だ」ジェイソンは抑揚のない声で言った。「ドッジの妻がアルツハイマーで、テッド叔父さんの施設に入っているんでね」

ケニスが馬鹿にしたような表情でディナの耳に何かささやく。

ディナはくすくす笑ったあと、息子のむっとした表情を見て赤面した。息子の機嫌を損ねずにケニスの味方をするのは不可能だ。ケニスとジェイソンはお互いを嫌っているのだから。

ジェイソンはいさかいを避けたい母の気持ちを無視して、ケニスを見た。「一族のことに関してあなたに発言権はありませんが、ぼくの判断について何か言いたいことがあるなら、こそこそせず、聞こえるように言ってもらえますか」

ディナの眉間にしわが寄る。「どうしてそんな失礼な言い方をするの？　ケニスとわたしは数カ月後に結婚するのよ？」

ジェイソンはため息をついた。「すでに結婚していたって関係ありませんね。ケニスには、一族のことに関しても会社の経営についても、口を出す権利はないのです。それはお母さんだってわかっているでしょう？」

ケニスが肩をすくめた。「いいんだよ、ダーリン。息子さんの要求をのもう」そう言ってほほえむ。「そこまでご年配の私立探偵では、事件の解決など期待できそうもないと言っただけさ。だって、アルツハイマーの妻がいるんだろう？　実際のところ、その探偵はいくつなんだい？　高齢者医療保険《メディケア》を使うような年だとしたら、人選について考え直したほうがいいんじゃないか？」

「考え直したほうがいいのはあなたのほうです」ジェイソンはぴしゃりと言った。「若年性アルツハイマーの患者は大勢います。ドッジの妻はまだ四十代ですよ。ドッジ本人は元陸軍レンジャー部隊所属で、いかにも有能な軍人といった感じでした。本拠地のダラスでの評判は上々で、引く手あまたなんです。ぼくも会ってみて、彼だけは怒らせてはいけないと感じました」

ジェイソンはケニスのバツの悪そうな顔を無視してベルを鳴らした。

すぐに使用人が現れる。

「次の料理を頼む」

「いずれにせよ、ミスター・ドッジがうまくやってくれることを願おう。一日でも早く、カーターの無事な姿を見たいからね」エドワードの悲しげな声がいさかいを収めた。

チャーリーはプライムリブとベイクドポテトを平らげたあと、ホテルのバーへ足を向けた。酒が飲みたかったというよりも、部屋に戻ったらアニーのことばかり考えるのが目に見えていたからだ。今日はアニーの誕生日。たとえ本人が覚えていなくても、チャーリーにとっては大事な日だ。それなのに、自分はダラスから遠く離れた街にいて、バースデーケーキを食べさせてやることもできない。

ウィスキーを薬か何かのように飲みほしてから、バーテンダーにもう一杯くれと合図する。飲みものが来ると代金とチップを置き、グラスを持ってカウンターを離れた。好奇の視線が体にまとわりつく。バーもロマンス作家であふれていた。奥まったところに空いたテーブルを見つけて座り、〈モーニングライト・ケアセンター〉の担当者にメールをする。

〝今日は妻の誕生日です。アニーはケーキを食べましたか? 体調はどうでしょう? 今、仕事で州外にいます。緊急のときはアシスタントに連絡してください。アシスタントの名前と電話番号を知らせておきます〟

ワイリックの電話番号を記して送信をタップし、背もたれに体を預ける。

一分もしないうちに返信があって、アニーが元気なこと、食事のときに誕生祝いのカップケーキが出て、それを食べたこと、スタッフがバースデーソングを歌ったこと、最後にアシスタントの連絡先をありがとうございましたと書かれていた。直接会うのがいちばんいいに決まっているが、罪の意識が少しだけ薄れた。

それから三十分ほどして、給仕係がお代わりのウィスキーを持ってきた。ウィスキーにはメモが添えられている。

「これは頼んでいないが……」チャーリーは言った。

給仕係はバーの中央に配されたテーブルに座って、こちらに手をふっている女性たちを示した。

「あちらのお客様からです」

チャーリーはメモを手にとった。

〝あなたみたいな男性がいるとお酒の味がぐっとよくなるわ。ロマンス小説のカバーモデルになる気があったら、いつでも声をかけてね。

　コロラドのロマンス作家　ベティ、ジュールス、ロビン、ティシュより〟

チャーリーはメモから顔をあげた。女性たちが大きな笑みを浮かべている。

チャーリーは小さく笑って女性たちのほうへグラスを掲げ、ウィスキーを喉に流しこんだ。ふだんより一杯余分に飲んでしまった。そろそろ腰をあげるときだ。空のグラスをメモの上に戻してバーを出た。

　ワイリックはベッドの上でノートパソコンをいじっているうちに眠りに落ちていた。過去の亡霊が夢に出てくる。

「こっちを見て、ジェイド。笑って」

五歳のジェイドは母親をふり返り、カメラに向かって輝くばかりの笑顔で手をふった。メリーゴーランドが回転して、母の姿が見えなくなる。

ジェイドが乗っているのは赤い馬具をつけた立派な黒馬だ。毎週日曜はその馬に乗ると決めていた。ポールをしっかり握って体をそらせ、目を閉じる。すぐ先のビーチで波に揺られているみたいな、ふわふわした感じがした。風が、潮の香りと、熱々のローストピーナツに胸が悪くなるほど甘い綿菓子のにおいを運んでくる。誰かが食べ残したホットドッグのパンくずを奪い合うカモメの鳴き声は、自分の声と同じくらい耳になじんでいた。

スピーカーから流れる大音量の音楽。

あとでママとトフィーを食べるんだ。

桟橋で母親とトフィーを食べるのが日曜の午後のお楽しみなのだ。

メリーゴーランドが回転して、いつも母親が立っている場所が見えてきた。手をふろうとして、母の姿がないことに気づく。メリーゴーランドとともに回転を続けながら、腹の底にかすかな恐怖が生まれるのを感じた。

大丈夫、もう一周したらママがいる!

そう自分に言い聞かせた。なのに何周しても母親の姿はない。ジェイドはパニックを起こした。

やがて音楽がゆっくりになり、メリーゴーランドの回転速度も落ちる。馬を降りたあと、どうすればいいのだろう。ひとりで家に帰る方法なんてわからない。

　突然、道化師の仮面をかぶったふたりの男がメリーゴーランドに乗ってきて、こちらを指さし、〝いたぞ〟と叫んだ。ほかの子どもが乗った、あざやかな色の馬のあいだを縫って道化師たちが走ってくる。メリーゴーランドが完全にとまる前にジェイドを捕まえようとしているのだ。子どもたちが悲鳴をあげたり泣きだしたりして、それを見ていた親たちも騒ぎはじめた。何人かが子どもを助けようとメリーゴーランドに飛び乗る。

　道化師が近づいてきて、ジェイドも悲鳴をあげた。

　背後から誰かが腰に腕をまわしてジェイドを担ぎあげ、メリーゴーランドから飛び降りた。

　衝撃でジェイドは舌を噛《か》んだ。

「助けて、ママ！　助けて！」悲鳴をあげると口のなかに血の味がにじんだ。

　銃声が聞こえて、人々の悲鳴がいっそう大きくなった。


　ワイリックはぱっと目を開けた。胸がどきどきしている。

　ただの夢よ。もう終わったこと。わたしは安全なところにいるし、道化師は来ない。

　上掛けをはねのけ、ベッドから起きてキッチンへ向かう。ついでに部屋の照明をぜんぶつけてまわった。怖い夢を見たあとは、部屋をすみずみまで点検して、侵入者がいないことを確かめずにいられない。母屋へ続くドアや、高い位置にある仕切り窓の施錠も確かめる。

時計を見ると朝の四時をまわったところだった。二度寝をしてまた不気味な夢を見たらいやなので、コーヒーメーカーをセットした。

空っぽの胃にカフェインを入れても神経が昂《たか》ぶるだけだ。冷蔵庫を開けて残りものの酢豚を出し、電子レンジにかける。チンという音がしたので、フォークと酢豚を持って廊下に出た。床に座り、壁に背中をつけて、廊下の左右が見渡せる位置でもそもそと酢豚を食べる。

食べているうちに悪夢の名残が薄れていった。頭のなかを切り替えたくて、カーターのパソコンからダウンロードしたデータのことを考える。

チャーリーにメールをするにはまだ時間が早いだろうか?

さすがに朝の四時は常識外れだと判断して、酢豚の残りを食べることに集中する。コーヒーのいい香りがキッチンからただよってきたので、立ちあがってキッチンへ戻り、コーヒーを飲んでからシャワーへ向かった。

シャワーから出るころには、どうにか心のバランスをとりもどしていた。コーヒーのお代わりを飲みつつ、メールをチェックする。

仕事に着ていく服を選ぶころには、早く作業に戻りたくてうずうずした。赤いタンクトップを着ると、胸元にドラゴンの頭部がのぞく。上に黒のボレロをはおり、赤いピンストライプの入った黒いスリムパンツ、黒のアンクルブーツを合わせる。ファンデーションは塗らず、黒いアイシャドウを引き、目尻に少しだけ赤を差した。唇もアーティストっぽく、ニュアンスのある赤でシャープに決める。

空を見あげたワイリックは、今日も暑くなりそうだと思いながら車に乗り、日の出前にマーリンの邸宅をあとにした。ラジオの天気予報によると北東から前線が接近しているので、午後遅くにひと雨来るかもしれない。

いつもどおり、後方の車に注意して、ずっと同じ車がいるようならスピードをあげてふりきった。フリーウェイを降りるときも、わざとひとつ先の出口を使ってタウンハウスの方向へ引き返した。ようやくタウンハウスの駐車場に車を入れ、チャーリーの部屋のある階まであがった。

数分後、チャーリーの部屋に入ってセキュリティーを解除した。部屋のにおいをかいで眉をひそめる。冷めたコーヒーと中華のにおいが残っていたので、まずはゴミを捨てに行った。部屋に戻ったあと、消臭剤をスプレーし、コーヒーを沸かす。八時になったのでチャーリーにメールをした。

〝カーター・ダンレーヴィーは過去十年、隔週の木曜に個人の口座から五千ドルずつ引きだしています。使用目的はわかりません。スケジュールを見て、関連性のある予定がないか確認してください。携帯はこまめに充電を〟

コーヒーを注《つ》いでダイニングへ向かう。メインのパソコンにログインして、作業を開始した。

チャーリーが朝のシャワーを浴びて体を拭いているとき、携帯が鳴った。腰にバスタオルを巻いて寝室へ急ぐ。

携帯を確認するとワイリックからのメールだった。何か使えるネタが見つかったのだろうか。メールを読んで小さく口笛を吹く。これで捜査のとっかかりが見つかった。

携帯を充電しろというくだりにはいらっとしたものの、ワイリックにはそう言う権利がある。数カ月前に携帯の充電を忘れて連絡できなくなり、ひどく不都合な状況に陥ったときに助けられたからだ。

あのときは、家出した十代の少年を追ってフロリダの湿地帯にいた。一瞬、少年の姿が見えたので、捕まえようと焦って、ぬかるんだ地面で足を滑らせて転んだ。そして間抜けなことに肩を脱臼したのだ。

家出少年は肩を押さえてうずくまるチャーリーを見て引き返してくると、チャーリーのボートを奪って逃走した。その場にとり残されたチャーリーは、ワイリックに助けを求めようとして携帯の充電が切れているのに気づいたというわけだ。

自分で肩の関節をはめようとしたが、二度目に挑戦したときに痛みで気を失い、目を覚ましたときは高熱が出ていた。

それからワニがうようよしている湿地帯を二日間もさまよった。高熱のせいで方向感覚が狂って、どちらへ進んでいるのかすらわからなくなった。ヘビと遭遇しないことを祈りながら、二日目の夜は木の上で眠った。

爆破された家の窓から手を突きだして白旗をふる男の夢を見たあと、Tシャツをぬいで、遭難信号旗代わりに水辺そばの木の枝にくくりつけた。自分もなるべく水際に出て、誰かが発見してくれることを願った。

ワイリックの操縦するヘリが木立すれすれに降下してきたときの喜びは、とても言葉にできない。ワイリックはこちらを発見した印にヘリのライトを点灯させた。それから二時間して、レスキュー隊のボートがやってきた。以来、ワイリックに間抜け扱いされているのだ。

ワイリックの上から目線にはときどき本気で腹が立つが、彼女が有能なのはまちがいない。今日も最初の手がかりをくれた。チャーリーはメールに短く返信すると、服を着て朝食を食べに階下へおりた。

朝食を注文したあとでジェイソン・ダンレーヴィーにメールし、ダンレーヴィー家の面々と話をしたいと伝えた。

すぐに返事があって、今日の午前十時にダンレーヴィー家へ来てくださいと書いてあった。住所も載っている。

チャーリーは了解と返事をして携帯を置いた。

朝もロマンス作家たちがテーブルを占拠していたが、とくに気にならなかった。iPadで『デンバーポスト』を読みながらコーヒーを飲む。すぐ横で女性の声がするまで、チャーリーは誰かが近づいてきたことにも気づいていなかった。

「朝の時間をお邪魔してすみません」

チャーリーは顔をあげた。

「ミスター・ドッジ、あなたはわたしをご存じないでしょうが、わたしはあなたをよく存じあげています。アリシア・ファルコと申します。ジミー・ブラッドショーの叔母です。ここでお見かけして、食事中にたいへん失礼とは思いましたが、甥《おい》を見つけてくださったお礼をどうしてもお伝えしたくなりまして」

数年前に誘拐犯から助けた七歳の少年のことを思い出して、チャーリーは立ちあがり、あいさつをした。

「ミズ・ファルコ、お会いできて光栄です。ジミーは元気ですか?」

アリシアがうなずいた。「おかげさまでとっても元気にしています。実は今日が十歳の誕生日なんです。このイベントは欠席するつもりだったのですが、最後の最後で出席することにしました。本当に来てよかったです。あの子を無事にわたしたちのもとに返してくだったことに、家族全員、心から感謝しております」チャーリーはほほえんだ。「それが私の仕事ですから。みなさんの幸せをお祈りしています。それからジミーに誕生日おめでとうとお伝えください」

アリシア・ファルコは目に涙を浮かべていた。「みんな喜びます。お時間をいただいてありがとうございました」そう言ってテーブルに戻っていく。

チャーリーの朝食が到着した。新聞を読みながら卵料理を口に運ぶ。自分の名前がさざ波のようにロマンス作家たちのあいだを伝わっていっているとは想像もしなかった。昨日からチャーリーに目をつけていた作家たちがアリシア・ファルコに知り合いかと尋ね、そこから幼い少年を助けた私立探偵の話がいっきに拡散したのだ。

その年の新作ロマンスに、チャーリーをモデルにしたヒーローがいろいろな形で登場することになったのも無理はない。

朝食が終わると、チャーリーは部屋に戻ってブリーフケースを持ち、携帯とｉＰａｄのバッテリーを確認した。係員に合図して、赤のシボレーを正面にまわしてもらう。車に乗りこんだチャーリーは、カーナビをセットして、一路、ダンレーヴィー家を目指した。

5

「チャーリー・ドッジがぼくらと話したいそうだ。十時に約束をしたから、彼と会うまでは家にいてもらいたい」

朝食の席でジェイソンが宣言すると、たちまちディナが不服そうな顔をした。「そういうことはわたしたちの都合を確かめてから決めてもらいたかったわ。今日はケニスと一緒に、コロラド・スプリングスのアンティーク市へ行く予定だったのに」

「お母さんはカーター叔父さんを見つけるより、アンティークのほうが大事だと言うんですか?」

「そういうわけじゃないけれど、でも――」ディナが顔を赤くする。

ケニスがディナの腕をなだめるようにたたいた。「いいじゃないか、ダーリン。コロラド・スプリングスは明日にすれば」

「でも、あなたが見たがっていたガレージセールは今日の午後でしょう」

「それはそうだけど、次の機会があるさ」

「あなたって本当にやさしいのね」ディナがうっとりした表情になる。

「私は予定もないし、カーターのためならいくらでも待つよ」エドワードが意気揚々と言った。「ジェイソン、おまえも出社しないで探偵を待つのかい？」

「はい」

「仕方がないわね。来るなら来るで支度をしないと」ディナがコーヒーカップをソーサーに戻す。

「ぼくも一緒に行くよ」ケニスがディナのあとをついて食堂を出ていった。

しばらくしてエドワードが小声で言った。「ジェイソン、今、食堂にいるのは私とおまえだけかな？」

「そうですけど、どうかしましたか？」

「ディナの前では話しにくかったものでね。妹のことは好きだが、近ごろどうもヒステリックでかなわない」

「わかります。母があんなふうになったのはケニスとつきあいはじめてからです。あいつは贅沢《ぜいたく》な暮らしがしたくて母を利用しているんじゃないでしょうか？　母もうすうす勘づいているはずなのに」

エドワードがため息をついた。「その可能性はあるだろうね。私は相手の表情が見えない分、細かなニュアンスまではわからないんだが、ちょっと心配だよ」

「ともかく、ふたりはもういませんよ」

「そうか。おまえの意見を聞きたかったんだ。実際のところ、カーターは誘拐されたんだろうか？」

今度はジェイソンがため息をつく番だった。「わかりません。辻褄《つじつま》の合わないことばかりです」

エドワードの声が震える。「そうだな。身の代金の要求がないから、何か悪いことが起きたんじゃないかと想像してしまう。目当ては金じゃなく、カーターに対する復讐《ふくしゅう》だったのではないかと。仕事上、恨みを買うことも少なくないからね」

「ぼくも同じようなことを考えていました。でも、だからこそチャーリー・ドッジを雇ったんです。とても有能らしいので、きっと手がかりを見つけてくれると思います」

「だといいんだが……」エドワードは言い、椅子を引いて、背にかかっている白杖《はくじょう》をさがした。「さて、私はいったん部屋に戻るよ。探偵が来たら知らせてくれるかな？　どこで話をするつもりだい？」

「図書室がいいんじゃないでしょうか。椅子もたくさんありますし、応接間は堅苦しい感じがするので」

エドワードがうなずき、杖《つえ》で前方を確認しながら食堂を出ていった。

ワイリックは新しいコーヒーを淹《い》れた。コーヒーができるのを待つあいだ、パソコンの前に座る。カーターのパソコンからダウンロードしたデータを分類しながら、カーター名義のクレジットカードの、ここ一年の利用状況も調べた。ただ、カーターほどの資産家ともなれば、偽名でつくったカードがあるかもしれないし、会社と自宅以外に隠れ家があるかもしれない。

やるなら徹底的に——ワイリックはいつも完璧を求める。広いタウンハウスにキーボードをたたく音だけが響く。コーヒーができたところでいったん作業を中断したものの、すぐにパソコンの前に戻ってデータの世界に没頭した。

シャワーヘッドからぽとぽと水がしたたっているのにも気づかず、バディ・ピアスはいびきをかいて眠っていた。前の晩、かなり飲んだせいだ。しばらくすると隣家の前に車がとまって、クラクションを鳴らしはじめた。騒々しい音にびくりとして目を開ける。

「ったく、うるせえな！」

ピアスは寝返りを打って時計を見た。もうじき十時だ。

上掛けをはねのけて床に足をおろし、頭をかく。続いて頬ひげ、それから局部をかいて、よろよろとバスルームへ向かった。

バスルームから出てくると、二度寝をするか、着替えて外へ出ようか迷った。眠っていたい気持ちはあるが、手持ちの金が底をつきそうなのでなんとかしなければならない。ちょうどナイトスタンドの上の携帯が振動した。反射的につかんで応答する。

「もしもし？」

「何をしていた？」相手がいきなり言った。

「今、起きたところだ。問題でも？」

「連中は、カーターを捜索するために私立探偵を雇った」

「だったらそいつがカーターを見つけて家に連れ戻してくれるだろう。小細工をするのは飽き飽きだ。やっこさんが家に戻ったところで、一発ぶっぱなして片をつけちまおう」

「まずは私立探偵がカーターを見つけないことにはどうにもならない」

「そりゃあそうだな。また情報があったら連絡をくれ」

電話が切れた。

やはりベッドに戻ろうとしたとき、腹が鳴った。空腹を自覚してしまったら眠りに戻るのは難しい。ピアスはベッドの上にぬぎすててあったシャツをつかんだ。

チャーリーがダンレーヴィー家の門をくぐったのは、約束の時間の十分前だった。車の速度を落として壮麗な屋敷を眺める。

これはもう、家というよりも城だ。

中世から抜けだしてきたような建造物と、アイルランドの田舎を思わせる庭園のしつらえは圧巻としか言いようがなかった。どこを見ても青々とした緑が目に入る。屋敷のうしろ側にちらりと見える紫の花をつけた茂みは、おそらくヘザー（アイルランドの荒野に自生する低木）だろう。ロータリーに入って車をとめる。アイルランドの伝統衣装を身にまとい、アイリッシュ・ウルフハウンドを従えた男が現れることを半ば期待しながら、玄関へ続く石段をブリーフケースを持ってあがった。

呼び鈴を鳴らすと間もなく、女性が両開きの扉を開けた。

「ジェイソン・ダンレーヴィーと面会の約束をしているチャーリー・ドッジです」チャーリーは名刺を差しだした。

「伺っております。どうぞこちらへ。みなさま、図書室におそろいです」

女性のあとをついて広々した玄関ホールの奥へ進みながら、チャーリーは豪華絢爛《ごうかけんらん》な室内を眺めまわさずにはいられなかった。細部までアイルランドの城のイメージを裏切らない。玄関ホールには甲冑《かっちゅう》が飾られていて、その上に家紋を刺繍《ししゅう》した布がつるされている。ダンレーヴィー家がアメリカに渡ってきてどのくらいになるのかわからないが、ルーツを大事にしていることがよくわかった。

女性が、ドアの開いた部屋の入り口で足をとめた。

「ミスター・ドッジがいらっしゃいました」

「ようこそ、ダンレーヴィー家へ」ジェイソンが右手を差しだしながら近づいてきた。

「急なお願いだったのに、都合をつけていただいて感謝します」チャーリーはジェイソンの差しだした右手を握った。

「さっそく精力的に捜査をしてもらってありがたいですよ。さあ、こちらへ。家族を紹介します」ジェイソンはチャーリーを図書室のなかへ誘《いざな》った。

チャーリーは近くのテーブルにブリーフケースを置いて、ダンレーヴィー家の面々を見渡した。程度のちがいこそあれ、どの顔にもさぐるような表情が浮かんでいる。べつに驚くことでもなかった。むしろこういう状況では当然の反応と言っていい。

ひとりだけ血族でない者がいるのはすぐにわかった。ダンレーヴィー一族がそろいもそろって赤毛で青い瞳をしているのに対して、年配の女性の肩に手をかけている男性だけが、濃い茶色の髪と黒っぽい瞳の持ち主なのだ。

ジェイソンがまず、部屋のなかで唯一の女性を手で示した。

「ぼくの母で、ディナ・ダンレーヴィー・リードです。カーターの姉で、きょうだいのなかの紅一点なんです。夫であり、ぼくの父であるディロン・リードは十五年ほど前に亡くなりました」

「はじめまして」ディナの不機嫌そうな表情を無視して、チャーリーは愛想よくあいさつした。

ディナの隣にいた男性が、次は自分の番だとばかりに背筋をのばしたが、ジェイソンがその男を飛ばして年配の男性を手で示すと、怒りに頬を赤くした。

年配の男性の横には白杖が置いてあった。目が見えないという、カーターの兄なのだろう。

「こちらはエドワード伯父です。カーターの兄にあたる人物で、目下、一族の最年長です」

「よろしくお願いします」チャーリーはエドワードに近づいて、腕と手の甲に軽くふれた。

エドワードがぱっと笑顔になり、チャーリーの手を握って上下にふる。

「会えてうれしいですよ」エドワードが言った。「ジェイソンから評判は聞いているのでね。どうか弟を無事に帰してください。弟と私はむかしからとても仲がよかったんです」

「最善を尽くし、必ず結果を出します」

チャーリーはディナの隣にいる男性に目を向けた。

ジェイソンが顎の筋肉をぴくぴくさせながら言う。「こちらは母の友人のケニス・マイヤーズです」

ディナが眉間にかすかにしわを寄せ、きっぱりと訂正した。「友人ではなく婚約者よ」

ジェイソンは肩をすくめた。「ああ、そうでしたね。指輪でもはめてくれれば失念せずにすむのですが」

ケニスは一瞬バツの悪そうな顔をしたものの、平静を装った。

ディナの息子とボーイフレンドがうまくいっていないのは一目瞭然だ。

「ミスター・マイヤーズ、よろしくお願いします」チャーリーはそう言ってから、全員を見渡した。「いろいろご予定もあったでしょうに、集まっていただいてありがとうございます。手短にすませるつもりですから、しばらくご辛抱ください。それから、調査のためにこの会話は録音させていただきます」

チャーリーはブリーフケースからボイスレコーダーをとりだし、スイッチを入れて、ダンレーヴィー家の面々が囲んでいるコーヒーテーブルの上に置いた。

「では最初の質問ですが――」

たちまちディナが遮った。「失礼ですけれど、あなたも座ってくださらない？　あなたのように背が高い方を見あげていると、首が痛くなるわ」

口調は丁寧だが、横柄な言い方だった。

チャーリーは目を細めた。ここで立場をはっきりさせておかなければならない。

「申し訳ないのですが、私はあなた方をもてなすために雇われたわけではありません。私の仕事はあくまで、カーター・ダンレーヴィーを見つけることです。それはみなさんの願いでもあるはず。多少の不愉快は辛抱していただきたい」

ディナがショックを受けたように口を大きく開けた。

ケニスはディナをかばおうとしたが、チャーリーの鋭い視線を浴びて考え直したようだった。

「改めて、質問を始める前にお断りしておきます。今からお尋ねするのはこういった事件で必ず親族に確認することであって、個人的な感情は含まれません」

「いいとも。さあ、なんでも訊《き》いてくれ」エドワードが促す。

「このなかでカーターと意見の不一致があった人はいませんか？　ビジネスでもプライベートでも構いません。まずはジェイソン、あなたから」チャーリーはジェイソンに目をやった。

ジェイソンが身を乗りだした。「ありませんね。カーター叔父さんはぼくにとって父親のような存在です。ビジネスの師匠であり、仕事のすべてを教わったと言っていい。心から尊敬していますし、深い愛情を抱いています。叔父が行方不明になってからというもの、毎分、毎秒が苦しくてたまらない。何もわからないまま時間だけがすぎていくのは耐えられません。だからなんとしても叔父を見つけてください。会社の将来――ひいては一族の将来がかかっているのです」

続いてエドワードが右手をあげた。「私は……」話しだしてすぐに、感情の昂《たか》ぶりに声が震える。「このとおり盲目なので、経営ではまったく役に立たない。それでなくても若いころからビジネスには興味がなかった。お恥ずかしい話、うちの傘下にどんな子会社があるのかもよくわかっていないくらいだ。目が見えたときは絵を描くのが好きで、おもに肖像画を描いていた。今はそれもできなくなった。狭くて暗い世界にいる私にとって、カーターは弟であり親友であり、闇を照らす光のような存在なんだ。カーターに何かあったらと思うと苦しくて……」そこまで言うと、ポケットからハンカチをとりだして鼻をかむ。チャーリーは次にディナを見たが、彼女はチャーリーをにらんで、自分は答えたくないという意思を示した。

チャーリーは話題を変えた。「ドクター・テッド・ダンレーヴィーは、ダンレーヴィー財閥とどういう関係になるのですか？」

「ぼくたちと同等の株の配当を得ますが、会社の経営にはノータッチです。ご存じでしょうがテッド叔父さんは医療分野で成功していて、とても裕福ですし」ジェイソンはそう言って母親をまっすぐに見た。「ほら、次はお母さんが話す番ですよ。すねたらここにいる時間が長引くだけです」

ディナはむっつりしたまま、チャーリーの右肩の少し上に視線を据えて話しはじめた。

「カーターとわたしはきょうだいのなかでいちばん年齢が近くて、喧嘩《けんか》というほどではありませんが、意見が食いちがうことはよくあります。仕事には関係ない事柄で……」

「ありがとうございます」チャーリーはうなずいた。「では次の質問ですが、カーターが亡くなった場合にあとを継ぐのは誰ですか？」

ジェイソンが肩をすくめた。「現実的に考えて、ぼくしかいないでしょう。とはいえ、会社に関する大きな決定をする場合は一族で話し合います。最終決定権を持つのは社長であるカーター叔父さんですが、取締役会にかける前に、問題を家族で話し合うのです。その場合、ぼくや母やエドワード伯父さんの意見と、カーター叔父さんの意見は同じ重みを持ちます。そして家族会議で決まった結果を、カーター叔父さんが取締役会に反映させます。変わったやり方だというのはわかっていますが、うちは代々そうしてきたんです。まあ、ダンレーヴィー家のひとりひとりが大株主でもありますからね。家族の誰かが死んだら、その人の持ち株は生きている者で等分します。ですから誰かひとりに権力が集中するということはありません。たしかに相続人が減れば個人のとり分は増えますが、そこまで金に困っている者はいませんし」

ジェイソンの話を聞きながら、チャーリーはひとりひとりの表情の変化を観察した。ジェイソンが会社の決定権について話すたびに、ケニスの顔がかすかにひきつる。ディナと結婚しても、この家で発言権を得ることはないという事実が悔しいのだろう。

「もうひとつ訊いておかなければならないことがあります。これまでの調査で、カーターが個人の口座から隔週五千ドルずつ引きだしていることがわかりました。つまり月に一万ドルの現金を、過去十年にわたって定期的に引きだしています。仮に誰かに脅迫されていたとしたら調査の手がかりになるのですが、どなたかこの金の使い道をご存じではありませんか？」

エドワードがくっくと笑った。「それはポーカーの賭け金だ。カーターはもう何年も、定期的に友人たちとポーカーをしているからね。勝つときもあれば負けるときもあるけど、カーターにとっては仕事のストレスを発散する大切な場なんだよ」

チャーリーも頬をゆるめた。「そういうことでしたか。それなら納得がいきます。念のため、ポーカー仲間の氏名を教えてもらえますか？　あとでそれぞれから話を聞きたいので」

「何人かは知っているんだが……」エドワードが口ごもった。

「ぼくが連絡先のリストをお渡ししますよ。ときどき仲間に入れてもらっていたのでわかります」ジェイソンが言った。

「助かります。みなさん、今日はお時間をとっていただいてありがとうございました。ああ、最後にひとつだけ。この屋敷にはふだん、何名のスタッフがいるのでしょうか？」

「常勤のスタッフが五人と、あとは日によって出入りする者が数人いますね」ジェイソンが言った。「彼らとも話しますか？」

チャーリーは小さく眉をあげた。いやがられるかと思っていたのだ。「そうできるとたいへんありがたい。大して時間はとりません。ご家族のいないところで、いくつか質問をさせていただきたいのです」

ディナが息をのんだ。「どうして家族のいないところで話をする必要があるの？　使用人たちは何も知らないわ」

「お母さん！」ジェイソンがあきれて目玉をまわした。「いちいちつっかかるのはやめてください。だいいち彼らはなんでも知ってますよ。いつもぼくらを見ていて、話を聞いているんですから。カーター叔父さんが見つかるなら、身内の恥を知られるくらい、なんでもないことです」ジェイソンは立ちあがり、チャーリーに合図した。「どうぞこちらへ。調理場へご案内します。そこで話をしたほうがスタッフも緊張しないでしょう。用がすんだら家政婦のルース・ファーンウェイが玄関までお見送りします。さっき、あなたをここへ案内した女性です」

チャーリーはレコーダーのスイッチを切り、ブリーフケースを持った。それからディナやエドワードに軽く会釈する。「お会いできて光栄でした。また近々」

チャーリーを連れて調理場におりたジェイソンは、シェフにうなずいてから、ルースに向かって言った。「ほかの三人にもここへ来るよう伝えてくれ。ミスター・ドッジは私立探偵で、カーター叔父さんの捜索を担当する。きみたち全員から話を聞きたいそうだ」

「かしこまりました」ルースが言い、ポケットから携帯をとりだしてグループメールを送った。

ジェイソンがシェフを手で示す。「チャーリー、こちらがシェフのピーター・カーティスです。うちで働きはじめてもう……十年になるかな」

ピーターが手を動かしながら頭をさげた。

五分もしないうちに三人の女性が足早に調理場へ入ってきた。何かまずいことをしたのではないかと不安がっている表情だ。

「問題が起きたわけではないから安心してくれ」ジェイソンが三人に言った。「こちらはミスター・チャーリー・ドッジ、カーター叔父さんをさがしてくれる私立探偵だ。ミスター・ドッジがここで働く全員から話を聞きたいと言うので集まってもらった。質問には正直に答えてほしい。なんとしても叔父を見つけないといけないからね」

三人の使用人はほっとした表情でうなずいた。

「チャーリー、向かって左から、ルイーズ、アーネッタ、そしてウィルマだ」

「ありがとう」チャーリーは三人に向かってうなずいた。そしてジェイソンが調理場を出ていったあとで、ボイスレコーダーをとりだして質問を始めた。

「全員に質問するので、知っていることがあったら適宜、発言してください。まず、カーターが消えた原因に心当たりのある人はいませんか？」

「ありません」ルイーズが言った。

「わたしも知りません」アーネッタが首をふる。

「わたしもです」ウィルマも言った。

「そうですか……では言い方を変えましょう。ここ数週間以内で、何か変わったことはありませんでしたか？　どんなささいなことでも構いません」

ルースが手をあげた。「一カ月ほど前の夕食のあと、ご家族が図書室で寝酒《ナイトキャップ》を楽しんでおられたときに、ミスター・カーターが急に具合を悪くされました。ミス・ディナが救急車を呼んで、ミスター・カーターは救急病院へ運ばれ、ひと晩入院されました。翌日の午前中には戻ってこられましたが、わたしどもにはなんの説明もありませんでした。ほかのみなさんは具合を悪くされなかったので、食事が原因ではなかったはずです。みなさん同じものを食べられましたから」

「ナイトキャップはどうだろう？」チャーリーは尋ねた。「みんな同じものを飲んでいたんだろうか？」

「いいえ、それぞれお気に入りがあります」ルースが答えた。

「ナイトキャップを用意するのは誰ですか？」

ルースは肩をすくめた。「ご自分たちでなさいます。誰がすると決まっているわけではなく、たとえばお代わりは別の方がつくったりしているようです」

「わかりました」チャーリーは話題を変えた。「家族がもめているところを見たことはありませんか？」

「ないと思います」ルースが言った。

「ミス・ディナとミスター・カーターはよく口論をしていますが――」アーネッタが口を挟んだ。「でも、よくあるきょうだい喧嘩という感じで、本気で怒っているわけではありません。口論のあとも、すぐに何もなかったかのようにお話をされています」

これはディナから聞いた話と一致する。チャーリーはうなずいた。「カーターは、失踪した日の朝、自分で車を運転していったそうですね。スーツケースとか、ハンティングの道具とか、何か持っていきませんでしたか?」

使用人たちはそろって首をふった。

「どうして自分で運転していったんでしょう? 運転手はいないのですか?」

ウィルマが、居心地が悪そうに右足から左足に体重を移した。「あの……理由はわかりませんが……あの日ミスター・カーターが、今日は来なくていいと運転手に電話をしているのを聞きました。自分で運転するからとおっしゃって」

「なるほど」

使用人はやはり無意識のうちにいろいろな情報に通じている。大事なのは、正しい質問を投げかけること。

「では、カーターの衣類の管理は誰がしているんですか? たとえば洗濯とか、クリーニングとか、お直しとか」

ルイーズが顔をあげた。「ボタンをつけたり裾をかがったりするのは、おもにわたしがやります。服はすべてクリーニングに出しています」

「失踪後、クローゼットから何かなくなっていませんでしたか？　普段着とか、スーツケースなんかが」

「どうでしょう……失踪されてから、簡単なお掃除以外はお部屋に足を踏み入れていませんので」ルイーズが首を傾《かし》げる。

「お手数ですが、これから部屋に行って確認してきてもらえませんか？　靴下や下着の数が合っているか、ジャケットや靴がそろっているか、鞄《かばん》やスーツケースがなくなっていないかも忘れずにチェックしてください。ちょっとでもおかしいと思ったことがあれば教えていただきたいんです」

「わかりました」ルイーズがせかせかと調理場を出ていった。

「お待ちになっているあいだ、コーヒーでもいかがですか？」ルースが尋ねる。

「昨日、苺《いちご》タルトをつくったんです。少し残っていますから、よろしければコーヒーと一緒にどうぞ」ピーターも言った。

「みなさんがつきあってくださるなら、ぜひ」チャーリーは答えた。

調理場の長テーブルを囲んでティーブレイクが始まる。チャーリーはスタッフのおしゃべりに耳を傾けた。

十分ほどしてルイーズが戻ってきた。その顔を見ただけで、チャーリーは収穫があったのだとわかった。

「どうでした?」

ルイーズが胸に手をあてて深呼吸した。「それが……スーツケースがふたつなくなっていました。下着と靴下、それに洗面用具もありませんでした。仕事用の服はすべてありましたが、狩りや釣りをするときにお召しになる服は枚数が足りません。ざっと見たところ、おそらく二週間分くらいの衣類がなくなっていると思います。靴もです。あとは、ベッド脇のチェストにいつも置いてあるiPadが消えていました。ミスター・カーターはそれで読書をしたり、ご友人とのメールをしたりなさっていました」

チャーリーは満足してうなずいた。やはりカーターは誘拐されたのではなく、みずから姿を消した可能性が高い。次なる疑問は、カーターがどこへ行ったのか、どうして家を出たのかということだった。

「おかげでとても助かりました」チャーリーはレコーダーのスイッチを切った。「最後にみなさんにお願いがあります。とても重要なことです」

五人は顔を見合わせたあと、チャーリーに視線を戻した。

「今話していただいたことは、ご家族の誰にも教えないでください。万が一、カーターが身の安全を確保するために屋敷を出たのだとしたら、この屋敷のなかに原因があるのかもしれないからです」

使用人たちが神妙な面持ちでうなずく。その目はショックに見開かれていた。

「ピーター、ルイーズにもコーヒーとタルトを用意してもらえますか？　すばらしい働きをしてくれたのだから」チャーリーは言った。

「もちろんです」ピーターが席を立つ。

チャーリーはルースの案内で玄関へ引き返した。

「お忙しいところ、協力していただいて感謝します」チャーリーは言った。

ルースがうなずいた。「当然です。わたしたちはミスター・カーターのもとで働いているのですから。ミスター・カーターが失踪したことに、全員が胸を痛めております。どうか一日も早く見つけてください」

「必ず」チャーリーはそう言って車へ向かった。

さっきコーヒーを飲んでいるときにポケットの携帯が振動したのを思い出す。携帯を出して確認すると、ジェイソンからポーカー仲間のリストが送られてきていた。

さっそくリストをワイリックに転送して、ひとりひとりの身辺調査をするよう指示する。古くからの友人であっても、ポーカーで負けが積もれば友情が恨みに変わることもあるかもしれない。

次は、カーターの車が消えた交差点の付近を調べてみよう。警察があたりをしらみつぶしに捜査したのはわかっているが、ちがう視線で調べ直せば何かが見つかるということもある。

チャーリーは交差点の位置をカーナビに再登録して、車を出した。

6

〈ドッジ探偵事務所〉には毎日のように依頼が舞いこんでくる。ワイリックはひとつひとつの依頼内容をメモして、チャーリーが比較検討しやすいように整理していった。どの依頼をチャーリーが受け、どの依頼を断るかはだいたい予想できるが、最終的に決断をして、クライアントに伝えるのはチャーリーの役目だ。

その日も朝からカーターのパソコンのデータを調べていたものの、新しいネタは見つかっていなかった。そういうわけでチャーリーからポーカー仲間の連絡先が送られてきたとき、ワイリックは食べかけのサンドイッチを放りだして身元調査を始めた。

夢中になって作業しているとき、チャイムが鳴った。

ワイリックは眉をひそめた。

チャーリーのプライベートに詳しいわけではないので、ふだんから知り合いが訪ねてくるのかどうかわからない。

用心してのぞき穴から外の様子を確認すると、制服を着た配達人が立っていた。最初に頭をよぎったのは〝また連中に見つかった〟ということだった。そうだとしても無視するわけにはいかない。

ドアを開けると配達人が小さく頭をさげた。「どうも、ミスター・チャーリー・ドッジ宛てにお荷物です」

「チャーリーは留守だから、代わりにサインするわ」

配達人がiPadを差しだす。

ワイリックは名前を書いて荷物を受けとり、ドアを閉めた。差出人の名前や住所は書かれていないので、ほかの手紙と一緒にキッチンカウンターに置いて、作業に戻った。

チャーリーはアムトラックの駅近くの駐車場に車を入れた。サングラスをかけ、〈テキサス・レンジャーズ〉のキャップをかぶって、必要な道具を持つ。ジーンズの上にはおったレモンイエローのプルオーバーシャツが風にはためく。このシャツは着心地がいいので気に入っているのだが、長身で筋肉質の男が黄色いシャツなど着ているとひどく目立つことに、今さらながら気づいた。

チャーリーはまず〈ダヴィータホテル〉に隣接している立体駐車場を調べることにした。捜査ファイルによると警察はその駐車場で、カーターが運転していたのと同じ黒いレクサスを二台発見した。もちろんナンバープレートは一致しなかった。片方のレクサスのリアガラスには〝新婚ほやほや〟と書かれていて、バンパーにリボンや空気の抜けた風船がくくりつけてあった。もう一方のレクサスはほこりをかぶっていて、〝誰か洗車して〟と指でいたずら書きがしてあったと報告書に書いてある。

警察が駐車場の監視カメラを調べた記録がないことや、車の所有者がホテルにいることを確かめたかどうかわからない点がひっかかった。チャーリーとしては、そのふたつは省略してはいけない項目だ。

チャーリーは細部を大事にする。だからこそアフガニスタンから生きて帰ることができたし、私立探偵として一定の評判を獲得した。今回も、二台のレクサスがとまっていた場所を自分の目で確かめたかったし、できることなら駐車場の監視カメラの映像も見たかった。

歩行者用の信号は赤だったので、カーブのところで足をとめ、信号が変わるのを待つ。ほかにも待っている人が五人ほどいて、そのうちのひとりは小さな男の子だった。男の子はチャーリーの背の高さにびっくりして固まっている。チャーリーはサングラスを少しずらして男の子と視線を合わせ、片目をつぶった。

男の子がうれしそうに笑う。

信号が青になって、男の子の母親がつないだ手に力を込め、足早に横断歩道を渡りはじめた。チャーリーもサングラスをもとの位置に戻して足を踏みだした。

立体駐車場に入ったところでサングラスをとり、柄をシャツのポケットにひっかける。警察の捜査ファイルによると、事件当日、一台目のレクサスは二階に、もう一台は三階に駐車してあった。

二階に到達したところでレクサスの正確な駐車位置を確かめ、監視カメラの有無を確認しながらそちらへ向かった。目的の場所にたどりついて、改めて監視カメラの角度を確認する。それをメモしてから三階へ向かった。

途中、車を降りてどこかへ急ぐ人たちとすれちがった。ほとんどはアムトラックの駅に向かっているようだ。どこかから戻ってきて、車に乗って駐車場を出ていく人もいた。なかにはこちらをいぶかしげに見る人もいて、とくにひとりで歩いている女性はチャーリーを見ると不安そうな、こわばった表情をするのだった。

男であるというだけで女性を怯《おび》えさせてしまう現実に悲しくなると同時に、そもそもろくでもないことをする男が多いからだと腹が立った。チャーリーはなるべく女性たちと目を合わせないようにしながら、iPadを確認しつつ早足で歩いた。

三階に到着したときに携帯が鳴った。ワイリックだ。

「もしもし?」

「ポーカー仲間の身元調査が終わったのでメールにファイルを添付します。わざわざ電話をしたのは、あなた宛てに荷物が届いたからです。ここがオフィスになっていることはわたしたちしか知らないので、プライベートの荷物だと思いますが、急ぎで中身を確認する必要はありますか？」

チャーリーは首を傾《かし》げた。「荷物なんて届く予定はないんだが……差出人は？」

「差出人の記載がありません」

「すまないが、配達したのが正規の業者かどうか確認してもらえないか？」

「もう確認しました」

チャーリーは舌を巻いた。訊《き》くだけ野暮だった。「それで？」

「正規の業者を通じて配達された荷物で、配達人も本物でした。ただ、差出人は匿名を希望しているそうで、名前は教えてもらえませんでした」

「中身を知りたいのはやまやまだが、ぼくに恨みを持っている人物が送ってきたものだとしたら、開封するのは危険かもしれない」

「女だからって馬鹿にしてます？」ワイリックがむっとした声を出す。

チャーリーは心のなかでうめいた。

「そこまで言うなら好きにすればいい」

「今、開けます。スピーカーにしますね」

ワイリックが携帯を置き、荷物を持って戻ってくるのが、音から想像できた。

「爆発しませんでした。中身をテーブルに空けます」

今度はテーブルに何か軽いものがぶつかる音がした。

「手紙と、緩衝材に包まれた小さな包みが入っていました。緩衝材を開けていいですか?」

「やってくれ」

緩衝材をとめているテープをはがす音。

「アクセサリーが何点か、かなりいいもののようです。手紙は手書きです。読みますね」

〝アクセサリー〟と聞いたとたん、チャーリーのうなじの毛が逆立った。

いや、そんなはずはない。あれからずいぶん時が経《た》っている。

「〝あんたから盗んだものを返す。質に入れる前に令状を持った警察がやってきて、それからずっとムショにいた。ネックレスや指輪はおふくろの家に隠したんだが、シャバに帰ったときもまだ同じ場所にあったら持ち主に返すと決めていた。ちなみにシャバに出たのは一カ月ほど前で、あんたがどこに住んでいるかを調べるのに時間がかかった。あんたに言いたいことはひとつ、申し訳なかった。これからはマシな人間になれるよう努力する。これは、おれにとって初めての善行だ〟──以上です」

チャーリーは衝撃を受けていた。「……同封されていたアクセサリーの特徴を教えてくれ」

「三……いえ四本のネックレス。うち三本はチェーンがゴールドで、一本はシルバーです。

ゴールドのブレスレットは一本が飾り紐《ブレード》タイプで、もう一方は細いチェーン。それから指輪がふたつ。ひとつはカボションカットの翡翠《ひすい》で、もうひとつはシンプルなゴールドです」

チャーリーは深く息を吸って、落ち着いた口調を保とうとした。「ゴールドの指輪の内側に文字が刻まれていないか？」

ワイリックは指輪を手にとった。「〝フォーエバー・イン・マイ・ハート〟とあります」

チャーリーがアニーに贈った指輪だ。

「くそっ！　なんで今ごろになって……。そいつは盗んだものを返していい気分かもしれないが、アニーには遅すぎた」

ワイリックはめずらしく憎まれ口をきかなかった。

「このアクセサリーをどうすればいいですか？」

「知るか！」チャーリーは吐き捨てるように言った。それから呼吸を整える。「すまない。とりあえず封筒に戻して、寝室のリネンクローゼットの、タオルのあいだにでも入れておいてくれ。帰ってから考える」

「わかりました。ほかにやっておくことは？」

「今はない」チャーリーは電話を切った。

チャーリーが先に電話を切ったのはそれが初めてだったが、今の彼は気づいてもいないだろうとワイリックは思った。

アクセサリーを緩衝材に包み直して寝室へ向かう。チャーリーの寝室に足を踏み入れたことはなかったので、ドアを開けるだけでも悪いことをしているような気分になった。クローゼットを開けて、言われたとおりの場所に封筒を入れる。

胸が痛かった。あれほどまでに誰かを愛しているのに報われないというのは、地獄の苦しみにちがいない。しかもチャーリーの場合、かつては愛情を返してもらっていたのだ。ワイリックにも婚約者がいたが、チャーリーとアニーのような深い愛情を育むほど長続きしなかった。

キッチンに戻って冷えたペプシを出し、通りに面した窓へ移動する。ペプシは歯が浮くほど冷えていて、強い炭酸が喉をひりつかせた。

目に涙がにじむ。

悲しいのではない。ペプシのせいだ。

泣いてはだめ。男のために泣いたりしない。しかも彼は上司で、どこまで行ってもそれ以上にはならないのだから。

チャーリーはまだ衝撃から立ち直れずにいた。母親の形見のネックレスや、チャーリーがアフガニスタンに派兵される前に贈った指輪を盗まれたとき、アニーがどれほど悲しんでいたかを思い出す。

もうずいぶん前のことだ。アニーがまだアニーだったころ。チャーリーが彼女を失う前の出来事。

タイヤのきしむ音にはっとして、周囲を見まわす。一瞬、自分がどうして駐車場にいるのかわからず混乱した。ぼうっとしていたら車にひかれるかもしれない。

もうひとつのレクサスがとまっていた場所をiPadで確認して、駐車場の表示を見まわす。どうやら目的地は今いるところの反対側だ。通路を歩いて角を曲がったチャーリーは、すっかりほこりをかぶった黒のレクサスがそこにあるのを見て目を瞬《しばた》いた。リアガラスに〝新婚ほやほや〟の文字が残っているし、しぼんだ風船がバンパーから垂れてコンクリートの床にはりついている。

「どういうことだ？　警察がここを調べたのは二週間以上前なのに、まだ同じ車がとまっているなんて……」

ひとり言を言いながらナンバープレートの前にしゃがむ。よくよく見ると、プレートをとめるネジ穴の周辺に最近できたばかりの傷がついていた。貼られたステッカーを見るとナンバープレートの更新期限が二カ月先になっているので、プレートを取得したばかりというわけでもない。チャーリーは携帯を出した。三回目の呼び出し音で相手が出る。

「もしもし?」

「クリストバル刑事ですか? チャーリー・ドッジです」

「ああ、どうも。調査の進み具合はどうですか?」

「まずまずです。ところでひとつ質問させてください。警察の初動捜査をなぞって、今は〈ダヴィータホテル〉に隣接する立体駐車場にいるんですが、ちょっとおかしなものを見つけました」

「おかしなものというと?」

「三階にとめてあった〝新婚ほやほや〟と書かれた黒いレクサスを覚えていますか?」

「ああ、ナンバープレートがカーターの車とは一致しなかった車ですね」

「そのレクサスがいまだにとまっているんですよ。〝新婚ほやほや〟のサインも風船もついたままで。賭けてもいいが、ナンバープレートは最近つけかえられていますね」

「まさか」クリストバル刑事がつぶやいた。

「ナンバープレートの更新期限が迫っているのに、ネジ穴の周囲に新しい傷があるんです。訊きたいのは、最初に車を見つけた時点でナンバープレートから車の持ち主を確かめたかどうかです。ホテルの宿泊客やアムトラックの利用者をあたりましたか? 捜査ファイルに記載がないので」

「確認したはずですが……ナンバープレートの番号を教えてもらえれば、すぐに照合できます」

チャーリーは番号を読みあげて、しばらく待った。クリストバルがキーを打つ音が聞こえる。

「そのナンバーは二〇一〇年製のリンカーンで登録されています。二〇一七年のレクサスじゃない。くそっ、やられた！」クリストバルが悔しそうに言った。「大至急、車両登録番号を確認して、車内の指紋を確認しないと。すぐにチームを向かわせるので、しばらくそこで車を見ていてもらえませんか？」

「もちろん。その代わり、カーターの車かどうかわかったら教えてください。それからもうひとつ、駐車場の防犯カメラは確認したのでしょうか？　それも捜査ファイルには記載がありません」

「証拠品係に確認して折り返し電話します。とにかく情報をありがとう」

「どういたしまして」チャーリーはそう言って電話を切った。

さほどしないうちに二台のパトカーが駐車場に入ってきた。警官が降りてきて、チャーリーに身分証の提示を求める。やや遅れて鑑識が到着し、現場がいっきに慌ただしくなった。捜査員のひとりが車両登録番号から、そのレクサスがカーター・ダンレーヴィーのものであることを確認した。警官が本部に牽引車《けんいんしゃ》の手配を要請する。

チャーリーはその場を離れた。携帯が振動する。

「もしもし?」

「クリストバルです。証拠品のなかに監視カメラの映像はありませんでした。初動捜査のときに体調を崩した刑事がいて、救急搬送される途中で心臓発作を起こしたそうです。その駐車場は彼の担当範囲だったようですが、今も話ができる状態ではなく……」

「お気の毒に。念のためにこちらの状況を伝えておくと、車両登録番号からカーターの車だとわかったので、レクサスは牽引して署に運ぶそうです。私はこれから駐車場の管理人に監視カメラの映像が残っているかどうか確認してみます。それと……もうひとつ。午前中にダンレーヴィー家の人たちと話をしたんですが——」

「何か収穫がありましたか?」

「家族は誰も嘘をついているようには見えませんでした。常勤の使用人とも話をさせてもらって、カーターの衣類を管理しているスタッフに部屋からなくなっているものはないか確認してもらったところ、スーツケースがふたつと、洗面用具、狩猟や釣りのときに着る普段着が何点か、下着に靴下に靴、それにベッド脇のiPadがなくなっていたそうです。つまり、カーターはみずから姿を消した可能性が高い」

「なんと……」クリストバルが絶句した。「警察は今まで何をしていたのかと怒られそうですね。いや、面目ない」

「人さがしは私立探偵の得意分野ですから、気にすることはありません。また何かあったら連絡します」

「ありがとう」

チャーリーは駐車場の管理人を見つけて、カーター・ダンレーヴィー失踪事件を捜査していることを伝えた。管理人は、監視カメラの映像は隣接するホテルの警備室で保管していると言い、責任者の名前と連絡先を教えてくれた。

チャーリーは太陽の下に出てから責任者に電話をかけた。

「警備室のマウルディンです」

「ミスター・マウルディン、私はチャーリー・ドッジと言います。私立探偵で、デンバー市警と協力してカーター・ダンレーヴィー失踪事件を調べています。さっき〈ダヴィータホテル〉隣の駐車場でダンレーヴィーのレクサスを発見したんですが、二週間前の監視カメラ映像が残っていれば拝見したいと思いまして」

「レクサスが発見された？」マウルディンが声をあげた。「警察が調べたときはなかったのに？」

「実はあったんです。ナンバープレートがつけかえられていました。今、警察が車を牽引していくところです」

「それは驚いた。で、監視カメラの映像でしたっけ？」

「ダンレーヴィーが失踪した日の映像はまだありますか？」

「通常は三週間で削除しますから、誰かが消していないかぎりまだあるはずです。ちょっと確かめてきますのでお待ちください」

「お願いします」チャーリーはそう言って日陰に移動した。アニーのアクセサリーのことを考えていると、マウルディンが電話口に戻ってきた。

「ミスター・ドッジ？」

「聞こえます。チャーリーと呼んでください。映像はありましたか？」

「ありました。今は隣の駐車場におられるんですよね？　警備室は〈ダヴィータホテル〉内ですから、直接いらっしゃってください。ロビーで待っています。よれよれのグレーのスーツを着た中年男が私です」

チャーリーは声をあげて笑った。「こっちは〈テキサス・レンジャーズ〉のキャップと黄色のシャツを着たのっぽです」

「野球は大好きです。それではのちほど」

ホテルは目と鼻の先だ。チャーリーは正面玄関へ向かって歩きはじめた。ロビーに入ると、グレーのスーツを着た男が右手をあげた。チャーリーはサングラスを外してポケットに入れ、男に近づいた。

「ミスター・マウルディン、お忙しいところをありがとうございます」

「ステューと呼んでください。事件解決のためなら喜んで協力しますよ。さ、どうぞこちらへ。映像を見られるように準備させていますから」

チャーリーの予想を裏切り、警備室は最先端の設備をそろえていた。これなら期待できそうだ。

「正直、ここまでいい機材を使っているとは予想していませんでした」チャーリーはつぶやいた。

ステューがうなずく。「ホテルと駐車場はもちろん、アムトラックの駅の警備も担当しているので、それなりの予算がつくんですよ」ステューはチャーリーを先導して廊下を進み、右手の部屋に通した。「チャーリー、こちらは技術班でいちばん優秀なレイチェルです。彼女に見たい映像を伝えてくだされば、すぐに再生します」

レイチェルをひと目見たチャーリーは、ずいぶん若いが大丈夫だろうかと心配になった。しかしすぐに、テクノロジーに強いのはむしろ若者だと思い直す。

「チャーリーです。よろしくお願いします」チャーリーは椅子に座り、キャップをとった。

「こちらこそよろしくお願いします」レイチェルが言う。「いつでも始められますよ。巻き戻したいときはそうおっしゃってください。スロー再生もできます」

「今映っているのは、失踪した日の映像ですか？」

「そうです。ミスター・ダンレーヴィーが交通監視カメラから消えた日です」

「そこまでご存じなんですね」

「これでも警備のプロですから」レイチェルが肩をすくめる。

「そうでしたね。では、進めてください」チャーリーはモニターに顔を近づけた。

最初の数時間分はとくに変わったこともなく、車が出たり入ったりしているだけだった。

黒いレクサスが駐車場の入り口に現れたところで、チャーリーは手をあげた。

「これは一台目のレクサスだ。交通監視カメラで見失った時間にはまだだいぶありますが、この車がどうなるかを見届けたいです」

レイチェルがキーをたたくと別のカメラの映像が現れて、スロープをのぼるレクサスが映った。

「同じ車だ。これは二階のカメラですか?」

「そうです」レイチェルが言った。

黒いレクサスが空いているスペースにとまったので、チャーリーは少し体を引いた。レクサスから降りてきたのは女性だった。急ぎ足でどこかへ消える。

「やっぱりカーターの車じゃない。本命は三階にとまったレクサスなんです」

レイチェルは二階の映像を消して、入り口の映像のみにした。

またしばらく映像を眺めていると、交通監視カメラからカーターが消えた時刻が近づいてきた。

「じきにエントランスにレクサスが現れるはずなんだが」

チャーリーの言葉どおり、一分もしないうちに黒のレクサスが入ってきた。レイチェルが指示を待つこともなく別のカメラの映像を立ちあげる。

カメラが何台も切り替わり、黒いレクサスが三階に到達した。チャーリーは全神経をモニターに集中した。カーター・ダンレーヴィーが降りてくる瞬間を見たい。

レクサスが空きスペースにとまり、運転手が降りてくる。

チャーリーは眉をひそめた。運転手は写真で見たカーターとは似ても似つかなかった。いったいどういうことだ？

「この男はカーター・ダンレーヴィーじゃない」

運転手が車の後部にまわって、リアガラスに文字を書きはじめる。チャーリーの頭がフルスピードで回転を始めた。男が車の反対側にまわって身をかがめ、文字を仕上げた。太いマジックのようなもので〝新婚ほやほや〟と書いたのだ。男は後部ドアを開けて風船の束を出し、バンパーに結びつけた。それが終わると、誰もいないことを確認するように周囲を見まわし、数台先にとめてある白のフォード・エスケープに乗って走り去った。

「とめてください」チャーリーは言った。「ドライバーの顔を正面から見ることはできますか？」

「やってみます」レイチェルはそう言ってキーボードをたたいた。

白のフォードがいろいろな角度から映しだされる。フォードは一階へおり、駐車場から出ていった。

「ガラスにカラーフィルムが貼ってあるせいで、正面の顔はよくわかりませんね」チャーリーは言った。「ただ、レクサスを降りたときはかなり鮮明に横顔が見えました。あの瞬間を写真として出力してもらうことはできますか?」

「できます。ただ、この部屋では無理なので、少し待っていただけますか? 自分のデスクに戻ってやってきますから」

「お願いします」

運転手が別人だったことでますます謎が深まった。カーター・ダンレーヴィーはどこで車を降りたのだろう? あの運転手はカーターの協力者なのだろうか? それとも、誘拐犯が警察の目をくらますために仕掛けた罠《わな》?

そもそもカーターはいつレクサスから降りたのだろう? それはみずからの意思だったのだろうか? ひょっとすると最初から車に乗っていなかった可能性もある。

あらゆる可能性を検討している途中で、レイチェルが男の写真を持って戻ってきた。

「ありがとう。警察には私から知らせます。できればこのことは誰にも言わないでもらいたいのですが……。カーター・ダンレーヴィーが誘拐されたのだとしたら、犯人を警戒させたくないので」

レイチェルがほほえんだ。「その辺は心得ています。ミスター・マウルディンには報告しますが、情報はそこでとまるはずです」

「助かります」

「ほかにご用がないようでしたら、出口までお送りしますよ」

「ありがとう」

「では、こちらへどうぞ」レイチェルがチャーリーをロビーまで先導した。「早く見つかるよう願っています」

チャーリーはふたたび感謝の言葉を述べると、サングラスをポケットから出して、ロビーを出た。クリストバル刑事に伝えるのは車に戻ってからにしよう。

レンタカーに乗ってエンジンをかけ、携帯をとりだす。

一度目の呼び出し音でクリストバルは出た。「もしもし」

「チャーリー・ドッジです。駐車場の監視カメラの映像を見ました。何が映っていたと思います？」

「いったいなんですか？　じらさないで教えてください」

「カーターのレクサスを運転していたのは、本人ではありませんでした」

クリストバルが息をのんだ。「本当に？」

「たしかです。運転手はカーターより十五キロ以上体重が重いでしょうし、背も高いです。その男は車を降りたあとで〝新婚ほやほや〟とリアガラスに書き、風船をバンパーに結んで、近くに駐車してあったフォード・エスケープに乗り換えて駐車場を出ていきました。ホテルの警備室へ行って、ご自分の目で映像を確認してください。私が見落としたものが見つかるかもしれませんし」

クリストバルがうなった。「まいったな。消えた車の件だけでも頭を抱えていたのに、ドライバーがちがうとなるとますます混乱しますね。レクサスに細工をしたのが誘拐犯だとしたら、どうして車を立体駐車場に入れたんでしょう？　監視カメラがあることくらい、予想がつくはずなのに」

「そうですね。カーターがみずから姿をくらましたとしたら、運転手は逃亡を手助けした人物ということになります。これからまた人に会うので、何かわかったら連絡します」

チャーリーは電話を切って自分のホテルに戻った。次はカーターのポーカー仲間にあたってみるつもりだが、いきなり電話をしても詳しい話を聞けるとは思えない。

ラジオをつけて、カントリーミュージックを流している放送局をさがす。気をゆるめると、盗まれたアクセサリーのことが思考に割りこんできた。思い出の指輪が戻ってきたとはいえ、アニーをとりもどすことはできない。自分とアニーにはもう、ともに歩む未来などないのだ。

アニーが施設に入って以来、チャーリーは何かに追われるように仕事をしてきた。ひとりで家にいるより、仕事をしていたほうが気がまぎれるからだ。

〈グランドハイアット〉に到着したのは午後の二時だった。ロビーに入ってコーヒーショップに寄り、出来合いのものとコーヒーのいちばん大きなサイズを買う。いろいろあって昼食を食べるのを忘れていた。

部屋に戻るとベッドメイクがしてあった。荷物をベッドの上に、食事はテーブルに置いて、手を洗いにバスルームへ行く。

手を拭きながら鏡を見ると、こめかみに交じる白いものが目についた。近ごろ、父親に似てきたと自分でも思う。部屋に戻って靴をぬぎ、味わうこともなくいっきに昼食を平らげた。

7

食事が終わるとすぐに、チャーリーはワイリックが送ってきたポーカー仲間の調査ファイルを開いた。さすがワイリック。それぞれの運転免許証の写真に加えて、『デンバーポスト』紙の社交面から切りぬいた写真までついていた。

五人いるポーカー仲間のうち、誰ひとりとして経済的に困窮している者はいないようだ。ポーカーで負けが続いたあげくの仲間割れという仮説は消えた。ひとりひとりの名前と連絡先をメモしているとき、ある写真に目がとまった。どこかで見覚えがある。

男の名前はロム・デルガード。過去の案件で会ったことがあるのだろうか？　まじまじと写真を見つめるうち、はっとひらめいた。

駐車場にいた男だ。

監視カメラの映像から抜いた写真と見くらべる。駐車場はうす暗く、監視カメラの映像なので画質も粗いが、カーターの失踪にかかわった人物だと確信した。

チャーリーは携帯に手をのばした。

電話が鳴ったとき、ロム・デルガードは自宅の書斎にいた。携帯を手にとり、番号を見て眉をひそめる。知らない番号だ。そもそも携帯の番号はごく親しい人にしか教えていないはずなのに。

「……もしもし?」デルガードは警戒しながら電話に出た。

「ミスター・デルガード、私は私立探偵のチャーリー・ドッジと申します。ダンレーヴィー家の依頼で、カーター・ダンレーヴィーをさがしています。少しお話をさせていただいてもよろしいですか?」

それだけで、相手が番号を知っている理由がわかった。ジェイソンから聞いたのだろう。

「もちろんです。カーターは大事な友人のひとりですから。私たちも心配しています」

「あなたの友情を信じて、率直にお話しさせていただきます。あなたがカーターの失踪にかかわったことはわかっています。わからないのは、どうしてカーターが身を隠さなくてはならなかったのかということ。家族が悲しむのはわかっていたはずです」

デルガードはみぞおちに一発くらったような衝撃を受けた。カーターが失踪してから二週間が経過し、もうすべてが発覚することはないと安心していたところだった。

「電話では……話せない」デルガードは硬い声で言った。

「それではどこかで会っていただけますか?　お伝えしておきますが、警察も、レクサスを駐車場にとめたのがカーター本人でないことを知っています。私が伝えたからです」

「それには事情があって」デルガードは動揺しつつも脳をフル回転させた。「うちへ来ていただけますか？」

「住所を教えてください」チャーリーはデルガードの言う住所が、ワイリックが調べた自宅の住所と一致していることを確かめた。「一時間以内にそちらへ伺います」

デルガードが目を瞬《しばたた》いたときには、通話は切れていた。しばらくその場に立ちつくしていたが、はっとして携帯を手にとった。

カーター・ダンレーヴィーは世界の頂にいた。少なくともコロラド・スプリングスにあるデルガードの山荘のデッキから眺める景色は、そう呼ぶにふさわしいものだった。

山は好きだが、ずっと仕事が忙しくて、こんなふうにのんびり山の景色を楽しむことはできなかった。あんなことさえなければ、今もデンバーで仕事に追われていただろう。

ここへ来て二週間がすぎた。自分の身に起きた〝事故〟について、そのからくりについて、考える時間はたっぷりあった。

冷静になってみると、連続して起きた事故はプロの仕業とは思えなかった。プロがあんなに素人くさいことをするはずがない。

最後の事故が起きたのは、古い友人の通夜に参列した日だ。故人は山の上の邸宅に住んでいたので、曲がりくねった坂道を車で三十分ほどのぼって会場に到着した。ディナとケニスも参列していたのだが、移動は別で、自分で車を運転して少し早めに会場を出た。市内で会議の予定があったからだ。

ブレーキの利きが悪いと気づいたときには、すでにかなりのスピードが出ていた。ガードレールを突き破って谷底に落ちずにすんだのは奇跡と言っていい。それでも速度が増すにつれ、パニックを抑えられなくなった。車をとめる方法はただひとつ、斜面に突っこむしかない。カーターは思いきってハンドルを切った。

エアバッグがふくらんで顔面を打った。体じゅうがずきずきして、手足を動かすのが怖いほどだった。車体の下からガソリンと水がもれて路面をぬらしていく。朦朧《もうろう》とした意識のなかで、車から出なくてはと思った。

そこでケニスとディナの車が見えた。

ケニスは車に積んであった工具を持ってきて、ひしゃげたドアをこじ開けた。それから自分の車の後部座席をフラットにして、カーターを寝かせ、救急車を呼んだのだった。

ヒステリックに泣いていたディナがようやくわれに返り、カーターの横に座って手を握った。そして、いつも文句ばかり言ってすまなかった、あなたのことが大好きだと何度も繰り返した。カーターはディナの手をたたき、わかっていると応えるのがやっとだった。

エアバッグのおかげで大きなけがはなかったが、あれでカーターも決心がついた。証明こそできないものの、一連の〝事故〟は偶然ではない。だから手遅れになる前に、安全な場所に避難することにしたのだ。

自分が姿を消したとき、利益を得ようと動きだした人物こそが犯人だ。

ところが二週間がすぎても、会社を乗っとろうとする人物は現れなかった。家族が不安と悲しみに沈むなか、ジェイソンは株価の下落をとめようと必死でがんばっている。これでは誰も得をしていない。

頭上から鋭い鳴き声がした。翼を広げたワシが、大自然の上を雄大に舞っている。カーターはため息をついた。

ふと携帯が鳴った。今、電話をかけてくるのはロム・デルガードだけだ。

「もしもし、ロム？　何かあったのか？」

「それがあったんだ。あまりよくないことが」デルガードが暗い声で言った。

「なんだ？」

「ジェイソンが、きみを見つけるために私立探偵を雇った」

「まあ、予想の範囲内だな。あいつは誠実で愛情深い甥《おい》なんだよ。よくないことというのはそれか？」

「いや、その私立探偵が、デンバーに入ってたった二日で、デンバー市警が二週間かかってもできなかったことをやってのけたんだ。きみが誘拐されたのではないことをつきとめ、ぼくがレクサスを駐車場にとめたことも暴いてみせた」

「そいつはすごい」カーターはつぶやいた。

「感心している場合じゃないだろう。うまくごまかせたと思ったが、だめだったようだ。さっきここへ電話してきて、レクサスを運転していたのがカーターではないことは警察にも伝えたと言われたよ。さらに詳しい事情を訊《き》きに、じきぼくの家へ来る。それできみは、ぼくにどうしてほしい？」

「ずいぶん優秀な探偵なんだな。名前は？」

「チャーリー・ドッジだ」

「私が直接話そう」カーターは言った。

「本気か？」

「ああ。その男が到着したら、もう一度電話をしてほしい。心配するな。あとでデンバー市警のトップに電話をして、きみに迷惑がかからないように話をつけるから」

「ぼくのことはどうでもいい」デルガードが言った。「問題は、きみの安全を確保することだ」

「いや、きみを巻きこんだのは私なんだから、きちんとケリをつける。ともかく、すべてはミスター・ドッジと話をしてからだ」

「わかった。だが、きみ自身の命がかかっていることを忘れないでくれ」

「自分のしていることはわかっているよ。きみにはもう充分助けてもらった。ここから先は自分でやる」

電話が切れた。デルガードは顔をしかめてミニバーへ行き、ウィスキーをグラスに注《つ》いでいっきに飲みほした。それからバルコニーに出た。

カーターとの共謀がばれたこと自体は、さほどショックではなかった。もともと暴露するのを覚悟の上で協力したのだから。それでも日が経《た》つにつれ、天が自分たちに味方してくれたのだと思いはじめていた。

やはり現実は甘くない。それでもカーターには、何年も前に経済的苦境を救ってもらった恩がある。また頼まれたとしても同じようにするだろう。

テニスコートにいる妻がこちらに気づいて手をあげた。息子も顔をあげ、にこにこしながら手をふってくる。

「今日はわたしが勝っているのよ!」妻が得意げに言った。

デルガードはふたりに向かって親指を立てると、部屋に戻って審判の時を待った。

チャーリーはアドレナリンが噴きだすのを感じていた。獲物を追いつめた猟犬の気分だ。すぐに車でホテルを出て、二十分もしないうちにロム・デルガードが住んでいる地区を走っていた。立ち並ぶ家々の造りからして、金持ちの住む界隈《かいわい》なのは一目瞭然だ。ダンレーヴィー城とまではいかないが、どの家も独創的で凝った外観をしている。

カーナビが、すぐ先を右折しろと指示を出した。そのとおりにすると、天に向かってそびえるポプラに挟まれた私道に入った。くねくねした道の先に、イタリアふうのヴィラが見えてくる。チャーリーは私道の終点に車をとめ、ブリーフケースを持って、半円を描く石階段をのぼった。石畳のパティオを抜けて玄関へ向かう。

呼び鈴を鳴らすと、しばらくしてドアが内側に開き、目力のある小柄な女性がチャーリーを見あげた。

「チャーリー・ドッジです。ミスター・デルガードと約束しています」

「伺っております。どうぞお入りください」

チャーリーは敷居をまたぐと、女性のあとをついて玄関ホールを抜けた。

居間の入り口で女性が足をとめる。「ミスター・ドッジがお越しです」

「ありがとう、デラ」デルガードが右手をのばして近づいてきた。「ようこそ、ミスター・ドッジ。はじめまして」

チャーリーはうなずいて握手をしたが、笑顔は控えた。

「何かお飲みになりませんか？」

「いえ、お気持ちだけで結構です」チャーリーは丁寧に断った。「それよりも答えを聞かせてください」

デルガードが立ちどまり、両開きのドアの向こうに見える庭を手で示した。「外へ行きませんか？　これから話すことは誰にも聞かれたくないのです。壁に耳ありと言いますし」

チャーリーは軽く目を見開いた。

デルガードは小さくほほえんだ。「基本的に人を信用しないことにしているのです。カーターは別ですが。どうぞ、こちらへ」

外へ出るとすぐ、チャーリーは単刀直入に言った。「カーター・ダンレーヴィーはどこにいるんです？」

デルガードが肩をすくめた。「安全な場所です」

「それだけでは信用できません。私も簡単には人を信用しない性質なので」

ワイリックは別だが、とチャーリーは心のなかでつけ足した。ただしワイリックのほうは、過去を打ち明けるほどこちらを信用していない。

「では、本人と話したら納得しますか？」

チャーリーは眉をひそめた。「いや、できませんね。私はカーターの声を知りませんから。教えてください。どうしてあなた方はこんなことをしたんです？」

「あなたから電話があったあと、われわれのちょっとした企《たくら》みがばれたことをカーターに伝えました。そうしたらカーターが、あなたと直接話すと言ったんです」

「ちょっとした企み？　賭けてもいいが、デンバー市警はそれですませてはくれないでしょう」チャーリーは言い返した。

デルガードがふたたび肩をすくめる。「カーターに頼まれたんです。私がカーターにノーと言うことはありません。というわけで、彼と話してください。カーターがすべて説明します。そうすればあなたも、われわれがどうしてこんなことをしたのかを理解してくださると思います」

チャーリーは思案した。デルガードのカーターに対する忠誠心は本物のようだ。この男は予想していたほど悪い人間ではないのかもしれない。

「わかりました。電話をしてください。彼の言い分を聞きましょう」

「ありがとう」デルガードがポケットから携帯をとりだした。「こちらへどうぞ」

凝った装飾をほどこしたベンチまで来ると、デルガードは周囲に誰もいないことを確かめてから電話をした。

「もしもし、カーター？　例の私立探偵がやってきて、きみと話すことをなんとか承知してくれたところだ。ぼくの受けた印象では、チャーリー・ドッジは信頼できると思う」デルガードはそう言って、携帯をチャーリーに差しだした。

「チャーリー・ドッジです。あなたのご家族が――正確にはあなたの家にいる人すべてが、ひどく悲しんでいます。だから事実を話してください」

「その悲しんでいるうちの誰かが、私を殺そうとしている」

カーターの言葉に、チャーリーは衝撃を受けた。それが事実なら、多くのことに説明がつく。ナイトキャップを楽しんでいるときにカーターが救急車で運ばれたという話がよみがえった。

「常勤の使用人に話を聞いたとき、一カ月ほど前に救急車で運ばれたと聞きました。そのときのことを言っているのですか？」

カーターがため息をついた。「そうだが、ほかにもある」

カーターの声には深い悲しみがにじんでいた。身内を疑わなければならないのなら無理もない。

「どうして同じ家に住む者の仕業だと思うのですか？」

「一緒に住んでいる者でなければできない細工が多かったからだよ。家族か、はたまた使用人か……」

「あなたが死んで得をする人はいますか？」

「家族は株のとり分が増えて年収があがる。だがそんなことをしなくても、金なら使いきれないほどある。ジェイソンはたまに薬をやるが、ほんの息抜きだ。売人に魂を売るようなことはしない」

カーターが甥のひそかな道楽を知っていたことに、チャーリーは驚いた。大財閥のトップだけあって、眼力のある人物のようだ。

「弟のテッドはダラスにいるんだが、株の利益に加えて、病院の経営に成功している。それに——」

「テッド・ダンレーヴィーのことなら知っています」チャーリーは口を挟んだ。「妻の担当医なのです。そもそも私をジェイソンに推薦したのはドクター・ダンレーヴィーだそうです。ドクターには妻の面倒を見てもらっている恩があるので、今回の依頼を断ることができませんでした」

ダンレーヴィー家とチャーリーの意外な接点を知り、カーターは驚いたようだった。しかし余計なことは言わず、短く同情の意を表した。「お気の毒に。家族の病はつらいものだ」

「はい」チャーリーはひと呼吸置いて切りだした。「ところで、お姉さんのディナとはよく口論をするそうですが……」

カーターがくっくと笑った。「ディナとは、よちよち歩きのころからしょっちゅう小競り合いをしているよ。だが深刻なものではない。あの人はきょうだいの紅一点で、ずいぶん甘やかされて育ったんだ。会社の経営にはまったく興味がない。息子のジェイソンがダンレーヴィーの次期トップにつくのだから、今の状況になんの不満もないはずだ」

「ジェイソンは会社の株価がさがっていることを心配していました。一刻も早くあなたの安否が判明しないと、事態が悪くなるばかりだと」

カーターはふたたびため息をついた。「そのとおりだ。私がジェイソンの立場でも探偵を雇っただろうな」

「ディナのご友人はどうですか?」

「ケニスのことか? あの男がディナを使ってうまい汁を吸おうとしているのはまちがいないだろうが、たとえディナと結婚しても、一族の事業に関して発言権は与えられない。そしてエドワードはぜったいに犯人じゃない。兄弟であり、親友でもある。目に障害もあるし」

「あなたはこれからどうするつもりですか?」チャーリーは尋ねた。「このままでは警察が無駄な捜査を続けることになる。事実を伝えるにしても、あなたを助けたことで、ミスター・デルガードは非常にまずい立場に立たされるでしょう」

「デンバー市警のトップは友人でね、電話をするから心配ない」

「私はジェイソンに電話をして、とりあえずあなたが見つかったことを伝えます。雇い主ですし、私の仕事はあなたを見つけることでしたから。事情をどこまで話すかはあなたにお任せしますので、あとで必ずジェイソンにも電話をしてください」

「わかった。ところでミスター・ドッジ」カーターが言った。「次は私の依頼を受けても

らえないだろうか。私を殺そうとしている者を見つけてくれたら、百万ドル払ってもい
い」

長い沈黙のあと、チャーリーは咳払《せきばら》いをした。「百万ドル？」

「そうだ。足りなければ――」

「充分です」チャーリーは即答した。「依頼を受けるなら、あなたの身に起きた事故の詳細を教えてもらわないといけません」

「よし。あとで改めて連絡するから、メールアドレスを教えてくれ」

「電話を切ったあとで改めてメールします。もうひとつ確認したいんですが、このあとは家に戻られるのですか？　それとも引きつづき身を隠すつもりですか？」

「直感は、今いる場所に留《とど》まれと言っている」

「しかしミスター・デルガードが手を貸したことがわかれば、マスコミや犯人が隠れ家をつきとめるのも難しくないのでは？」

それまで黙って聞いていたロム・デルガードが勢いよく立ちあがった。「彼の言うとおりだ！」

電話の向こうのカーターにも、デルガードの声が聞こえたようだった。「まずいな」

チャーリーは息を吐いた。もとはといえばテッド・ダンレーヴィーに義理立てして引き受けた仕事だ。ドクター・ダンレーヴィーには金では返せない恩がある。アニーが安心し

て日々を過ごせるのは彼のおかげなのだから。となると、ドクターの肉親であるカーターの安全を確保するのも自分の役目ではないだろうか。

「ひとつ提案があります」チャーリーは言った。

「聞こう」カーターが促す。

「私と一緒にダラスへ行きましょう。私のタウンハウスはそれなりに広いですし、セキュリティーもしっかりしています」

長い沈黙のあと、カーターが尋ねた。「どうしてそこまでしてくれるのかね?」

「あなたの弟さんのためです。ドクター・ダンレーヴィーには妻の面倒を見てもらっていますから、ドクターの家族の安全を確保するのは私の役目です」

カーターはふたたび沈黙した。選択肢を比較検討しているのだろう。

「きみはダラスに住んでいるのか?」

「はい。ダラスから民間機で来ましたが、あなたと一緒では、帰りも民間機というわけにはいきません。アシスタントに迎えに来てもらいましょう。彼女はパイロット免許を持っているので」

「彼女? 女性かね?」

「そうです。ついでに言えば、彼女は自家用ヘリも所有しています」チャーリーは息を吐いた。「実は先日、事務所の入っていたビルが火災によるガス漏れで爆発したんです。街の一角が吹き飛ぶほどの大爆発でした」

「その事件はニュースで見たぞ」

「今は私のタウンハウスを仮事務所にしているので、アシスタントも毎日そこへ出社してきます」

「曲がりなりにも命を狙われている私がきみの家に身を隠したら、アシスタントの女性が不安にならないだろうか？」

「ワイリックはそういうタイプじゃありません」チャーリーは請け合った。

「ワイリック……というのは名字かね？」

「ええ、ファーストネームは呼ばせてもらえないのです。会えばわかるでしょうが、彼女の外見について少しでもからかうようなことを言ったら、ヘリから突き落とされるのを覚悟してください」

カーターはチャーリーの発言について思案した。ワイリックという女性がどれほど風変わりで過激だったとしても、身内に殺されるよりはましだ。

「気をつけよう」

「あなたが今、滞在しているところに、ヘリが着陸するスペースはありますか？」

デルガードがチャーリーの肩をたたく。「心配しなくてもヘリポートがある。給油設備もね」

「ではミスター・ダンレーヴィー、ワイリックと時間調整をしたら到着予定時刻を知らせます。明日、太陽が沈む前にはその山をおりていると思ってください」

「きみには感謝してもしきれない」

「百万ドルのオファーで充分です。それだけあれば妻になんでもしてやれる。電話を切ったらすぐ、ジェイソンにあなたを見つけたことを知らせます。あとであなたから詳しい説明があると伝えますのでよろしく。何を話すのも自由ですが、州外に出ることは言わないでくださいね。犯人が捕まったら家に戻るとだけ伝えてください」

チャーリーは電話を切った。「ではミスター・デルガード、カーターの隠れ家を教えてもらえますか」

「もちろんだ」デルガードがうなずいた。「コロラド・スプリングスの北にある山のてっぺんにいるよ。詳しい場所を書いて渡そう」

室内に戻ると、デルガードは山荘の位置とカーターの携帯番号を教えた。チャーリーはメールアドレスを交換し、カーターに転送するように頼んだ。

「これで大丈夫です。ご協力に感謝します」

「こちらこそ役に立ててよかった。玄関まで送ろう」デルガードは玄関でチャーリーと握手した。「友人を助けてくれてありがとう」

「仕事ですから」チャーリーはそう言って車に戻った。車を出しながらジェイソンに電話をする。

「もしもし？」ジェイソンはすぐに電話に出た。

「チャーリーです。カーターを見つけました」

ジェイソンが音をたてて息をのんだ。「本当に？　もう見つけたんですか？　それで叔父はどこに？　無事なんですか？　いったい何があったんです？」

「あとでカーター本人から電話がありますから、詳しいことはそのときに訊いてください。どこまで情報を出すかは本人に任せました。ただ、カーターはけがひとつなく、安全な場所にいるとだけお伝えしておきます」

「ああ、よかった！」ジェイソンが叫んだ。「早く家族に知らせたい」

「それはカーターと話してからにしてください」

「どうして？」

「話せばわかります。あとでこの件の請求書をメールで送りますので、確認をお願いします。では、ご依頼ありがとうございました」チャーリーは電話を切った。

時計を見る。ダラスとの時差は一時間だから、もうじきワイリックは事務所を出るころだ。シャツのポケットからデルガードの山荘の位置を書いたメモをとりだすと、今度はワイリックの番号に発信した。

8

ワイリックはパソコンの電源を切って一日の仕事を終えようとしていた。使った皿を食器洗浄器に入れてスイッチを入れる。部屋に帰って猫足の浴槽にのんびり浸《つ》かろうと考えていたときに携帯が鳴った。

「〈ドッジ探偵事務所〉です」

「ぼくだ」チャーリーが言った。

「知っています。いちおうアシスタントっぽく受け答えをしただけで」

無言。

あきれ顔のチャーリーを想像して、ワイリックはほくそ笑んだ。

「カーター・ダンレーヴィーを発見した。身の危険を感じて、ポーカー仲間の別荘に身を隠していたんだ。彼の話では、自邸に出入りしている者に命を狙われている可能性が高い」

「それで、これからどうするつもりですか?」

「カーターを発見したことはジェイソンに伝えた。誰がどういう理由でカーターを狙っているのか判明するまで、うちでかくまうことにしたよ」

ワイリックは驚いた。「〝うち〟っていうのは……つまりこのペントハウスで、ということですか？」

「そうだ。何か問題があるか？」

「いいえ、まったく。ただ、どうして急にクライアントのお守りをすることにしたんですか？」

「カーターの弟のテッド・ダンレーヴィーが、アニーの担当医なんだ。彼には借りがある」チャーリーは端的に説明した。「カーターをコロラド州から出さないといけないんだが、民間機は足がつく。きみに――」

「どこでピックアップを？」ワイリックは先まわりした。

「今から言おうと思っていた。ぼくはデンバー国際空港までレンタカーで行く。きみと合流したあと、コロラド・スプリングスの山荘にいるカーターを――」

「山荘がある場所の経緯経度はわかりませんよね？」

チャーリーはため息をつき、いらいらした声で言った。「それもこれから説明するところだ。住所を言うから自分で確認してくれ」

ワイリックは返事をしなかった。チャーリーにつっかかるのにはいくつか理由があるが、そのひとつはガス抜きをさせることだ。彼は妻の病気のことで、神に――この世界全体に強い怒りを感じている。その怒りを少しでも発散させたかった。

「ワイリック、聞いているのか？」

「もちろん。さっさと住所を言ってください」

チャーリーが住所を読みあげ、ワイリックはそれを復唱した。

「そうだ。カーターの隠れ家にはヘリポートと格納庫《ハンガー》と給油施設があるそうだ。デンバー空港に到着する時間がわかったら教えてくれ」

「言われなくても教えます」ワイリックはそう言って電話を切った。電話が切れる寸前、チャーリーの悪態が聞こえたような気がした。

帰る前に、廊下の先の客室を確認しに行く。きちんとベッドメイクがしてあるし、バスルームにはアメニティーもそろっていた。新品の歯ブラシと歯磨き粉もある。これならカーターがいつ来ても大丈夫だろう。

私物を持って電気を消し、セキュリティーをオンにして外へ出た。背後を確認しながら駐車場へ向かう。

タウンハウスのある建物から出たとたん、熱風が顔をたたいた。夕暮れどきとはいえ、太陽の威力は少しも弱まっていないようだ。

車に乗ってエンジンをかけ、エアコンを強にして、音楽アプリを起動する。プレイリストからキャリー・アンダーウッドを選んで車を発進させた。歌に合わせてハミングしながらフリーウェイに乗る。翌日のフライトに準備するものを考えつつバックミラーをチェックすると、フリーウェイに乗るときに見たグレーのセダンが目にとまった。ワイリックは眉をひそめてスピードをあげ、追い越し車線に出て六台の車を追い抜いた。走行車線に戻ってバックミラーを確認したところ、さっきのセダンが数台うしろに入ったところだった。

ワイリックは舌打ちをした。

あいつらはいったい何がしたいのだろう？　監視されていることも尾行されていることもわかってる。あいつらだって、こちらが気づいていることを承知しているはず。いやがらせがしたいだけ？　それとも、わたしを本気で怒らせたい？

マーリンの家までセダンを連れていくつもりはないので、出口のかなり手前からウィンカーをあげた。尾行に気づいていないふりをして一般道に降り、左折する。予想どおりグレーのセダンもフリーウェイを降りてきた。

適当な駐車場をさがすと、数ブロック先に大きなモールが見えた。エンジンを吹かしてスピードをあげ、セダンと充分に距離を置いてからモールの駐車場に車を入れた。最初に目についた駐車スペースに車をとめる。ベーカリーの前だ。車を降り、数メートル離れた大きな生け垣のうしろに身を隠した。

五分もしないうちにグレーのセダンが駐車場に入ってきた。駐車場を行ったり来たりしてこちらの車をさがしている。セダンがスピードをあげて近づいてきたので、車が見つかったのだとわかった。セダンはワイリックが隠れている生け垣の前を通りすぎてとまった。男が降りてくる。そしてワイリックの車のうしろにしゃがむと、バンパーの裏に何かをつけた。男が生け垣に背中を向けた瞬間に、ワイリックは生け垣から出て男の車の写真を撮り、ふたたび身を隠した。

男が立ちあがり、車に戻って駐車場を出ていく。

セダンが完全に見えなくなってから、ワイリックは生け垣を出てバンパーを調べた。GPSトラッカーだ。それをはがして、あたりを見まわす。

〈ハッピー・フェイス・フローリスト〉という花屋の前に、大きなスマイルマークがついた配達車がとまっているのを見つけたとき、これだと思った。

運転手が車を降りて花屋に入ったのを確かめてから、ワイリックは配達車のバンパーにGPSトラッカーをつけた。

マック・ドゥーリンは得意満面だった。

ついにジェイド・ワイリックの裏をかいてやったぞ！

ガス爆発以降、ワイリックの居場所がつかめず、サイラス・パークスから再三にわたってプレッシャーをかけられていた。このニュースを伝えれば、サイラス・パークスもおれの実力を認めるだろう。

さっそく報告の電話をする。何度か呼び出し音が鳴ったあとで、サイラスが電話に出た。

「いいニュースなんだろうな」

ドゥーリンは笑った。「もちろんです。ワイリックの車にトラッカーをとりつけました。これで彼女がどこへ行ってもわかりますし、接近する必要がないので警戒させずにすみます」

「よくやった。明日の午前中には報酬を振りこもう。引きつづきしっかりと見張ってくれ。引っ越し先の住所をつきとめろ」

「わかりました。それではよい夜を」

サイラスは何も言わずに電話を切った。

ドゥーリンは眉間にしわを寄せたあと、気にすることはないと思い直した。サイラス・パークスの友人になりたいわけではない。もらうものさえもらえれば、それでいいのだ。

今夜ばかりは尾行を気にしなくてよくなったので、ワイリックは心も軽くマーリンの家を目指した。マーリンは広い花壇をうろついていた。咲きおわった薔薇《ばら》をつむ老人を見て、ディズニー映画『王様の剣』に出てくる魔法使いマーリンにそっくりだと改めて思う。おそらく白髪交じりの長い髪と顎ひげのせいだろう。

　ワイリックは荷物をまとめて車を降りた。

　車のドアが閉まる音でマーリンが顔をあげ、ワイリックに向かって手をふる。ワイリックも手をふり返し、自分の部屋に入った。

　ボルト錠を閉めて作業机の横にバッグを落とし、パソコンの前に腰をおろす。まずはチャーリーから聞いた住所を経緯経度に変換して、フライトプランを作成した。

　これでよし。あとはフライト準備だ。

　ワイリックは携帯を出し、なじみの整備士に電話した。

「もしもし？」

「ベニー？　わたし。明日の朝、レンジャーを飛ばしたいんだけどメンテにどのくらいかかる？」

「ちょうど昨日メンテナンスが終わったところだから、エンジンはぴかぴかですよ。燃料を入れればいつでも飛べる。何時がいいですか？」

「朝の八時はどう？　コロラド・スプリングスで人を乗せたら引き返してくる。順調に進めば昼過ぎには戻れるはずよ」

「了解。準備しておきます」

「ありがとう。じゃあ、明日の朝」

　やることリストの項目をひとつ消去して、ワイリックは寝室へ向かった。一刻も早く化粧を落として着替えたかった。

チャーリーとの電話を終えて三十分もしないうちに、ジェイソンの携帯が鳴った。知らない番号だ。

「もしもし？」

「ジェイソン、元気か？」

「カーター叔父さん？　本当に叔父さんなんですか？」

「そうだ、私だ。おまえたちにきつい思いをさせてすまなかった。あのときは姿を消すしか方法を思いつかなくて」

「ああ、また叔父さんの声が聞けるなんて最高だ！　心配で頭がどうにかなりそうだったんですよ。いったい何があったんです？」

「ここ何カ月か、私のまわりで不審な事故が続いただろう？　食中毒のような症状になったり、階段の水たまりに足を滑らせたり、イアン・セイグリッドの通夜から戻るとき、車のブレーキが利かなくなったこともあったな」

「たしかに続きましたが……ちょっと待ってください。食中毒のような症状というのはどういうことです？　あれは食中毒じゃなかったんですか？」

「結局、ひと晩入院することになって、おまえを家に帰しただろう？」

「はい。叔父さんは翌日の午後に退院して、タクシーで家に帰ってきましたよね。電話をしてくれれば迎えに行ったのに」

「検査の結果、食中毒ではないとわかったからだ。体内からヒ素が検出された」

ジェイソンが音をたてて息を吸った。「ヒ素？　まさか、なんてことだ！　まちがいないんですか？　そんなことが起きるなんて信じられません」

「私もだ。しかし車のブレーキが利かなくなったときも整備士に点検してもらったところ、ブレーキラインに細工をされたことがわかった。実はフリーウェイで二度、同じ車にぶつかられそうになったこともあったんだ。それで、あの家にいたら命はないと不安になった」

「そんな！　ぼくらはけっして――」

「家族が犯人だと決めつけているわけじゃない。その一方で、あの屋敷にいる誰かが関係しているのはまちがいないとも思っている。屋敷のなかと外を合わせると、毎日、十人から十五人は出入りしているだろう？　だからチャーリー・ドッジを雇って、調べてもらうことにした」

「わかりました」ジェイソンの声は震えていた。「母たちには……なんと言えばいいでしょう？　警察には？」

「警察には私から連絡しておく。家族と使用人たちにはおまえから話してくれ。事実をありのままに伝えればいい。ひょっとするとそれがきっかけで犯人が動きだすかもしれないからな。みんなには、今は電話できないと伝えてくれ。携帯を使うと居場所がわかってしまう」

「まるで悪夢です。こんなことになるなんて……。マスコミには明日発表します。少なくともそれで会社の株価は持ち直すでしょう」

「おまえがよくやってくれて本当に助かった。解決までもう少し耐えてくれ」

「ぼくらは叔父さんの味方です。とにかく身の安全を第一に考えてください」

　電話が切れた。

　ジェイソンはしばらくショックで動けなかった。視線をあげると、鏡に映った自分の姿が目に入る。亡霊を見たかのような表情をしている。話の最中、無意識に髪をかきあげていたせいで、頭頂部の毛が逆立っていた。腕時計を確認して秘書に電話をする。

「グロリア、今日は人と会う約束があったかな？」

「ありません。次のアポイントメントは明日の昼です。ゴルフクラブでチャリティーの昼食会があります」

「そうだったな。今日はもう家に帰る。次に出社するのは明日の昼食会のあとになるから、あとはよろしく頼む」

「かしこまりました。ほかにご用はありますか？」

「ないよ。じゃあ、明日」

パソコンの電源を切って携帯をポケットに入れ、スケジュール帳を引きだしにしまって鍵をかけた。いつもどおりの手順だが、完全に上の空だった。

叔父は奇跡的に無事だった。しかし屋敷内の誰かに命を狙われているという。いったい誰の仕業なんだ？

ひとつはっきりしているのは、チャーリー・ドッジがとんでもなく優秀だということだ。評判以上だった。あの男なら、叔父に危害を加えたろくでなしを捕まえてくれるかもしれない。

ジェイソンは専用エレベーターで駐車場へおり、車に乗った。一刻も早く家族に知らせなくては。

ワイリックには合衆国政府ですら把握していないハッキングの技があるので、尾行していた車のナンバーから所有者を割りだすくらい朝飯前だった。

敵の名前はすぐに判明した。ちなみにワイリックが味方と見なすのはこの世でたったふたり――マーリンとチャーリーだけだ。それ以外はすべて警戒対象であり、トラッカーをつけた男を含めた何人かは明白な敵だった。今までは逃げることに専念してきたが、敵がこの調子で攻撃を仕掛けてくるのなら応戦せざるを得ない。

「はじめまして、マック・ドゥーリン」ワイリックはスクリーンに現れた写真に向かって言い、キーボードをたたいた。ネット上に残っているいちばん古い画像はマック・ドゥーリンが九歳のときのものだ。大学時代はサークルでもめごとを起こして退学処分になっている。

「なかなかおもしろいじゃない」ワイリックはつぶやきながらリサーチを続けた。パソコンの画面上にいくつものウィンドウが立ちあがる。フリーウェイで尾行してきた日に、クレジットカードでガソリンを入れた記録も出てきた。

そこからカード会社のコンピュータに侵入し、銀行口座をさぐりだす。

ビンゴ！

よく知っている会社から、最近入金があったことが確認できた。サイラス・パークスと〈ユニバーサル・セオラム〉が所有するペーパーカンパニーだ。

やっぱりあいつが黒幕だった。さて、どうやって反撃しようか……。

用意しておいた方法はいくつもあるが、まだ実行のときではない。

チャーリーを迎えに行くのが先だ。

翌朝目を覚ましたマック・ドゥーリンは、約束どおり銀行口座にまとまった金が振りこまれているのを知って有頂天になった。あとはトラッカーの信号を頼りに、ワイリックの家をつきとめればいい。

身支度をすませ、iPadとコーヒーとドーナツを持って車へ向かう。車に乗るとすぐiPadの追跡アプリを起動して、ワイリックのベンツの位置を確認した。

マップ上にトラッカーの位置を示すマーカーが現れる。

「覚悟しろ」ドゥーリンは袋からドーナツを出してかぶりつき、車を発進させた。

さほどしないうちに、ワイリックの車が停車と発車を繰り返していることに気づいた。買い物でもしているのだろうか？

コーヒーを飲んでふたつ目のドーナツを食べてから、本腰を入れて追跡を始めた。ところが、ワイリックを見つけるのは予想していたほど簡単ではなかった。

ようやく追いついたと思うやいなや、マーカーが移動を始めるからだ。スピードをあげても、いっこうにワイリックのベンツは見えてこない。

マーカーがフリーウェイに向かう様子を見せたので、今度こそ捕まえられると思った。フリーウェイに乗ったところでいっきに距離を詰める。それでも気づかれたくないので、ワイリックの車の数台うしろで速度をゆるめた。この距離ならそろそろベンツが見えるはずだ。

「いったいどこにいやがる？　今朝はどうしてあちこち寄り道しているんだ？」

スクリーンでもう一度位置を確認し、前方がよく見えるように車線を変更した。ベンツは見当たらない。アプリのマーカーはすぐ前方を示しているのに、ワイリックの姿がない。

「どういうことだ？」

ドゥーリンは周囲の車を一台一台チェックしながらアクセルを踏んだ。いつの間にかマーカーの前に出ていたことに気づき、今度はバックミラーを確認する。やはりベンツなどいない。マーカーが示す位置には配達車が走っていた。

ドゥーリンは目を見開いた。

やたらに寄り道をすると思ったら、あの配達車だったのだ！

「やられた！」ハンドルをたたく。「あの女、トラッカーを配達車につけかえやがったのか！」

ドゥーリンは眉間にしわを寄せた。まずいことになった。


家へ向かうジェイソンの胸中は複雑だった。叔父の無事がわかれば家族は大喜びするだろうが、たちまち絶望の淵《ふち》に逆戻りだ。

家族と使用人を同時に集めて話をするのがいいだろう。みんなの動揺する顔が目に浮かぶ。そのなかに裏切り者がいるとはとても思えなかった。

家が近づくにつれてますます気が重くなってくる。昨日、母と口論をして、まだ仲直りしていないことまで思い出した。

母は、誰でもいいから寄りかかる相手がほしいのだ。選んだのが誠実で愛情あふれる相手なら、ジェイソンも歓迎しただろう。しかしケニスは六十を超えているというのに、自分を甘やかしてくれる母親のような女性を求める甲斐性《かいしょう》なしだ。

ああ、今はそんなことを考えても仕方ない。

ジェイソンは小さく首をふった。短縮ダイヤルで家に電話をかける。予想どおりルースが電話に出た。

「ダンレーヴィー家です」

「ルース、ぼくだ。みんな家にいるか？」

「はい、おられます」

「使用人は何人いる？」

「今日は庭師が来ているんですが、日によって人数がちがうので……」

「とりあえずいる者だけでいいから、広間に集まるように伝えてくれ。あと五分ほどで帰る。図書室ではなく広間だぞ。あっちのほうが広いからな。家族も使用人も、残らず集合するように」

「ご家族と同時に集めるのですか？」

「そうだ。みんなに話がある」

「かしこまりました。すぐに手配いたします」ルースはそう言って電話を切った。

ジェイソンは話をどう切りだすか思案した。

叔父がみずからの身を守るために屋敷を出たという事実が、何よりもジェイソンをいらだたせていた。そこまで叔父を追いつめた犯人を、なんとしても捕まえなくてはならない。

決意も新たに、屋敷の裏手にある家族用の駐車場へ車を入れる。

ひとついいことがあるとすれば、叔父が見つかった以上、ミランダが毎日電話してくる理由もなくなるということだ。彼女とデートするようになってもうじき一年半になるが、束縛が強すぎてうっとうしくなってきた。しばらく距離を置いたほうがいいのかもしれない。

ミランダは今、イタリアかどこかで馬鹿高い服を買いあさっているはずだ。ホームメイドのソーセージで財を成した成金の娘として、父親の金でほしいものは残らず手に入れてきたのだろうが、今度ばかりはそうはいかない。

ブリーフケースを持ち、調理場の横を通って屋敷に入る。ダンレーヴィー家の人間は、ふだんからみなそうしているのだ。裏口を通るたびに、屋敷を円滑にまわすために大勢の人が働いていることを実感する。湯気のたつ鍋のにおいをかいで、その夜の肉料理を当てられるかどうか、シェフと勝負するのがひそかな楽しみにもなっていた。

しかし今日、シェフのピーターは調理場にいない。残りの使用人とともに広間に集まっているからだ。ジェイソンは料理のにおいをかいだついでに、コンロにかかっている鍋のなかをちらりとのぞいた。

広間は静まり返っていた。使用人と一緒に集められたことを、家族は——とりわけ母は快く思っていないはずだ。何より、使用人たちが居心地の悪い思いをしているだろう。

ジェイソンが入っていくと、いきなりディナが立ちあがって泣きだした。「カーターが死んだって言うのでしょう?」

ケニスがディナの肩に腕をまわす。「先走らないで、ダーリン。座ってジェイソンの話を聞こうじゃないか」

ジェイソンは母のヒステリーを無視してブリーフケースを脇に置き、自分用にアイリッシュウィスキーを注《つ》いで、ストレートで喉に流しこんだ。

「叔父に関するニュースなのはまちがいありません。先日雇った探偵が、さっそく期待に応えてくれたのです。一時間ほど前にチャーリー・ドッジから叔父を見つけたと電話がありました。カーター叔父さんはけがひとつなく、元気でいるそうです」

いちばんに歓声をあげたのは、やはりエドワードだった。

「ああ、神よ!」エドワードは拳を天につきあげ、頬を流れる涙をぬぐおうともせずに叫んだ。

ディナもふたたび泣きだした。今度はうれし涙だ。隣にいるケニスでさえ、心から喜んでいるように見える。

使用人たちは抱き合ったり互いの背中をたたいたり、笑顔でうなずき合ったりしていた。ジェイソンはみんなの喜ぶ様子を黙って観察したあとで、さっきよりも大きな声で言った。「話にはまだ続きがあります！」

歓喜の声が静まってから、ジェイソンは続けた。

「こんなことを言わなきゃならないなんて心底悔しく、腹立たしいのですが、カーター叔父さんが急に姿を消したのは、この屋敷の誰か――つまり家族か使用人に命を狙われていると思ったからなのです」

みんなが息をのむ音がはっきりと聞こえ、広間の酸素がいっきに薄くなったように感じられた。ディナは気絶寸前で、使用人たちは食い入るようにジェイソンの顔を見つめている。

「そんなはずがない！」エドワードが叫んだ。「信じられない……カーターのように思いやりのある男の命を狙うなんて」

ジェイソンはエドワードに近づいて、肩に手を置いた。「ぼくもそう思います。カーター叔父さんは誰に対してもやさしかった。ぼくらにとって大事な、大事な人です。それでも敵がいないわけじゃない。カーター叔父さんの読みが正しければ、この部屋にいる者が敵と通じているのです」

ジェイソンは言葉を切って一同を見まわした。「ひょっとすると今日は来ていない使用人かもしれない。家族にせよ使用人にせよ、とにかく犯人を見つけたらただじゃおかない。死ぬまで牢《ろう》に入ってもらうから、覚悟してほしい」それから表情をゆるめてシェフを見る。「ピーター、今日はプライムリブステーキとベビーキャロットとエシャロットだろう？」

ピーターもにっこりした。「鍋をのぞきましたね？」

「ということは当たりだな？」

「はい」

ジェイソンはうなずいた。「胸の悪くなる話をしてすまなかった。各自仕事に戻ってくれ。忙しいときに集まってもらって感謝する」

9

カーター・ダンレーヴィーは冷えたビールを手にデッキへ出た。ビールにはまだ口をつけていない。市警本部長と話すまで頭をはっきりさせておかなければならないからだ。留守電にならないことを祈りつつ、アル・フォーサイスの番号へ発信する。

説明しなければならないことは山ほどあるが、いちばんの目的は、リスクを承知で協力してくれたロム・デルガードがとばっちりを受けないようにすることだった。

ビールをデッキの手すりに置いて、呼び出し音に耳を澄ます。この分では留守番電話に切り替わりそうだと不安になりかけたとき、無愛想な声が応じた。

「フォーサイスだ」

「やあ、アル」

フォーサイスの声が怒りを帯びる。「いったい誰だ?」

「私だ、カーターだ」

「カーター?……本当にカーターなのか?　今、どこにいる?　けがはないか?　助けがいるだろう?」

「居場所はまだ明かせない。どちらにしてもじきに移動するんだ。生きていることが知れれば、私の命を狙う者が動きだすにちがいないのでね。心配しなくても私は元気にしている。きみに電話をしたのは、騒ぎが長引いたことへのお詫《わ》びだ。これからどうすればいいか、ついさっきまで私も途方に暮れていたんだ」

「命を狙われている? どうしてデンバー市警に頼らなかった? そんなにわれわれが信用できないのか?」フォーサイスが声を荒らげる。

「きみたちを信じていないわけじゃない。数カ月前から身のまわりで不審なことが続いたんだ。食中毒のような症状で救急搬送されたときは、体内からヒ素が検出された。階段のいちばん上の段に水がまかれていて、足を滑らせ、ぎりぎりのところで手すりをつかんで難を逃れたこともある。セイグリッドの通夜から帰るときに山道で事故に遭ったのも、車を調べさせたらブレーキに細工されていたことがわかった。手口がどんどんエスカレートしていって――」

「なんてことだ!」フォーサイスがつぶやいた。「どうして話してくれなかった? 家のまわりを二十四時間警備させることもできたのに」

「そこなんだよ、アル。これまでの事故からすると、残念ながら犯人は家のなかにいるようだ。個人的な恨みかもしれないし、商売敵に金を積まれたのかもしれない。私のような立場にあると、どうしても敵はできるからね。とにかく、自宅がいちばん危険な場所だったんだ」

「それは……きついな」

「ああ、本当に。今日電話をしたのは、きみに頼みがあるからだ。二週間前にデンバーを出るとき、ロム・デルガードが手を貸してくれた。こんな騒ぎになるとは知らずに、ただ、友人として頼みを聞いてくれたんだ。しかし今回の騒動の責任は私ひとりにある。だからロムを責めないでやってほしい」カーターはそこで息を継いだ。「デンバー市警の警官たちにも大きな借りができた。捜査に費やした金と時間を補償して、さらに警官たちにボーナスが出せる額を寄付する。遺児基金にもたっぷりと寄付をするから、ここはなんとか丸く収めてもらえないだろうか」

警察に嘘の通報をしたら、捜査にかかった費用を支払うのが慣例だし、それによって裁判官の心証もよくなるという。さすがに、身の危険を感じて姿を隠しただけで刑務所に入れられることはないだろうが……。

「わかった、うまく収まるように話をつけよう。ジェイソンはきみの無事を知っているのか？」

「ああ、ついさっきチャーリー・ドッジから知らせてもらって、自分でも電話したよ」

「チャーリー・ドッジ？」

「ジェイソンが雇った私立探偵だよ。ダラスの探偵なんだが、舌を巻くほど優秀だ。私もまだ電話で話しただけで、顔を合わせてはいないんだがね。ちなみにきみの部下で、私の事件を担当している刑事と連携していると言っていたよ」

「それはそれは」

「今後なんだが、きみからジェイソンに電話をして、共同で記者会見をやってもらえないだろうか？　私はまだデンバーに戻るつもりはない。狩りは好きだが囮《おとり》になるのはまっぴらだからね」

「そうだろうな。とにかく電話をしてくれてよかった。次に会ったらうまい飯を食わせてくれ。きみのところのピーターとかいうシェフは、〈ル・コルドン・ブルー〉レベルの腕前らしいじゃないか」

カーターは声をあげて笑った。「約束するよ。話を聞いてくれてありがとう。ロムに電話をして、きみは利用されただけだから罪に問われることはないと言ってやってくれるとありがたい」

「わかった。ただし記者会見のあとでな」

「いいとも。では、早くデンバーに帰れるよう祈っていてくれ」カーターはそう言って電話を切った。

ホテルに戻ったチャーリーは、まずクリストバル刑事に電話をした。すでに市警本部長から電話があったそうで、刑事は事情を理解していた。惜しみない協力に感謝して電話を切る。

数時間後、チャーリーはベッドのなかでうとうとしながら『トランスフォーマー／最後の騎士王』を最後まで観《み》ようとがんばっていた——過去に何度も寝落ちしているのだ。クライマックスにさしかかったとき、携帯が鳴った。ワイリックからのメールだ。

〝順調ならデンバー国際空港に十時に到着します。着陸後に給油をするので、そのときに落ち合う場所をメールします。差し入れは、コーヒーと何か甘いパンで〟

最後の一文を読んでチャーリーはつぶやいた。「上司をパシリに使うとはいい根性をしているじゃないか」

寝返りを打って携帯のアラームをセットする。余裕を持って空港に到着できるよう起床時間を逆算した。レンタカーを返したあとで、パイロットのお眼鏡に適《かな》うような差し入れを調達しないといけない。

はっとしてテレビに目を戻すと映画は終わっていて、結末はまたしてもわからずじまいだった。

ため息をついてカーター・ダンレーヴィーに予定をメールする。デンバー国際空港からコロラド・スプリングスに向けて離陸したら、改めて電話することで合意した。

フライトの朝、ワイリックは気合いを入れて身なりを整えた。体にぴったりとフィットしたパープルの革のジャンプスーツに合わせて、同じ色のアイシャドウを引く。今さらどんな格好をしてもチャーリーは驚かないだろうが、ファッションは鎧《よろい》でもある。

ようやくボスが帰ってくる。わたしのための朝食を携えて。

部屋を出るころにちょうど太陽が昇ってきて、気分が高揚した。久しぶりに空を飛ぶのが楽しみだ。バックミラーにたびたび視線を投げながら、自家用ヘリを駐機している民間飛行場へ向かう。ハンガーの前にベニーがいて、ワイリックの愛機、ロングレンジャーはすでに外に出してあった。

ベンツをハンガーに入れて警報装置をオンにし、車を降りる。

「おはよう、ベニー」

「おはようございます。今日もきまってますね」

ワイリックはにっこりした。ベニーの言葉に他意はない。女性よりも飛行機のほうが好きというメカオタクなので、一緒にいて気が楽だった。

「ありがとう」

「給油完了、いつでも飛べますよ。飛行前点検につきあいます。何かあったらすぐ調整できるように」

ワイリックは荷物をヘリに入れて機体の点検を始めた。問題がないことに満足して機長席に乗り、計器チェックをしてエンジンをかける。ヘッドセットをつけてマイクの位置を合わせ、ベニーに親指を立てて合図をしてからエンジンの出力をあげた。機体が地面から浮きあがる。

航空交通局の管制官にコールサインを告げると、レーダーで捕捉したという連絡があり、針路と飛行高度を指示された。デンバーへ向けて出発だ。

右手から、朝日がまぶしい光を投げかけている。ワイリックの心は、いつしかフライトレッスンを始めたばかりのころに戻っていた。〈ユニバーサル・セオラム〉は当時、貴重なモルモットが空を飛ぶリスクを冒すことに強い不快感を示した。

そのとき、ワイリックは落ち着いた声で反論した。週六日、目を覚ましているあいだはずっと会社のために働いているのだから、このくらいの自由を享受するのは当然の権利だ、わたしは会社の所有物じゃない、と。

われながら青臭いことを言ったものだ。実際には所有物も同然だったのに……。

それでも会社は、しぶしぶながらワイリックのフライトレッスンを許可してくれた。

無意識のうちに歯ぎしりしていることに気づいて、ワイリックは目を瞬《しばたた》いた。慌てて計器に目をやる。高度も針路も変化していないことにほっとして、頭をはっきりさせようとガムを口に放りこんだ。

人に話しても信じてもらえないだろうが、ワイリックの人生はハリウッド映画そのものだ。〈ユニバーサル・セオラム〉が抱える底知れない闇は、百万年かかっても解明できないだろう。ひとつはっきりしているのは、ワイリックの日常が道化師に襲われた日を境に消滅したということ。

五歳のワイリックが生きのびるためには、サイラス・パークスと――母を殺した道化師からワイリックを救った男と、一緒に住むしかなかった。

サイラスの話では、道化師たちは逮捕され、裁判の前に獄中死したそうだが、五歳の子どもはだませても、今のワイリックがそんな都合のよい話を信じるわけがない。

忌まわしい日の記憶はいくつになっても褪《あ》せることがなかった。

デンバー国際空港に近づいたので、管制官にコールサインを告げて着陸許可を求めた。

予定どおりに着陸し、給油しながらチャーリーに電話をする。

「お迎えにあがりました。わたしの朝食は？」

「用意してある。どこへ行けばいい？」

「今から言う番号を書きとめてください」

「ちょっと待ってくれ」電話の向こうからビニール袋がこすれるような音がした。

荷物を持ち換えているチャーリーの姿を想像して、ワイリックは笑みを浮かべた。

「よし、いいぞ」

ワイリックは早口で番号を伝えた。「この番号に電話をすれば、空港スタッフがわたしのへリまで案内してくれます。給油が終わり次第、離陸します」

「ありがとう。じゃあ――」

言いかけたところで、チャーリーは電話がすでに切れていることに気づいた。またやられた。

調達したばかりのデニッシュをゴミ箱に捨てたい衝動に駆られる。

深呼吸をひとつしてから、メモした番号に電話をした。すぐに空港の男性スタッフが迎えに来たので、片手にスーツケース、もう一方の手にワイリックの朝食を持って歩きだす。

ヘリの横で、パープルのつなぎを着たワイリックが待ちくたびれたように腰に手をあてていた。いつもながら奇抜なファッションだ。カーターがどんな反応を示すだろう。そんなことを考えながら、チャーリーはコーヒーと菓子パンの袋を差しだした。

「朝飯だ」

ワイリックは大きな紙コップと菓子パンの袋を受けとると、さっそくコーヒーをひと口飲んだ。「まだあたたかい……お腹がぺこぺこだったんです」

チャーリーは眉をひそめた。「家を出る前に食べてくれればよかったじゃないか」

頬張ったチーズデニッシュをのみこんでから、ワイリックは言った。「遅刻して、ボスをがっかりさせたくなかったので」もうひと口デニッシュを食べて、いかにも満足げにまぶたを閉じる。

ワイリックに腹立たしい思いをさせられることはあっても、がっかりさせられたことは一度もない、とチャーリーは気づいた。どんな仕事を頼んでも、ワイリックは常に期待以上の成果をあげる。ちょっとばかり横柄な態度をとられたからって、それがなんだ。ワイリックに悪意がないことくらいわかっている。問題は、自分が彼女の発言に過敏に反応してしまうことだ。

それはつまり、彼女を意識しているということでは？　チャーリーは愕然《がくぜん》とした。

ワイリックがまたデニッシュにかぶりつく。アイシングがこぼれて下唇にはりついた。教えてやろうとして言葉に詰まる。自分がアイシングではなく、ワイリックの唇をむさぼるように見ていることに気づいたからだ。

これまでワイリックの唇をまじまじと見たことはない。そこから飛びだす言葉にむっとさせられるほうが先だった。彼女の口のなかに食べものが入っていて毒舌をふるわれる心配のない今、純粋にすてきな唇だと思った。ふっくらしていて、艶があって……。

「何を見てるんですか？」ワイリックが警戒した声を出す。

チャーリーは目を瞬いた。「いや……あの、アイシングの塊がついているから。きみが気づくのと、アイシングが落下するのと、どっちが早いだろうかと考えていたんだ」

ワイリックは驚いたようにチャーリーを見た。それから舌を出して、下唇についたアイシングをなめる。

ピンク色の舌の上で、砂糖が溶けていく。

チャーリーがわずかに目を見開いたことに、ワイリックは気づかなかったようだ。

「どうも。もったいないことをするところでした」そう言って菓子パンの袋に手を入れる。

「二個買ってきてくれたことにも感謝しなくちゃ」

「お代は冬のボーナスから引いておく」

ワイリックは怒るどころか笑顔になった。

彼女の笑顔を見るのは初めてかもしれない。まったく、今朝は驚きの連続だ。

「いつ発《た》てる？」

ワイリックがちょっと待てというように人さし指を立て、デニッシュを食べながら給油している男のところへ歩いていって、また戻ってきた。

「あと五分で給油完了だそうです」

「だったらカーターに電話をして、そろそろだと伝えよう。ここからカーターのところまではどのくらいかかる？」

「せいぜい二十分ってところですね」

「そんなに近いのか？」

「ヘリなら。車で行けば山道を二時間以上走ることになるでしょうけど」

チャーリーはうなずくと、携帯を手にその場を離れた。

二個目のデニッシュを咀嚼《そしゃく》しながら、ワイリックは電話をするチャーリーのうしろ姿を眺めた。広い肩に引き締まった腰、すらりと長い脚。視線が移動するにつれ、デニッシュの味がわからなくなっていく。ワイリックは慌てて目をつぶり、チャーリーに背中を向けてデニッシュを味わうことに意識を集中しようとした。口のなかに残った塊を、冷めたコーヒーで流しこむ。

チャーリーが電話を終えるころには給油が終わっていた。

ワイリックが飛行前点検をするあいだ、チャーリーは少し離れたところで待っていた。

「離陸か？」

ワイリックはうなずいた。「乗ってください」

チャーリーがスーツケースを後部座席に入れてドアを閉め、副操縦士席に乗る。それから勝手知ったる様子でヘッドセットをつけて、隣に座ったワイリックを見た。

ワイリックはその視線を無視してエンジンをかけ、ヘッドセットをつけて管制塔を呼んだ。

離陸許可が出るやいなや、ヘリはなめらかに上昇した。

チャーリーは何かを考えているのか、口数が少なかった。ワイリックもおしゃべりをしたい気分ではなかったので、とくに話しかけなかった。

携帯が鳴ったとき、バディ・ピアスは家を出たところだった。電話の相手を確認したあと、車に乗り、エンジンをかけてから電話をとる。

「今度はなんだ?」バディは言った。

「カーター・ダンレーヴィーが見つかった。誰かが自分の命を狙っていると気づいて、隠れ家にいたようだ」

「あの屋敷に戻ってくるのか?」

「自分の命を狙っているのが誰なのかわからないうちは、帰らないらしい」

バディは眉根を寄せた。「それはまずいな。仕事が片づかない」

「とにかく状況は伝えた。また新たな情報があったら連絡する」

「わかった」

電話が切れた。

バディは車を発進させた。今日は別の仕事がある。

カーター・ダンレーヴィーは荷造りを終え、いつでも出発できる状態だった。本意ではない山ごもりだったが、静かなひとりの暮らしは悪くなかった。最後にもう一度、部屋をひとつずつ点検して、来たときと同じ状態になっているかを確かめる。飲みきれなかった牛乳は流しに捨てたし、食べものは獣たちが食べられるように容器から出して森にまいた。クマの興味を引きそうなものは家の周囲に置かないように気をつけることも忘れなかった。やることがなくなったので、荷物をヘリポート脇の小さなハンガーの陰まで運んでいく。ロムから借りた車もそこにとめてあった。あとで回収してもらえるだろう。

空を見あげて迎えを待つ。やがてプロペラの音が聞こえてきた。不安に胃が重くなる。家からさらに遠くへ移動することになるが、ほかに選択肢はない。

カーターは息を吸って立ちあがった。黒い機影が近づいてくる。あれはおそらくロングレンジャーだ。

ヘリはみるみる大きくなり、無駄のない機動で着陸態勢に入った。それだけでパイロットの腕がいいことがわかる。そういえばチャーリー・ドッジはパイロットが女性だと言っていた。

スキー板のような形をした着陸脚《スキッド》がヘリポートに接する。ローターの回転はゆるんだものの、とまらなかった。ドアが開き、ふたつの人影がヘリから降りたった。カーターも荷物を持って歩きはじめる。その目はパイロットに釘《くぎ》づけだった。

チャーリーのアシスタントはワンダーウーマンだったのか!

身長は百八十センチくらい。スキンヘッドで、彫りの深い、印象的な顔立ちをしていた。少し遅れて胸が真っ平らだと気づき、スキンヘッドの意味を理解する。美しいだけでなく、強い女性なのだ。

「おはようございます。準備はいいですか?」チャーリーが尋ねた。

カーターはチャーリー・ドッジに目を向けた。パイロットに負けない存在感だ。あの声の持ち主は、こんな風貌をしていたのか。

「準備万端だ。今回は力を貸してくれてありがとう」

「どういたしまして。こちらはワイリック。パイロットであり、電話で話したとおり、私のアシスタントでもあります」

ワイリックがうなずく。

カーターはワイリックに向かってほほえんだ。「やり手のアシスタントだと聞いたが、これほどの美人とは聞いていなかった。迎えに来てくれてありがとう。よろしくお願いします」

ワイリックは口を開いたものの、言葉が出てこないようだった。カーターの発言に驚き、からかわれているのかと疑っているようだ。

しばらく経《た》ってから、ワイリックがきびきびと言った。「どうぞよろしく。悪気はないようなので美人のくだりは聞き流すことにします。ダラスに早く到着したいなら、くだらないお世辞はやめて、そのダンディーなお尻を座席にのせてください」

カーターはぽかんとしたあと、母親に叱られた子どものような素直さでワイリックのあとを歩きだした。

チャーリーが、だから警告したのにと言わんばかりの顔であとに続く。

荷物が後部座席に収まったところで、ワイリックがカーターに鋭い視線を投げた。「まさか飛行機酔いはしませんね？」

「大丈夫だ」

「よかった。でも気持ち悪くなったら我慢しないで、機長席のバックポケットに入っている酔いどめをのんでください。ヘリを吐瀉物《としゃぶつ》で汚したら、自分で掃除してもらいますよ」

「了解しました」カーターはシートベルトを締めた。

チャーリーが副操縦士席に乗ってドアを閉める。ワイリックはすでにヘッドセットをつけ、シートベルトを締めて、離陸準備を整えていた。

「あなたも早くシートベルトをしてください、ボス」

バックルがはまる音がするやいなや、ヘリは垂直に上昇して小さく旋回した。

「次の目的地はダラスです」

10

デンバーでは、ダンレーヴィー家の面々が複雑な心境で朝を迎えていた。カーターの無事がわかったのはいいが、姿を消した理由は、誰にとってもつらいものだった。

「おはよう、みんな」ジェイソンが食堂に入る。

「おはよう」エドワードはそう言って、手さぐりでトーストの端をコーヒーに浸《つ》け、口に運んだ。子どものころからの習慣だ。

ジェイソンはにやりとした。「エドワード伯父さん、一度くらいジャムつきトーストを試してみたらどうです？」

エドワードが声をあげて笑う。「コーヒーに浸けたトーストのほうが断然うまいね。おまえは何を食べるんだ？」

「ベーコンとワッフルにするつもりですよ。もちろん、ワッフルにはコーヒーじゃなくてメープルシロップをかけます」ジェイソンはそう言ってサイドボードの前に立ち、皿に料理を盛った。

「コーヒートーストを食べないなんて、おまえは人生の大きな楽しみを味わい損ねているぞ」

ジェイソンは笑った。「またそんなことを言って。コーヒートーストなら試したことがありますよ。五歳くらいのとき、伯父さんに頼んで味見させてもらったじゃないですか。あんまりにもまずくて吐きだしたかったけど、自分でほしいと言った手前、なんとか我慢したんです」

エドワードがうなずいた。「そういえばそんなこともあったな。あのときはまだ目が見えていたから、おまえの表情をよく覚えてる。鼻にしわを寄せて男らしくトーストをのみこんだよな。こいつは約束を守る大人になると確信したよ」

ジェイソンは笑いながら伯父の腕をたたいた。「ありがとう。今のぼくがあるのは伯父さんのおかげですね」

エドワードがため息をついた。「自分の子どもがいないから、幼いおまえといるのは本当に楽しかった」

また始まったという表情で、ディナが息子に声をかけた。「おはよう」

「おはようございます、お母さん。朝からきれいですね。今日のご予定は？」ジェイソンはワッフルをふたつフォークで突き刺し、バターの塊とベーコンを脇に添えて、上からメープルシロップをかけた。

ディナが息子の朝食を見て眉をひそめる。

ジェイソンは肩をすくめた。自分は太っていないし、まだ若いので、体が炭水化物や糖分を欲しているのだ。いちおうベーコンはタンパク質だし。

「お母さん？」ジェイソンはまだ皿を見ている母親に呼びかけた。

「え？」ディナが顔をあげる。

「朝からおしゃれして、今日のご予定は、と訊《き》いたんですが」

「ごめんなさい、ぼうっとしていたわ」ディナは手をのばしてケニスの肩を軽くたたいた。

「ケニスとウィンドウショッピングに行くの。ねえ、あなた？」

ジェイソンはベーコンを噛《か》みながら〝あなた〟と呼ばれたケニスのにやけ顔を見つめた。今朝はずいぶんご機嫌だ。また母から何かせしめたのでは……？

「特別なお買いものですか？」ジェイソンはさりげなさを装い、ワッフルをカットして口に放りこんだ。

ディナが目をぱちぱちさせて、ジェイソンから視線を外す。ケニスに何か高価なものを買ってやろうとしている証拠だ。

母の金だから関係ないと言えばそのとおりだし、どっちにしても金ならうなるほどある。ただ、母親が他人に利用されるのが気に入らなかった。

ディナが返事をしないでいると、ケニスが挑戦的に口を開いた。

「誕生日に車を買ってくれると言うんだよ。まったく、きみのお母さんは天使だ。ぼくは世界一の幸せ者だな」

ディナが頰を染める。鼻の上に散ったそばかすが、かすかに浮きあがった。「わたしがプレゼントしたいの。それだけよ」

ジェイソンは無言で食事を続けた。車種すら尋ねなかったので、ケニスがこらえきれずに話しだした。

「アストンマーティンを見に行くつもりなんだ。イギリス製の車に乗りたいとずっと思っていたんだよ。ぼくの雰囲気にぴったりだろう?」

ジェイソンはうなずくだけで視線もあげないようにした。

エドワードが重苦しい空気をどうにかしようと口を開く。「ところでジェイソン、カーターのことはいつ発表するつもりだい?」

「出社したらすぐ市警本部長に電話をして、記者会見を開くつもりがあるかどうか確認します。警察が記者会見をするなら、ぼくも会社の代表としてコメントしたいので」

「ぜひそうしてくれ」エドワードがうなずいた。「少しは騒ぎが落ち着いて、株価が持ち直すといいんだが」

「ぼくもそう願っています」

「時間が決まったら教えてくれないか。私も聞きたいから」

「もちろんです」ジェイソンは食事を続けながら言った。

ディナとケニスが席を立って食堂を出ていく。

エドワードもコーヒートーストを食べおわった。「さて、裏庭に出て日光浴でもしようかな。朝、芝刈り機の音を聞いたんだ」

エドワードは刈りたての草のにおいをかぐのが好きなのだ。

食堂にはジェイソンだけが残った。のんびりコーヒーのお代わりを注《つ》ぎ、ベーコンを皿に追加して朝食を終える。

エドワードが外から戻るころ、ジェイソンはすでに出社していた。食堂にひと気はなく、朝食の片づけもすんでいる。エドワードは部屋に戻り、ダンレーヴィー家の格子模様が入ったやわらかな上掛けをかぶって、もうひと眠りすることにした。

記者会見のあとは取り引き先やマスコミの対応に追われることが予想されるので、ジェイソンはチャリティーの昼食会を欠席することにした。会社へ向かって車を走らせているときに携帯が鳴った。ハンズフリーモードで電話に出る。

「もしもし？」

「デンバー市警本部長のフォーサイスです」

「おはようございます。会社に着いたらいちばんにお電話をするつもりだったんですが、先を越されてしまいましたね」

「ひょっとして運転中ですか？　あとでかけ直しましょうか？」

「ハンズフリーモードにしていますから大丈夫です」

「ほう？　最近は便利なものがどんどん出てきますね。私はどうも昨今のテクノロジーにうとくて……」フォーサイスは咳払《せきばら》いをした。「とにかく、話しても大丈夫なようですので要件に入ります。今日の午前中に、叔父上の失踪事件について記者会見を開きます。あなたも出席していただけないでしょうか？　マスコミも、私よりあなたの話を聞きたがるでしょうから」

「もちろん出席させてください」

「よかった。まだ事件が解決したわけではありませんから、あなたがどこまで情報を出したいかを事前に確認させていただきたいのですが」

「そうですね。何時にどこへ伺えばよいでしょうか？」

「会見は午前十一時を予定しています。場所は裁判所前の大階段がいいと思うのですが、いかがでしょうか？　高いところにいたほうがカメラマンもアングルをとりやすいですし、記者の質問も受けやすいですから」

「こういうことは本部長のほうが慣れておられるでしょうから、すべてお任せします。裁判所のロビーで待ち合わせでもよろしいですか？　時間に余裕を持って到着するようにします」

「よろしくお願いします。記者会見のときは正面のドアからふたりそろって出ていくようにしましょう。ではのちほど」

ジェイソンは電話を切り、ダッシュボードの時計を見た。オフィスに着いて一時間ほどで裁判所へ向かわなくてはならない。昨日も早退したので仕事がたまっていることを思い出し、胃が痛くなった。後手にまわるのは嫌いだ。

道路はいつもながら渋滞していた。ひとつ手前の出口でフリーウェイを降りて、街中の狭い道を走っているとき、また携帯が鳴った。

「もしもし」

「ダーリン！　今、仕事へ向かっているところかしら？」

ジェイソンはため息をついた。

「ああ、急いでいるんだよ」

「いいじゃない。運転しているあいだなら、おしゃべりしても時間が無駄にならないでしょう？　聞いてちょうだい。完璧なドレスを見つけたの。すっごくすてきなのよ」

「完璧なドレス？」

ミランダがくすくす笑う。「ウェディングドレスに決まっているじゃないの」

胃の痛みがひどくなる。ミランダの暴走はもはや手がつけられなかった。

「いいかい、ミランダ。ぼくらはデートしているけど、結婚の約束はしていない。ウェディングドレスうんぬんの前に、婚約もしていないじゃないか。そうやって先走られると、どうしていいかわからなくなるよ」

沈黙が落ちたあと、ミランダがふたたびくすくす笑いをした。先ほどとちがって、不安をごまかすためのつくりものの笑いだった。

「じゃあ、お買いものの話はやめましょう。カーター叔父さまのことで何か新しい動きはあった？」

カーターはミランダの叔父ではない。ジェイソンはふたたびため息をついた。

ミランダには叔父が見つかったことを話してもいいのではないだろうか。そうすれば、たびたび電話をしてくる理由もなくなる。だいいち彼女は今イタリアにいるのだから、記者会見より先に話したところで害があるとも思えない。

「実は、午前中に市警本部長と合同で記者会見を開くことになっている。詳しくは言えないが、いいニュースとだけ伝えておこう」

ミランダがかん高い声をあげた。「すばらしいじゃない！　先に教えてくれてうれしいわ。そういうことなら電話を切るわね。ウェディングドレスさがしなんて早まったことをしちゃってごめんなさい。予定よりも早く帰国するつもりだから楽しみにしていて。愛してる、早く会いたいわ」

ジェイソンは眉をひそめて電話を切った。ホットなセックスよりも心の平和を優先するべきだろう。別れ話は気が重いが、誘ったのは自分なんだから、自分で終わらせなければ。

市警本部長が記者会見を開くとなればあらゆる憶測が飛び交うのが常だが、カーター・ダンレーヴィーが失踪して二週間が経《た》つ今、いよいよダンレーヴィーの安否がわかったのではないかと、マスコミの期待は高まっていた。

裁判所の階段の下にはテレビ局や新聞社の車が並び、記者たちがわれ先にと演壇が見やすい位置を確保する。遅れて到着したのか、取材用のバンから慌てて器材をおろしているクルーもいた。

開始時刻の十分前になって、ジェイソン・ダンレーヴィーが通用口から裁判所に入るのを見たという話が取材陣のあいだに伝わってきた。もうまちがいない。カーター・ダンレーヴィーに関して、なんらかの発表があるのだ。問題は、それがいいニュースなのか、悪いニュースなのかということだった。

ジェイソンは家族に記者会見の開始時刻を伝えて車を降り、裁判所の通用口へ向かった。本部長はすでにロビーにいて、笑顔で右手を差しだしてきた。

「うれしい記者会見はいいものです」フォーサイスが言った。「この仕事ではなかなかないことですから」

ジェイソンは渋い顔をした。「一時はあきらめかけましたが、まさかこんな結果になろうとは、家族の誰も予想していませんでした」

「そうでしょう、そうでしょう。それで、どこまで発表するつもりですか?」

「叔父には、事実をありのままに話せばいいと言われました。犯人が追いつめられて動きだしたところを捕まえられるかもしれないので」

フォーサイスがうなずいた。「つらいでしょうが、悪いものは出してしまったほうがいい。警察は百パーセントあなた方の味方です。まず私が話をして、それからあなたにマイクを譲り、詳しい話をしていただく。そういう流れでいいですか?」

「結構です。屋敷内に犯人がいるかもしれないというのは、家の者にとってはきつい事実です。みんなぴりぴりしていますし、使用人たちも居心地が悪そうで、家族のいるところではほとんど口を開きません。どうふるまえばいいのか誰もわからないのです。公表してしまえば、いっそ胸のつかえがとれるかもしれませんね」

フォーサイスがジェイソンの肩をたたく。「きっとうまくいきます。そろそろ行きましょう」

ふたりはそろって正面玄関に移動した。制服姿の警官に続いてフォーサイスとジェイソンが登場すると、いっせいにカメラのフラッシュがたかれた。失踪事件担当の刑事たちが五、六人、うしろを囲む。その端には担当責任者のクリストバル刑事の姿もあった。

記者たちが静まり返る。

無言の圧を感じて、ジェイソンの胃はきりきりと痛んだ。この記者会見によって正義がもたらされるなら、身内の恥をさらす価値はある。

フォーサイスが威厳に満ちた態度で演壇の前に立った。マイクの位置を直し、咳払いをして記者たちを見渡す。階段の下には一般人も集まりはじめていた。ジェイソンはそのなかに犯人が交じっているのではないかと目を細めた。

フォーサイスが口を開く。

「ご多忙中のところを集まっていただき、感謝します。デンバー市警察のクリストバル刑事率いる失踪事件担当チームは、ダンレーヴィー家が数日前に雇った私立探偵チャーリー・ドッジの協力もあって、カーター・ダンレーヴィーを発見したことを発表します。氏は健康状態もよく、元気でいます」

群衆から歓声があがり、ふたたびフラッシュがたかれた。

フォーサイスが右手をあげて静粛を求めた。「細部については、カーター氏の甥《おい》である、ミスター・ジェイソン・ダンレーヴィーより説明があります。質問は、彼の話が終わってから受けつけます」

フォーサイスがさがると同時にジェイソンは演壇に進みでた。準備してきた原稿はあるが、生の言葉で話したほうがインパクトはあるだろう。カメラの向こうにいる犯人に、もう好き勝手はできないことを思い知らせたかった。

「おはようございます」ジェイソンは言った。「まずこの場をお借りして、電話や手紙、SNSを通じてダンレーヴィー家に励ましの言葉をくださった方々、叔父の無事を祈ってくださった方々に心から感謝いたします。叔父が無事だとわかったときは、それまでの苦しみや悲しみが洗い流される思いでした。電話で久しぶりに叔父の声を聞いて、元気なことを確認しました」

ジェイソンはそこでひと呼吸置いた。

「ただし、これで事件が解決したわけではありません。叔父が突然姿を消した背景には、恐ろしい理由があったのです。叔父はそれを誰にも相談しなかった。家族にすら秘密にしていました」ジェイソンは人々を見まわした。「カーター・ダンレーヴィーが失踪したのは、何者かが彼の命を狙っていたからです。そして誰にも相談しなかったのは、連続した事故が、同じ屋根の下にいる者の仕業だと信じるだけの理由があったから。叔父は家族すら信じることができなくなって姿を消しました」

聴衆が息をのみ、記者たちがいっせいに声をあげた。あちこちから質問が出るなか、ジェイソンは沈黙して、ふつうの声が出せるようになるのを待った。

ようやくいちばん前にいる記者を指さす。「ブルーのスーツの女性、どうぞ」

「『デンバーポスト』のケイティー・パワーズです。今後の捜査の見通しを教えてください。ミスター・ダンレーヴィーは帰宅されるのですか？　あなたが雇った私立探偵は今後も捜査に加わるのですか？」

「叔父が見つかった時点で、私とミスター・ドッジの契約は完了しました。しかし今度はカーター自身が、ミスター・ドッジに捜査を依頼したと聞いています」

ジェイソンは次から次へと記者の質問を受け、そつのない答えを返していった。最後に指名した記者が、〝連続した事故というのは具体的にどんな事故なのか〟と質問した。

「それは今後の捜査にかかわる情報なので、申し訳ありませんが具体的なお話はできかねます。それでは家族を代表して今一度、みなさんにお礼を申しあげます。身内の犯行だと思われることは非常につらいですが、この悪夢が終わるまで、どうか私たちを支え、祈ってください」そしてジェイソンはカメラをにらみつけた。「いいか犯人、よく聞け。おまえたちは終わりだ。正義の裁きを受けろ。犯人に協力した者も容赦はしない」

記者たちが挙手するのを無視して、ジェイソンは踵《きびす》を返した。フォーサイスと握手し、クリストバル刑事に声をかけたあと、裁判所のなかにひっこむ。

フォーサイスが記者会見の終わりを宣言して、ジェイソンのあとに続いた。

こぢんまりしたダイナーで遅い朝食をとっていたバディ・ピアスは、市警本部長が十一時から記者会見を開くというニュースを聞いてむせそうになった。アナウンサーが言うには、カーター・ダンレーヴィー失踪に関する会見の可能性が高いらしい。十一時まであと一時間半もないが、ぜったいに見逃したくない。ピアスは急いで食事を終えて家に帰った。

準備万端でテレビをつける。そして会見が終わったときは、自分でも認めたくないほど動揺していた。ジェイソン・ダンレーヴィーから名指しで警告されたも同然だ。しかも、警察が見つけられなかった失踪人をほんの数日で発見した私立探偵が捜査に加わるという。

ピアスはすでに追いつめられた気分だった。カーターの車のブレーキに細工をしたのも、フリーウェイで故意に車を接近させて、事故を画策したのも自分だ。だが、そのふたつの事件だけなら、犯人が家に出入りしている者という結論にはならないはず。たしかにダンレーヴィー家にはピアスの内通者がいるが、その人物は犯罪行為に手を染めていないのだから。いや、あるいは……。

こちらの知らないところで何かが進行しているらしい。このままではやってもいないことまで罪をかぶせられるかもしれない。

これからどうしたものか答えが出ずにいるとき、携帯が鳴った。

「もしもし?」

「ジェイソン・ダンレーヴィーが――」

ピアスは最後まで言わせなかった。「記者会見なら見た。カーターの件で、おれ以外にも動いているやつがいるなら名前を教えろ」

「なんのことか――」

「とぼけるな！」ピアスは怒鳴った。「おれはそこまで間抜けじゃねえ。もうたくさんだ。おまえとも手を切る。凄腕《すごうで》の探偵につけまわされるのはごめんだからな」

「今さら放りだすことは――」

「できるね。もう連絡しないでくれ」ピアスは電話を切った。


ダンレーヴィー家の人々は記者会見が終わってもテレビの前を離れられなかった。身内の恥を世間にさらしたショックは大きい。ディナが、お友だちからどう思われるかしらとつぶやき、ケニスが大丈夫だよと慰める。

エドワードは世間からどう見られようと気にしなかった。もともとカーターに盲目の兄がいることなど、世間は忘れている。

使用人たちも調理場に集まって記者会見を見ていた。これまではダンレーヴィー城で働き、ダンレーヴィー家の華麗な日常を支えることを誇りにしてきた。ところが今回の事件で、使用人全員に疑いの目が向けられている。犯人が見つかるまで、この家にいるひとりひとりが容疑者なのだ。

女性たちのなかには涙ぐむ者もいた。庭師たちもむっつりと押し黙っている。「さあ、仕事に戻ろう」ピーターのひと言で、使用人たちは顔を見合わせ、互いの境遇に同情するようにうなずいて、自分の持ち場へ散っていった。

そのなかに、ほかの者よりも狼狽《ろうばい》し、罪の意識に苦しんでいる者がいた。

ああ、どうしてあんなことに手を貸してしまったんだろう？　もうおしまいだ。


離陸して三十分もすると、カーター・ダンレーヴィーは眠ってしまった。

「飲むか？」

チャーリーが差しだした水のボトルをワイリックは無言で受けとってごくごくと飲み、またチャーリーに返した。「ありがとうございます」

「どういたしまして」チャーリーはそう言ってヘッドレストに頭をつけ、目をつぶった。

小さなエアポケットにはまったときはびくりとして目を開けたが、ワイリックの冷静な横顔を見て、大丈夫なのだと力を抜く。

さほどしないうちにワイリックがダラス国際空港の管制塔と交信しはじめた。もうすぐ着陸だ。

対空無線のやりとりにカーターも目を覚まし、まぶたをこすりながら窓の外へ視線をやった。仕事柄、飛行機でダラスに来ることはよくあったが、他人の家に滞在するのは初めてだ。ダラスにおけるカーターの居場所は、ホテルか会議室か集会室のいずれかだった。チャーリー・ドッジが自宅を隠れ家として提供してくれたことは、クライアントと探偵の枠を超えた寛大な行為だ。会ったばかりだが、チャーリーとはいい友人になれそうな気がした。

一方のチャーリーは、車を空港の駐車場にとめてきたことを思い出して、カーターをそこまで連れていくのに、ウィッグか何か用意するべきだったと後悔していた。その考えを読んだかのごとく、隣でワイリックが口を開く。

「機長席のうしろに小さな茶色のバッグがあります。ヘリから降りたらカーターには変装してもらったほうがいいだろうと思って持ってきました」

チャーリーは驚いてワイリックを見た。「ちょうど今、どうしてそれを思いつかなかったんだろうと自分を責めていたところだった。きみの機転で助かった。今度、昇給するよ。忘れていたら言ってくれ」

ワイリックが音をたてて鼻を鳴らす。「べつに昇給なんて必要ありません。着陸前にどれなら自然に見えるか試してみてください。わたしはヘリを郊外の飛行場に戻すので同行できません。ひとりで大丈夫ですか？」

チャーリーが声をあげて笑ったので、ワイリックは驚いた。いつもの彼ならむっとするところだ。

　ワイリックはしかめ面をした。チャーリーを笑わせたかったわけじゃない。むしろ腹を立てていてくれたほうが楽だった。居心地の悪さをごまかすために、着陸準備に専念しているふりをする。

　着陸後、ワイリックはローターを回転させたまま機長席を降りて、ふたりの荷物を運ぶのを手伝った。

　カーターがワイリックのほうを向いた。「本当にありがとう」

「感謝するならボスにどうぞ」ワイリックが肩をすくめた。「わたしは彼の指示で動いているだけですから」

「行きましょう」荷物を持って歩きだす案内人を、チャーリーは顎で示した。カーターが歩きはじめてからワイリックのほうを向く。

「今日は直帰でいい。明日また」

「クライアントの安全はまだ確保されていません」

「それはそうだが」

「だったらわたしも事務所に顔を出します」ワイリックはそう言ってさっさと機長席に戻っていった。

　チャーリーはスーツケースを手に、カーターたちのあとを追いかけた。

ワイリックを乗せたヘリが民間の飛行場に到着したのは、午後の一時半をすぎたころだった。

降下を始めたところでハンガーからベニーが出てくるのが見えた。スキッドが地面につく。ワイリックは手際よくシステムをシャットダウンしていった。

肩甲骨のあいだとこめかみが痛む。

不調の原因のひとつは短時間に離陸と着陸を繰り返したせいだ。今日からあのタウンハウスで、チャーリーとカーターと過ごすことにも不安があった。だが最大の要因は、チャーリーとのあいだにそびえる壁が崩壊しかかっていることだ。

壁を築いたのはワイリック自身だ。今の自分に、他人に好意を抱く心の余裕があるとは思えなかった。愛情はもちろん、友情も邪魔だ。誰にも心を開かなければ、傷つかずにすむ。

ところが気づくと、目がチャーリー・ドッジの姿をさがしている。自分で自分がいやになった。

機長席を降りて凝った筋肉をのばす。外の空気を胸いっぱいに吸いこむと、街まではかなり距離があるというのに、ダラス名物の燻製肉《くんせいにく》のにおいがただよってくるような気がした。

「フライトは問題なかったですか?」ベニーが尋ねる。

「ええ。おかげで任務は成功。あとの仕事があるからすぐに出発したいんだけど……」

「どうぞ、どうぞ。レンジャーは整備してハンガーに戻しておきます。地上に降りてきたんだから、スピードの出しすぎに注意してくださいよ」

　ワイリックは芝居がかったしぐさで敬礼すると、荷物をバッグにまとめてハンガーにとめてある車へ向かった。そして数分後には、銃口を飛びだす弾丸のような勢いで飛行場をあとにした。


　チャーリーとカーターは空港のバンでジープまで移動した。チャーリーがトランクを開けると、カーターが荷物を持つ。

「私がやりますよ」

「少しは体を動かしたほうがいいんだ」ウィッグをかきながらカーターが言った。「きみのタウンハウスはここから遠いのかね？」

「いえ、すぐですよ。出発前にトイレに行きますか？　飲みものは？」

「大丈夫だ。ただ、少々腹が減ってきた。きみはどうだね？」

　チャーリーはにっこりした。「食べられます。じゃあ、帰りがけにうまいものでも買っていきましょう。フライド・シュリンプにハッシュパピー（トウモロコシの粉を丸めた生地をからりと揚げたもの）とか、テクスメクスふうのスパイシーなソースがかかったサンドイッチなんかでよければ」

「サンドイッチがいいな」カーターが言う。

「では、そのダンディーなお尻をジープにのせてください。出発しましょう」

カーターが声をあげて笑った。「そういえばきみのワイリックはニトログリセリンみたいな女性だな。わずかな刺激で爆発する」

「私たちは単なる上司と部下です。たまに、私のほうが部下みたいな気分になることもあります。あなたも顎で使われないように気をつけたほうがいいですよ」

カーターは肩をすくめた。「どうあがいても雷を避けることはできないものだよ」そう言ってジープに乗りこむ。

チャーリーはカーターの発言の意味を考えながら駐車場から車を出し、お気に入りの店へ向かった。注文したサンドイッチは、フリーウェイを降りる前にふたりの胃に収まっていた。

タウンハウスの駐車場に車を入れるころになって、チャーリーは盗まれたアクセサリーのことを思い出した。ダイニングが仮の事務所になっていて、ワイリックがじきにその場所に戻ってくることも。さっきまでパイロットだった女性が電話の応対をし、スケジュールを管理する傍ら、隠された情報を世界じゅうにはりめぐらされた蜘蛛《くも》の巣からひっぱりだしてくるのだ。

「到着しました」チャーリーは駐車スペースにジープを入れた。「あなたの城には及びませんが、私はいつも、ここでワイリックにつけられた傷をなめているんです」

カーターがからからと笑った。

チャーリーはサンドイッチの包み紙をドア近くのゴミ箱に捨て、荷物を車からおろした。カーターも自分の荷物を持ってくれたので、二往復せずにすむ。

タウンハウスのドアを開け、荷物をおろしてセキュリティーを解除してから、チャーリーは言った。「しばらくは自分の家だと思ってくつろいでください。当然ですが、ご自分のクレジットカードで買い物をしないように。何か足りないものがあればワイリックに言ってください。仕事用のクレジットカードで精算します。あなたの部屋はこっちです」

チャーリーが電気をつけながら奥へ進むと、カーターもあとをついてきた。

「廊下のつきあたりがあなたの部屋です」チャーリーはそう言って客間のドアを開け、電気をつけた。「バスルームつきです。テレビのリモコンはナイトスタンドの上にあります。クローゼットも大きいですし、棚や引きだしも空いていますから自由に使ってください。読書をするなら、居間になかなかいいミステリー小説がそろっていますよ。私は電子書籍があまり好きではなくて、いまだに紙の本を買うんです」

「いい部屋だね。落ち着くよ」

「あなたの家にくらべたら狭いですが、まあ、しばらくの辛抱ですから。あとでワイリックが来ます。今日はもう帰っていいと言ったんですが、私には任せられないらしい」チャーリーは肩をすくめた。「私はメールのチェックをしますから、キッチンもリビングも遠慮せず使ってくださいね。冷蔵庫にビールも冷えています。ワイリックは私とビールの好みがちがうので、飲んではいないはずです」

「ちょっと眠くなってきたから、さっそくこのベッドの寝心地を試そうかな」

チャーリーはにやりとした。「どうぞごゆっくり」そう言って客間のドアを閉める。

カーターが靴をぬぐ音を聞きながら、チャーリーは自分の寝室へ向かった。ワイリックに頼んだとおりの場所から封筒が出てくる。緩衝材をはがしてアクセサリーを出し、ひとつずつ確認した。盗まれたものはすべてそろっている。こんなことがあるなんて……。しかもどうして今さら？　アニーはもう、アクセサリーのことなど覚えていない。

これは何かの教訓なのだろうか？

アクセサリーを袋に戻して金庫に入れ、荷物をほどいてスーツケースをしまう。足音をたてないように靴をぬいでから部屋を出た。だんだん自分の家にいるという実感がわいてくる。それでいて、どこか違和感もあった。客間にカーターがいるせいだろうか。

ダイニングに置かれたパソコンが視界に入ったとき、自分が留守のあいだも、毎日ワイリックがここにいたことを実感した。

ため息がもれる。

違和感は、家のなかに女性の気配を感じるせいだった。
チャーリーがひとりで食事をし、眠っていた場所に。
事務所さがしは急務だ。チャーリーはそう自分に言い聞かせた。

11

ワイリックはタウンハウスに向かう途中で昼食を調達することにした。チャーリーのところからそう遠くないビルで営業しているデリカテッセンに電話をして、ポークサンドイッチと甘いアイスティーのラージを注文する。幸運にも近くの駐車場が空いていたので、そこに車をとめて店まで歩いた。

デリカテッセンに入ったときは誰もワイリックのほうを見なかったが、テーブルのあいだを縫ってカウンターに近づくにつれ、ひそひそ話が聞こえてきた。外見について好き勝手に批評しているにちがいない。

ワイリックはサングラスを外してシャツの襟にひっかけた。

店員がレジの前からカウンターに移動する。

「サー、何になさいますか?」

「サーじゃなくてマムよ。ワイリックの名前で注文してあるんだけど」

店員が赤くなった。「申し訳ございません。失礼なことを――」

「そんなことはいいから料理を」ワイリックがそう言って財布に手をやったとき、椅子の足が床にすれる音がして、足音が近づいてきた。ワイリックの自己防御本能がいっきに覚醒する。だがふり返る前に背後から腕をつかまれ、ひっぱられた。

「おまえなんか女じゃねえ」

カウンターのなかにいた店員が急いでフロアに出てきた。「ちょっとあなた、手を放して、席へ戻ってください！」

男はワイリックより五センチほど背が高い。だがワイリックのほうが若くて身軽だ。

「放して」ワイリックはひとことだけ言った。

「おまえみたいなおとこ女を見ると、おれは虫唾《むしず》が――」

ワイリックは男の鼻を殴りつけた。

鼻血が噴きだし、男が叫び声をあげて両手で鼻を押さえる。

ワイリックは何もなかったかのように代金を払って、袋をとり、ドアのほうへ歩きだした。ノブに手をかけたとき、怒りのうめき声が聞こえた。

「危ない！」店員が叫ぶ。

ワイリックは袋を床に落として腕をあげ、相手の攻撃をとめた。ところが男は間髪入れず、反対の手に持っていたビール瓶をワイリックの顔面めがけてふりおろしてきた。

ワイリックはしゃがんでよけようとした。瓶が側頭部にあたって粉々になる。

ワイリックはよろめいて壁に背中をついたものの、流れるような動作でジャケットの裏に隠していた拳銃を抜き、男の眉間に押しつけた。

「人を撃つのは初めてじゃないの」穏やかに言い、男の顔から血の気が引くのを眺める。

「け……警察に通報しました」店員が言った。

「なら待つわ」

数分後にはサイレンが聞こえてきた。サイレンが大きくなるにつれ、男が神経質に身動きをする。

「動いていいって言った？」ワイリックは静かに警告し、銃口をさらに強く男の額に押しつけた。

男がうめく。

警官たちが走って店に入ってきた。ワイリックが男に拳銃をつきつけているのを見て、警官も銃を抜き、武器を捨てろと叫んだ。

ワイリックは拳銃を床に置いて両手をあげた。

「銃の携行許可証を持っています。財布のなかにあるので出してもいいですか？」

「どうぞ」警官が言い、許可証を確認してうなずいた。

「彼女は何も悪くありません！」店員が言った。「注文した食べものをとりに来ただけなのに、この男がいきなり襲いかかったんです。彼女は自分の身を守っただけだ。男の鼻を殴って食べものを持って帰ろうとしたら、そいつがビール瓶を手に追いかけていって、彼女を殴りつけたんです」

ワイリックは頭痛をこらえながら袋を指さした。「拾ってもいいですか？　わたしの昼食なんです」

警官のひとりが袋を拾ってワイリックに渡した。「頭から血が出ています。座ったほうがいい」

ワイリックは素直に従った。

店員がぬらしたタオルと水を持ってくる。

奥の席に座っていた女性が立ちあがった。「わたしは看護師なんですが、手当てを手伝ってもいいですか？」

「お願いします」警官が答えた。

ワイリックは震えはじめた。アドレナリンがいっきに放出されたせいだ。

看護師がぬれタオルで頭の血をぬぐい、傷の程度を確認する。

警官は店内にいる人たちから話を聞いてまわった。

「その男をどうするんですか？」ワイリックは手錠をかけられ、救急車のほうへ連れていかれる男を見た。

「仮釈放中だったので、今回の件で刑務所に逆戻りです」

「では、わたしはもう帰っていいですか？」

「救命士のチェックを受けたあとなら」

「そんな必要はないわ」

警官が眉をひそめる。「ビール瓶が割れるほどの衝撃ですよ。脳震盪《のうしんとう》を起こしているかもしれない」

「大丈夫です」ワイリックは袋に手をのばした。

別の警官が入ってきて、ワイリックをちらりと見たあと、ぎょっとして動きをとめる。

「あなた、前に見たときはテーザー銃で男を倒していましたよね。チャーリーは今どうしているんですか？　事務所のあるビルがふっとんだでしょう？」

「自宅に仮の事務所を設けています」

「この女性を知っているのか？」最初の警官が尋ねる。

「チャーリー・ドッジのアシスタントだよ」

ダラス市警でチャーリー・ドッジを知らない者はいない。警官たちはまじまじとワイリックを見つめた。これがチャーリー・ドッジの懐刀か、とでも言いたげな目つきだ。

「もう行きます」ワイリックは袋を持ち、足早に店から出た。

助手席の足もとに袋を置き、エンジンをかけて、サンバイザーの裏の鏡で傷を確認する。

「まったく、こんなことになるなんて」ワイリックはつぶやいて車を出した。頭も痛いが、胸も痛かった。どちらも時間が解決してくれるまで、じっと耐えるしかない。

五分ほどでタウンハウスの隣にある駐車場に到着した。らせん状のスロープを六階まであがって、チャーリーのジープの隣に車を入れる。

エンジンを切ったあともしばらくハンドルを握ったまま、殴られたショックを静めようとした。それからバックミラーで傷を確認する。頬のあざや側頭部の傷はごまかしようがない。自分が何者かを思い知らされるようでいやになった。鏡のなかの自分をにらみつけ、昼食とバッグを持って車を降りる。

仕事が――そしてチャーリーが――待っている。

チャーリーが留守のあいだいつもそうしていたように、ノックもせずに鍵を開け、室内に入った。

チャーリーはキッチンにいた。敷居をまたいだワイリックは、そのときになってようやく、ここは彼の家だったと気づいた。

「すみません。驚かせるつもりはなかったんです。先週はあなたが留守でノックをする必要がなかったもので、ここがあなたの家だってことを忘れていました。外に出てやり直しましょうか?」

チャーリーはワイリックの顔を見た。「くだらないことを言うな。今はオフィスでもあるんだからノックはいらない。さっさと入ってくれ」

　ワイリックはドアを閉め、鍵と食事の袋を手に、顔をこわばらせて奥へ進んだ。チャーリーの視線を感じる。通りすぎざま彼が手をのばしてきたが、ワイリックはぎりぎりのところでかわした。

「その傷はどうした？　何があった？」

「なんでもありません」

「なんでもないわけがないだろう。転んだのか？」

「ちがいます」ワイリックはそう言ってチャーリーに背を向けた。

「どうしてきみはいつも喧嘩腰《けんかごし》なんだ？」

　チャーリーが続けようとしたときに携帯が鳴ったので、ワイリックはこれ幸いとパソコンのほうへ逃げた。

「もしもし？」

「チャーリー・ドッジ？　ダラス市警のダイアル刑事です。アシスタントの女性は戻りましたか？」

　チャーリーはすばやく顔をあげた。「はい」

「脳震盪を起こしているかもしれませんから注意して見ていてください。頭を強く殴られているので」

チャーリーの神経がはりつめる。「傷は見ました。でも何があったか話してくれないんです」

ダイアル刑事がため息をついた。「〈ビリーズ〉で注文した料理を受けとるとき、チンピラに因縁をつけられたんです。男は彼女の外見をののしって、腕をつかみ、無理やり自分のほうへ向けました。彼女が男の鼻を殴り、サンドイッチを受けとって店を出ようとしたら、そいつはビール瓶で彼女に殴りかかった。殴られた彼女が拳銃を抜き、われわれが駆けつけたというわけでして」

ショックと怒りで爆発しそうになったチャーリーは、ワイリックの視線を感じて顔をあげた。ふたりの視線が絡み合う。

「教えていただいてありがとうございました。注意しておきます」チャーリーはそう言って携帯を切り、ワイリックの目の前に立った。「ひどい目に遭ったな」

ワイリックは無言だった。

理不尽な目に遭っても、彼女は誰にも助けを求めない。

チャーリーは差しのべた手をふり払われたような気分になった。だが、彼女が助けを求めていないなら、無理強いをするつもりもない。ただ踵《きびす》を返してカーターの部屋に向かった。ドアは薄く開いていて、カーターはベッドの上に体を起こしてテレビを観《み》ていた。

チャーリーを見たカーターが、テレビの音量を絞る。「どうかしたのかね?」

チャーリーは客間のドアを閉めた。「ちょっと出かけてきます。アニーの——妻の様子を見に行かないといけないので。さっきワイリックが到着しました。どこかで昼飯を調達しようとして、知らない男に襲われたそうです」

カーターが背筋をのばした。「襲われた？　どうして？　何が目的で？　ワイリックは大丈夫なのか？」

「外見にケチをつけられたみたいです。申し訳ないのですが、私が戻るまで彼女の様子を見ていてもらっていいですか？　何かあったら電話をください。ビール瓶で頭を殴られたそうなので、脳震盪を起こしているかもしれません。ワイリックは詳しく話したがらなくて」

「もちろん構わないよ。彼女がちゃんと呼吸しているか、倒れていないか、目を光らせておこう。余計な詮索は抜きで」

チャーリーはカーターに向かって親指をあげ、客間を出た。

ワイリックはキッチンにいた。

「カーターは寝室でテレビを観ている。何か必要なものがあれば仕事用のクレジットカードで調達してくれ。きみが来てくれたから、アニーの様子を見に行ってくる」

ワイリックはうなずき、サンドイッチを食べはじめた。

タウンハウスのドアを閉めると同時に、チャーリーは向き合うべき相手から逃げたような罪悪感に襲われた。

ばかばかしい。自分にはアニーがいる。アニーを大事にしないといけない。アクセサリーのことを思い出して、せめてあの金の指輪をアニーの指にはめられたらと思った。しかし患者が装飾品を身につけることは安全のために禁止されている。

葛藤しながら〈モーニングライト・ケアセンター〉に向かって車を走らせていると、前方を走っていた二台の車がスピードを落とさないまま衝突した。

とっさにブレーキを踏んでハンドルを切り、何車線もあるフリーウェイの路肩へスライディングするように車をとめる。

衝突した車の一方が横転して、ボディの一部が飛んでいった。後続車がよけきれずに横転した車に突っこむ。フリーウェイはあっという間に大混乱になった。

チャーリーは携帯を出して警察に電話をした。

事故をまぬがれたドライバーたちが、三車線をふさいで煙をあげている車に駆けよる。チャーリーは車のなかからパニックを起こす人々を見まわした。

そのとき、煙の向こうにあるものが見えた。

横転した車の陰から、よちよち歩きの子どもがはいだしてきたのだ。顔も体も血だらけで、ぼうっとしているようだった。女の子は立ちあがって車の残骸を見たあと、そちらのほうへ歩きだした。

チャーリーはすぐさまジープを降りて全力で走った。

心臓がうるさいほどビートを刻む。

手遅れになりませんように！　どうか間に合いますように！

女の子は地面にもれたガソリンの筋から一メートルも離れていないところにいる。そして横倒しになった車から、火花が飛んでいた。

チャーリーは女の子をうしろからすくいあげるように抱えあげると、すぐに方向転換をして車の残骸から離れた。

大型バスの陰にまわったとき、火花がガソリンに引火して大きな炎があがった。炎はたちまち車の山へ引火して、地面が揺れるほどの爆発が起きる。玉突き事故現場は、いまや地獄の様相だった。

チャーリーは腕のなかの女の子に視線を落とし、その体についている血が女の子のものかどうかを確かめようとした。

それまでひと言も発しなかった女の子が泣き声をあげる。「ママ！　ママ！」小さな手がチャーリーのシャツの襟を握りしめた。

チャーリーは女の子を抱きかかえて、耳もとでやさしくささやいた。「もう大丈夫だよ。心配ない。大丈夫だからね」

サイレンの音と、ヘリのプロペラの音が近づいてくる。死肉にたかるハゲワシのようにマスコミが集まってきた。上空から事故現場がどんなふうに見えるのか、チャーリーには想像することしかできなかった。次から次へと引火して、炎はどんどん大きくなっていく。もう一度女の子を見おろして、燃えさかる炎から遠ざかる方向へ移動を始めた。アニーに会えなかったことはもはや頭から消えていた。

自分はこの子を生かすためにここに遣わされたのだと思った。

アフガニスタンで、いつ死んでもおかしくない状況を何度もかいくぐったチャーリーは、運命に疑問を持つのをやめていた。

後方に目をやると、渋滞車がいちばん近い出口へ誘導されていくのがわかった。遠くから消防車と救急車が近づいてくる。パトカーも猛スピードでやってきた。

チャーリーは自分のジープに戻り、水とウェットティッシュを出した。トランクから寝袋を出して地面に広げる。そこに女の子と一緒に座った。だんだん状況がわかってきた女の子が、さっきよりも激しく泣く。

「ママ！　ママ！」

チャーリーはしゃくりあげる女の子の手や顔についた血を拭いて、口に水のボトルをあてがった。

「ほら、水だよ。飲んでごらん」

女の子は泣きやみ、口を開いた。

ボトルを少し傾けて水を入れ、女の子が飲めるかどうかを確認する。女の子が自分からボトルに手をのばしたので、もう少し口に水を含ませてやった。女の子の手がボトルを押しのけるまで、その動作を何度も繰り返す。水を飲みおわった女の子はまたしゃくりあげて、チャーリーの胸に顔をうずめた。

チャーリーは女の子の頭に顎をつけ、救急救命士の到着を待った。

ワイリックがサンドイッチを食べおえて、新規のクライアントに電話をしようとしたとき、カーターが廊下を走ってきた。

「テレビをつけて！　早く！」

ワイリックはリビングに駆けこんでリモコンをつかみ、テレビのほうへ向けた。

「どうしたんですか？　どの局に合わせればいいんですか？」

「ローカル局ならどこでもいい！　チャーリーが映っているんだ」

「え？」

ワイリックがチャンネルを合わせると、たちまちフリーウェイで起きた玉突き事故の模様が映しだされた。車が重なり合って燃えている。

救急車や消防車、レスキュー隊員の姿が見える。細切れに入る最新情報をアナウンサーが早口で伝えていた。

〝……先ほど放送した映像について情報が入ってまいりました。少女を救った男性の名前はチャーリー・ドッジ。氏はダラスでも指折りの私立探偵ということです〟

「ほら！」カーターが叫んだ。「また流しているぞ。まったくきみのボスは大した男だ」

ワイリックは全身の血が引いていくのを感じて、倒れないように椅子に座った。事故現場の映像が流れる。チャーリーがジープから飛びだして、幼い子どものもとへ駆けつけた。近くの車のボンネットから煙が出て火花が散っている。チャーリーは足をとめることなく女の子をすくいあげると、走ってその場を離れた。

女の子を抱いたチャーリーがバスのうしろにしゃがんだ次の瞬間、大きな爆発が起こった。

ワイリックは悲鳴をあげた。

「大丈夫、続きがある」

アナウンサーが何かしゃべっているのがわかったが、ワイリックの耳には入らなかった。顔や服に血のついた女の子を抱え、煙のなかから出てきた男性に全神経を注いでいたからだ。女の子が彼の胸に顔をうずめたところで映像は終わっていた。

「チャーリーには子どもがいるのかね？」カーターが尋ねた。

ワイリックは首をふった。

「もったいない。いい父親になるだろうに」

ワイリックは立ちあがり、カーターにリモコンを渡してパソコンの前に戻った。携帯を手にして、チャーリーがデンバーに出発する前に仕込んだ追跡アプリを立ちあげる。チャーリーを示すマーカーは移動していた。おそらく子どもを救急隊員に引き渡したのだろう。マーカーの位置と移動している方向からして、チャーリーはここへ向かっているようだ。

ワイリックはチャーリーに電話をしかけて、やめた。今、彼の声を聞いたら泣いてしまう。目をつぶって感情が静まるのを待ち、それから仕事を再開する。

カーターがやってきて、冷えたペプシのボトルを差しだした。

「ありがとうございます。でも、大丈夫です」ワイリックは言った。

「とても大丈夫には見えないよ。仕事中に酒を勧めてもきみは飲まないだろうから、せめてアルコール代わりにカフェインをとるといい。ショックを和らげてくれる」

カーターがコースターの上にペットボトルを置いて離れていく。

ワイリックは蓋を開けてごくごく飲んだ。炭酸が喉を刺激する。カフェインが効いたのだろうか、ありがたいことにチャーリーが戻ってくるころには体の震えはとまっていた。

チャーリーの服に血がついているのを見て目を瞬《しばたた》き、視線を外す。

「テレビに映っていましたよ」

「テレビだって？　まったくひどい目に遭った」

「それ、あなたの血ですか？」

チャーリーが自分の体を見おろす。「いや、ぼくのじゃない」

「女の子は無事でしたか？」

チャーリーはワイリックをしげしげと見た。声が震えているように聞こえたからだ。

「救急隊員は大丈夫だろうと言っていた。女の子の体についていた血は母親のものだったようだ。残念ながら母親は助からなかった」チャーリーはワイリックを見つめた。「きみのほうこそ大丈夫なのか？」

ワイリックはうなずいた。

「それならいい」チャーリーはそう言って廊下を歩いていった。

主寝室のドアが閉まる。タウンハウスはふたたび静寂に包まれた。

ワイリックは深呼吸をひとつしてから、メールの返事を出して、パソコンを閉じ、部屋を出た。

車に乗る前にトラッカーがついていないかどうか、念入りに調べる。異常がないことがわかったので、エンジンをかけて駐車場を出た。

頭がずきずきする。早く家に帰ってひとりになりたかった。

マック・ドゥーリンも玉突き事故の映像を見ていた。チャーリー・ドッジなら知っている。ワイリックのボスだし、ドッジの事務所の入っているビルがガス漏れで爆発したことも聞いていた。

ひょっとして、ドッジは一時的に自宅を職場にしているのかもしれない。少なくともドッジの自宅がわかれば、職場もわかるはず。

職場がわかればワイリックの居場所もわかるというものだ。

ドゥーリンはチャーリー・ドッジについて調べはじめた。

ダンレーヴィー邸の食堂には、重苦しい空気がただよっていた。元凶はお互いに対する不信感だ。家政婦のルースはいつも以上に神経をとがらせ、屋敷に出入りするすべての人に目を光らせている。

ディナはヒステリーを起こす寸前だった。カーターが無事だとわかったことで、前ほど感情の抑えがきかなくなっていた。明日はパウダーブルーのアストンマーティンでドライブに出かける予定だ。オープンカーで田舎道を走りながら、郊外の不動産物件を見学するのもいい。ケニスは結婚したら屋敷を出たがっていて、そのほうがいいのかもしれないとディナも思いはじめていた。

ジェイソンは重圧に押しつぶされそうだった。カーターの代わりにダンレーヴィー財閥を率いるのは並大抵のことではない。一日も早くカーターに復帰してもらいたいが、それにはまず、叔父の命を狙う犯人を捕まえなくてはいけない。ミランダがデンバーに戻ってくるのも頭痛の種だった。今度こそ本気で彼女と別れなければ。

夕食後、ジェイソンたちはいつもどおり図書室に移動して、ナイトキャップを楽しむことにした。

ケニスが飲みものをつくる役を買ってでる。ジェイソンはバーボンをショットグラスで、エドワードはジントニック、ディナはマティーニだ。最後にケニスは自分の飲みものをつくった。

ジェイソンはエドワードの隣に腰をおろして、カーターと子どものころにしたといういたずら話に耳を傾けていた。タイミングよく笑い声をあげ、先を促しつつ、視界の端で母親とケニスを観察する。ふたりの関係は母からの一方通行にしか見えなかった。ケニスは自分の思いどおりになっているときはご機嫌だが、意見が通らないと幼子のようにむくれる。母がケニスのどこに魅力を感じているのか、ジェイソンにはさっぱりわからなかった。

ふと、母は誰でもいいからそばにいてほしいのかもしれないと思う。母をさみしい人だとは思いたくないし、そもそも誰とつきあおうと、成人した息子が口を出す問題ではないのだが……。

エドワードが話をやめて、背もたれに体重を預け、ジントニックを口に運んだ。

ジェイソンがそろそろ部屋に引きあげようとしたとき、メールが届いた。携帯を確認して悪態をつきそうになる。ミランダがデンバー国際空港に到着したのだ。つまり明日には顔を合わせることになる。

ジェイソンはミランダに返信しなかった。「長い一日だった。ぼくは部屋に戻るよ」

「私もそうしよう」エドワードがグラスを置く。

「おやすみ、ジェイソン」ディナが言った。

「おやすみなさい、お母さん」

「ケニスにもあいさつをして」

ジェイソンは母の言葉を無視して部屋を出た。背後から息子の無礼を謝罪する母の声が追いかけてきた。

チャーリーがシャワーから出ると、ワイリックはすでに帰ったあとだった。電源の落ちたパソコンを見て、ほっとしたような、がっかりしたような、複雑な気分になる。自宅にワイリックがいることにチャーリーが戸惑っているのと同じく、ワイリックも居心地が悪そうに見えた。

カウンターの上の携帯が鳴りだしたのでキッチンに戻る。「もしもし？」

「ミスター・チャーリー・ドッジですか？」

「そうですが、あなたは？」

「ＫＤＦＷ（ダラスのローカルテレビ局）のジェイミー・ジョージです。今日の玉突き事故ではすばらしい活躍でしたね。ひと言コメントをいただけないかと思いまして」

「残念ですがお断りします」チャーリーはそれだけ言って電話を切った。

五分もしないうちにまた携帯が鳴った。今度は別のテレビ局が同じことを要求してきた。チャーリーは断った。

そのあとは携帯が鳴っても留守電にして、カーターのところへ行った。イタリア料理店にデリバリーを頼み、ダイニングのテーブルの端で食事をする。

カーターが、自分の命を狙っている犯人についてチャーリーの意見を求めてきた。

「何度も失敗していることからして、プロの殺し屋である可能性は低いでしょうね。犯行に計画性がなく、場当たり的です。そう思いませんか？」チャーリーは尋ねた。

カーターがうなずく。「だから私も、単なる偶然じゃないと気づくのに時間がかかったんだ」

「あなたの体内から出たヒ素のことですが、気分が悪くなったのは食後でまちがいないですか？」

カーターがまたしてもうなずいた。「図書室へ移動したときはなんでもなかったからね」

「問題の夜、飲みものをつくったのが誰か覚えていますか？」

「いや」

「そうですか。では、ふだん、ナイトキャップに何を飲まれますか？　誰かと好みがかぶってはいませんか？」

「私はギブソンが好きなんだ。ジンとドライベルモットに酢漬けのオニオンを入れるんだよ。父の好物でね。いつの間にか私も好きになっていた。あれを好むのは私だけだ。だから――」カーターはそこではっとした。「そうか、オニオンだ！　バーコーナーの下に酢漬けのオニオンが入った小瓶を置いてある。あれは私以外、誰も口にしない」

「ヒ素がどうやって体内に入ったか、これで謎が解けたかもしれませんね。小瓶が同じ場所にあるかどうか確認しましょう。あとでジェイソンに電話して頼んでみます。たとえジェイソンでもあなたの居場所は知られたくないので、うちにいることは内緒にしておきますね」

カーターがフォークを置いて身を乗りだし、テーブルに肘をつく。「本当に酢漬けにヒ素が入っていたとしたら、犯人は女性の可能性が高いと思う。常勤の使用人のなかで男はシェフだけだし、シェフは図書室に用がないからね。しかし女性がブレーキラインに細工できるものだろうか？」

「犯人は複数かもしれません」

カーターがため息をついた。「いやな推測だが、ありえるな。まったく、自分がこんなことを話しているなんて信じられないよ。殺したいと思うほど誰かが自分を憎んでいるなんて、想像したこともなかった」

「ガールフレンドや別れた妻に恨まれているといったことは？」

「ひとりだけ、長くつきあったあとで別れた女性がいるが、もう何年も前のことだし、結婚は一度もしていない。陳腐な台詞《せりふ》だが、仕事が恋人なんだ。うちの家族で恋多き男はジェイソンだな。いつもひとりかふたり、恋人がいるよ」

「なるほど。ジェイソンがガールフレンドを家に連れてくることはありますか？」

「ない。相手は来たがっているようだがね。今つきあっている若い女性も、ジェイソンの妻の座を狙っているようだ。ヨハネス・ドイチの娘だよ。ドイチは知っているだろう？デンバーの〈ドイチソーセージ〉創業者だ。ドイチソーセージは今や全米に流通していて、ヨハネスはとても裕福だから、金目当てということはないだろうが」

「その女性の話は初めて聞きます」

「ここ二、三カ月、ヨーロッパへ行っているそうだから」

「ガールフレンドの名前は？」

「ミランダ・ドイチだ」

チャーリーはあとでワイリックに調べてもらおうと名前をメモした。

食事を終えるとチャーリーはカーターをリビングへ追いたてて、ひとりで片づけを始めた。そのあと自分の部屋へ行ってジェイソンに電話をかける。ダラスではもう夜の十時だが、デンバーは一時間早いので、電話をかけてもぎりぎり許されるだろう。デスクの上のアニーの写真を眺めながら呼び出し音を聞いていると、ジェイソンが電話に出た。

「もしもし?」

「チャーリーです」

「調査は順調ですか?」

「今のところは。お電話したのはカーターのことです。調査のためにいろいろ話を聞いているのですが、カーターが入院した日のことについて伺ったときに、ギブソンを飲むのはカーターだけだと知りました」

「そのとおりです。ぼくたちはギブソンがあまり好きではないので。それがどうかしましたか?」

「バーコーナーへ行って、酢漬けのオニオンの瓶を確認してきてもらえませんか? 封が切られていたら検査に出してください。ヒ素が検出されるかもしれません。酒類にヒ素を入れればほかの家族が犠牲になる可能性がありますが、酢漬けのオニオンなら確実にカーターだけを狙うことができる」

「なるほど、言われてみればそのとおりです。あれをカクテルに入れるのがカーター叔父さんだけだということは、うちの者なら誰でも知っています」

「瓶が未開封だったら調べる必要はありません。企てが失敗して、犯人が回収したのでしょう。未開封の瓶を動かしたら犯人を警戒させるかもしれませんから」

「今すぐ行ってきます。どちらにしても結果をメールしますね」

チャーリーは電話を切ってメールを待った。アニーの写真を手にとる。アニーはカメラを見つめてほほえんでいた。最後にアニーがこんな表情をしたのは、ずいぶん前のことだ。写真のなかには、まだチャーリーを認識できて、愛してくれていたころのアニーがいた。

「アニー」チャーリーは写真に向かって呼びかけた。「あのころに戻りたい」

数分後、ジェイソンのメールが届いた。

〝新品。未開封でした〟

チャーリーは返信した。〝証拠を処分したのでしょう。このことは内密に〟そして携帯をポケットに入れてカーターのところへ行った。


ワイリックが家に到着して五分もしないうちに携帯が鳴った。株式仲買人のコーニーからメールだ。

〝きみのゲーム会社の株が急上昇している。新しいゲームが天井知らずのセールスを記録しているせいだ。今日だけで二百万ドルを稼ぎだした〟

ワイリックはため息をついた。金を稼ぐのは簡単だ。難しいのは、現実世界を生きること。

親指を立てた絵文字で返信し、携帯をテーブルに置く。

シャワーを浴びて着替えよう。それは自分に戻るために必要な儀式だった。レザーもメイクもとっぱらって、ただのジェイド・ワイリックに戻るのだ。

真実は人を自由にするという格言を、ワイリックは信じていた。

12

カーター・ダンレーヴィーの仕事を断ることができて、バディ・ピアスはほっとしていた。晴れ晴れとした気分で、しばらく休業してメキシコのティファナにでも旅行しようかなどと考える。帰るころには騒ぎも収まっているだろう。

「まずは腹ごしらえだな」そうつぶやいてピザを注文したのだが、一時間経《た》っても届かない。テレビを観《み》ながら待っていると、ようやくチャイムが鳴った。

「遅いにもほどがある」ぶつぶつ言いながら財布をとり、玄関に向かう。

そこに立っていたのはピザの配達人ではなかった。

「おまえ！　何しに来た？　おれは抜けるって言っただろう？　もう話すことはない」

「そっちになくても、こっちにはある」

ピアスは眉をひそめた。そして相手の手に拳銃が握られていることに気づいた。しかもサイレンサーつきだ。

「やめてくれ、おれは――」

小さな破裂音がして、ピアスの目のあいだに小さな穴が開いた。うしろの椅子に血と脳みそが飛び散る。

ピアスは床に倒れ、拳銃の持ち主は消えた。

数分後、配達人がピアスの家の前に車をとめ、ピザの箱を持って玄関へ向かった。ポーチの階段をあがったところで、ドアが薄く開いていることに気づく。

「ピザの配達です！」配達人は声をかけたが、誰も出てこないのでドアを押し、なかをのぞいた。床に転がっている男が視界に入る。その眉間に空いた穴も。

配達人は音をたてて息をのみ、血と脳みそまみれの椅子を見てポーチの脇に吐いた。それから震える手で携帯を出し、警察に通報した。


ウィルマ・ショートは足を引きずりながらアパートメントに戻った。

やっと家に帰ってこられた。玄関を入ってすぐに靴をぬぐ。足がじんじんした。ダンレーヴィー邸で働くと、一日の終わりには必ず足が痛くなる。ルースからもっといい靴を買えと言われたが、何かと助言したがる彼女には辟易《へきえき》していた。靴が悪いんじゃない。あのばかでかい城を走りまわって雑用をこなしたら、誰だって足が痛くなるはずだ。

とにかく今日も一日、無事に終わった。熱い湯にゆっくり浸《つ》かって疲れを癒やそう。浴槽に栓をして湯をためる。寝室へ戻ってTシャツとスエットパンツを出してきた。

浴槽から湯気が立ちはじめたので服をぬぐ。髪をアップにしてクリップでまとめ、湯に足を入れた。あまりの気持ちのよさに目をつぶり、そろそろと肩まで浸かる。

「ああ、天国だわ」

浴槽の縁に頭を預ける。ここ二、三日というもの、いつばれるかと心配で、生きた心地がしなかった。雇い主にあんなことをするなんて、われながらどうかしていたのだ。大金に目がくらんだものの、やはり自分にそういう仕事は向いていなかった。カーター・ダンレーヴィーは生き残っただけでなく、誰かが自分を殺そうとしていることに気づいてしまったのだから。

ウィルマはため息をついた。カーター・ダンレーヴィーに恨みはない。金がほしかっただけだ。静寂とぬくもりのなかで、ぼんやりと考える。だいいち失敗したのは自分の責任ではない。頼まれたことはちゃんとやった。

湯船のなかでうとうとしかけたとき、物音が聞こえた。

はっと顔をあげたが、もう音は聞こえない。食洗機の作動音だろう。

それから一分もしないうちに、また物音がした。ウィルマは湯のなかで上体を起こし、むきだしの乳房から湯をしたたらせながら、ゆっくりと浴槽を出た。タオルに手をのばした瞬間、バスルームのドアが内側に開いた。

ウィルマは悲鳴をあげた。「ちょっと！　どうやって入ってきたの？　どういうつもり？」

「スペアキーをつくった。また会えて喜ぶと思ったのに」

「喜ぶわけないでしょ！　出ていってよ！」

「ウィルマ、あなたにたくさんお金をあげる代わりに、ちょっとした頼みごとをしたはず。失敗するなんて、正直がっかりした。あなたにはもう頼まない。それを言いに来た」

「よかった」ウィルマはつぶやいた。「危ない橋を渡るのはわたしなんだから、あんたと縁が切れてせいせいするよ」

「ただ、最後の仕事が残っている。あなたはもう必要ないけど、目撃者を生かしておくわけにはいかない」

相手の手に光るナイフを見て、ウィルマは息をのんだ。「やめて！　ここから出ていって！　わたしは誰にも言わない。自分の首を絞めるような真似《まね》をするわけないでしょ！」

「申し訳ないけど、危ない賭けはしない主義だから」

「やめて！　しゃべらないから！」

ウィルマは必死に逃げようとしたが、後頭部を強く殴られ、仰向《あおむ》けに浴槽に倒れた。湯が盛大に跳ねて、床が水浸しになる。

気絶したウィルマが湯のなかに沈んだ。

ナイフを持った侵入者が、素早い動作でウィルマの両方の手首を切りつけた。

すぐに意識をとりもどしたウィルマは、湯から顔を出して激しくむせ、息を吸った。石鹸水《せっけんすい》が目に入ってよく見えない。浴槽の縁をつかんだとき、頭を上から押さえつけられた。

「やめて！」ウィルマは叫び、手をばたばたさせたあと、相手の手をつかんで引きはがそうとした。「どうかしてる」

しばらくして、湯が赤っぽくなっていることに気づいたウィルマは自分の腕を見た。血の筋をたどると、両手首に深い切り傷があった。

「なんてこと……なんで？ どうしてよ？」ウィルマはうめき、タオルをつかんで傷を押さえようとした。

「べつに何もしていない。あなたが罪の意識から自殺を図っただけ」

「救急車を呼んで」ウィルマは浴槽から出ようとしたが、手が滑ってまた湯にはまった。ようやく起きあがったときは意識が朦朧《もうろう》としていた。

「助けて……」ウィルマは懇願した。「お願い」

「それはできない。でも心配しなくていい。あなたが何をしたか、遺書に書いておくから」

「やめて……」ウィルマの声は弱々しかった。

侵入者の手がウィルマの頭を押さえて湯のなかに沈める。

赤い泡がはじけた。

最後にウィルマの記憶に残ったのは、頭を押さえている手に力いっぱい爪をたてたことだった。

ウィルマの体は動かなくなった。

侵入者は立ちあがり、水浸しの床に目をやって、いくつも足跡が残っていることに気づいた。すぐさまウィルマのタオルをとって靴跡をぬぐい、血に染まった靴をぬいで手に持つと、裸足《はだし》でアパートメントを出ていった。

しばらくして浴槽にウィルマの体が浮かびあがってきた。目は見開かれているが何も見ておらず、髪をとめていたクリップは外れて、もつれた髪が肌にはりついていた。

翌日、ウィルマのアパートメントは月一回の殺虫剤散布の日だった。個人の居室は三カ月に一度の散布スケジュールなので、今月は廊下や備品庫が対象なのだが、前回の散布以来ウィルマの部屋には二度もゴキブリが出たので、ついでに居室に散布してくれと管理人のもとに依頼があった。ゴキブリは一匹いたら相当数いるものだ。

管理人のファニータ・ファーゴはウィルマの部屋のドアをノックした。返事がないのでマスターキーでドアを開ける。散布を担当する作業員も、ファニータに続いて部屋に入った。

「ちゃちゃっとすませてくれる？　居室の散布はここだけだし、あたしは事務所に戻らなきゃならないから」

「わかりました」作業員が答えた。

殺虫剤は奥から手前に向けてまくのが基本なので、廊下のつきあたりのベッドルームから散布を始める。

作業員が部屋の奥へ消えて数秒後、悲鳴が聞こえた。ショックに目を見開いた作業員が走ってくる。

「バ、バスルームで女性が死んでます！」

ファニータはバスルームへ走っていった。入り口で立ちどまる。バスルームの床は血まみれで、浴槽に人が浮いていた。この部屋の住人のウィルマ・ショートだ。

「たいへん……どうしよう！」ファニータは走って廊下に出たあと、作業員の前で警察に通報した。

「警察です。事件ですか？」

「か、管理しているアパートメントの部屋で、女性の死体を見つけました。女性はバスタブに浮いていて、そこらじゅう血だらけです」

「住所はわかりますので部屋番号をお願いします」

「二三三号室です」

「では警察が到着するまでそこにいてください。何にも手をふれないでくださいね」

「は、はい」ファニータはそう言って電話を切ったあとで、そばに立っている作業員を見た。作業員はショックでまだ茫然《ぼうぜん》としている。

「大丈夫かい？」

ファニータの問いかけに、作業員がうなずいた。

「この棟はもう散布できないから、ほかの作業を先にやっておいてくれる？　薬剤のせいで証拠が台なしになったら警察に怒られちゃうから。あたしはここで警官を待つ。作業が終わってあたしのサインが必要なら、メールしてくれれば事務所におりていくから。それと建物から出ないでね。警察はあんたの話も聞きたがるはず」

「わかりました」作業員はそう言って、首をふりながら別の棟へ移動すると作業を再開した。

殺人課のカルヴィン・ブルーナーは、出勤途中に殺人事件のことを知り、現場に直行した。アパートメントの前にはパトカーと救急車がすでにとまっていた。先に到着していた警官の案内で被害者の部屋へ向かう。

「あの女性が管理人で、遺体の発見者になります」警官が言った。「名前はファニータ・ファーゴです」

「ご苦労さん」ブルーナーは警官をさがらせ、管理人に近づいた。

「ミズ・ファーゴ、殺人課のブルーナー刑事です。あなたはこのアパートメントの管理人だそうですね？」

「はい」ファニータが答えた。「こんなにひどいことが起きるなんて信じられません。ウィルマ・ショートはいい人でした。彼女に部屋を貸してもうすぐ五年になります。これまで一度も問題を起こしたことなんてなかったのに」

「どういう経緯で遺体を発見したのですか？」

「今日は月に一度の殺虫剤散布の日でして、ウィルマが部屋にも薬をまいてくれと言うので、マスターキーで作業員を部屋に入れたところ……遺体があったんです」

ブルーナーは眉をひそめた。「作業員は遺体を発見する前に、部屋に薬剤をまきましたか？」

「いいえ。作業は部屋の奥から手前に向かってやりますから、作業を始めようと寝室に入ったところでバスルームの遺体を見つけたんです。作業員は悲鳴をあげて、走って出てきました。人が死んでいると聞いて、あたしも見に行きましたが、バスルームのドアより先には入っていません。作業員も同じです。作業員は今、建物のほかの部分に薬をまいています」

ブルーナーはうなずきながらメモをとった。

「ミズ・ショートは結婚していましたか？」

「いいえ」

「ボーイフレンドは？」

「少なくともあたしは見たことがありません」

「緊急時の連絡先を聞いていますか？」

「そういうことは賃貸契約書に書いてありますから、ここが終わったあと事務所に寄ってもらえればお見せします」

「わかりました」

「もう行っていいですか？」ファニータが尋ねる。

「はい。契約書の件はのちほど」

「準備しておきます」ファニータはそう言って部屋のなかをちらりと見、身震いした。「かわいそうに……こんなことが、しかもうちのアパートメントで起きるなんて」

ファニータは逃げるように階段へ遠ざかっていった。

ブルーナーは玄関の近くに立っている警官を見た。「誰かが押し入った形跡は？」

「ありません、何も壊されていませんでした。ベッドの上には遺書がありました」

ブルーナーはビニールの靴カバーをはめてアパートメントのなかに入った。狭いがきれいに整えられた部屋だ。廊下を進んでいくと寝室があった。バスルームは寝室の奥だ。

死体を見たブルーナーは顔を歪《ゆが》めた。浴槽の湯が真っ赤に染まっている。浴槽のなかで失血死したのだろう。それだけなら自殺に見えるが、床が水浸しで、血の染みたタオルも落ちていた。自殺にしては現場が荒れすぎている。死体と一緒にいた誰かが、去り際にタオルで床をぬぐったように見える。

寝室に戻るとベッドの上の紙に目をとめた。のぞきこむようにして、手をふれずに文章を読む。

〝もう罪の意識に耐えきれません。ミスター・カーターを危ない目に遭わせたことについて、ダンレーヴィー家のみなさまに謝罪を伝えてください。ミスター・カーターはいつもわたしに意地悪だった。仕返しをしたかったんです〟

ブルーナーはさっと体を起こした。「くそっ！　この事件はカーター・ダンレーヴィー絡みか」

遺書のような文面だが、うのみにはできない。犯人は複数いて、この被害者は口封じのために殺された可能性もある。

玄関が騒がしくなって、現場検証チームが到着したことがわかった。話し声が近づいてくる。

「おっとブルーナー、早かったな」

「出勤途中で電話をもらったんだ。おれには自殺に見えない。浴槽の床はあんなありさまだし、血のついたタオルが転がっているし。被害者は抵抗したんじゃないだろうか。ひょっとするとタオルから犯人の指紋が検出できるかもしれない。ベッドの上の遺書を読むかぎり、この被害者はカーター・ダンレーヴィーの失踪と関係があるようだから、細心の注意を払って捜査してくれ。本部長のご友人を殺そうとした犯人がわかるかもしれないぞ」

「了解、任せてくれ」

ブルーナーはうなずき、部屋を出た。靴カバーをぬいで、被害者の情報を得るために管理人室へ向かう。第一発見者の作業員にも話を聞かなければ。

ルースがシェフのピーターと一緒にキッチンにいるとき、携帯が鳴った。ポケットから携帯を出し、発信者を確認して眉をひそめる。

「いったいどうして？」ルースはつぶやいた。

「何が？」ピーターが尋ねる。

「警察の番号なの。早く電話に出たほうがいいわね」ピーターがブレンダーを使っているので、ルースは廊下に出た。「ルース・ファーンウェイです」

「ミズ・ファーンウェイ、殺人課のブルーナー刑事です。あなたの名前がウィルマ・ショートの緊急連絡先として書かれていたので電話しました」

ルースの心臓が一瞬とまった。「は、はい。わたしはダンレーヴィー家の家政婦をしておりまして、ウィルマは当方のスタッフです。ウィルマに何かあったんでしょうか？　いつもなら出勤している時間なのに連絡もなくて、心配していたところです」

「たいへん残念なのですが、先ほど、ウィルマの遺体が彼女のアパートメントで発見されました」

ルースは悲鳴をもらした。

ピーターが廊下に出てくる。

「そんな！　嘘！」ルースは泣きだした。

「落ち着いてください。ウィルマの家族に連絡をとりたいのですが、連絡先をご存じありませんか？」

「母親が介護施設に入所していますが、認知症にかかっています」

「そうですか。母親以外の血縁者はいないのですか？」

「いません」ルースはそう言って、ピーターが差しだしたティッシュの束を受けとり、涙をぬぐった。

「ウィルマに結婚歴は？」

「わたしの知るかぎりではないと思います。親しくしている男性の話も聞いたことがありません。ああ、こんなことが起きるなんて！」ルースは悲嘆に暮れた。

「ミスター・ジェイソン・ダンレーヴィーはまだご在宅ですか？」

「はい。ご家族のみなさんはもうじき朝食におりてこられます」

「では、警察に電話をするようお伝えください。今からこちらの番号を伝えますので」

「少々お待ちください。書くものを用意しますので」ルースはキッチンに駆けこんで引きだしからメモ帳とペンを出した。「お待たせしました。どうぞ」

ブルーナーが携帯の番号と自分の名前を告げる。

「わかりました」

「ではよろしくお願いします」ブルーナーはそう言って電話を切った。

ルースの手は震えていた。隣でピーターが説明を待っている。

「何があったんだ?」

「ウィルマが……ウィルマがアパートメントで死んでいたんですって」

ピーターは音をたてて息を吸った。「そんな！　いったいどうして?」

「刑事さんは詳しくおっしゃらなかったけれど、ミスター・ジェイソンに折り返し電話をしてほしいと――」ルースの目に涙がたまる。「でもどうして?　どうしてウィルマが?　かわいそうに！」

ピーターはルースを抱きしめた。「ひどい朝になった。本当に」

ルースがうなずいた。「まったくだわ。急いでミスター・ジェイソンをさがさないと」

ジェイソンが予想したとおり、ミランダは朝から何度も電話をかけてきた。今日は取締役会があっていつも以上に身なりに気を遣わなくてはならないので、着信を無視してネクタイを結ぶ。取締役会で、カーターをとりまく状況について役員の理解が得られているかどうかを確認するのだ。

呼び出し音はやまない。ついにジェイソンは携帯をとった。

「もしもし?」

「ああ、やっとつながった! ずっとかけていたのよ」

「知ってる。わかっていると思うが、カーター叔父さんがいないあいだ、会社三つに加えて系列子会社の経営を任されている。ものすごく忙しいんだ。だから電話に出ないときは、相手をする暇がないものと理解してくれ」

ミランダが深く息を吸い、怒りのにじむ声で言った。「せっかく帰ってきたのに、そんな言い方をするなんてあんまりだわ。あなたがそんな人だとは思わなかった。結婚式の計画を台なしにしただけじゃなく、こんなふうにわたしをあしらうなんて」

ジェイソンは間を置いたあとで切りだした。「存在しない計画を台なしにすることはできない。それから結婚という言葉は二度と口にしないでくれ。きみにプロポーズしたことはないし、婚約をほのめかしたことだってない。正直な話、きみとは距離を置いたほうがいいと思っている。きみの要求についていけそうもないからだ。ベッドの相性がいいのは認めるけど、ぼくはそれ以上の関係を求めていない」

耳をつんざくような悲鳴のあと、ひどく低俗なののしりの言葉が噴きだした。ジェイソンは顔をしかめて電話を切った。きれいな別れ方ではなかったし、気分もよくないが、ミランダと縁が切れたことにほっとした。

鏡の前に戻ってネクタイを直しているとき、ノックの音が聞こえた。寝室から顔を出して、隣室のドアに向かって声をかける。「どうぞ」

ドアが開いた。ルースだ。目が真っ赤だった。

「ルース？　どうしたんだ？」

「ああ、ミスター・ジェイソン。殺人課のブルーナー刑事から今しがた電話がありました。今朝、ウィルマがアパートメントで死んでいるのが見つかったそうです。ブルーナー刑事があなたとも話したいと言うので――これが電話番号です」

「ウィルマが死んだ？　殺人課？　つまりウィルマは殺されたということか？」

「わかりません。ブルーナー刑事からウィルマの身内を知らないかと尋ねられたので、母親しかいなくて、その母親は介護施設に入っていると答えました。母親はもう娘の顔もわからない状態で、ほかに親しかったのはアーネッタとルイーズとわたしだけだと思います」

「ともかくブルーナー刑事に電話をしてみよう。何か新しいことがわかったらきみにも知らせるよ」

「ありがとうございます。ああ、それから朝食の準備ができました」

「ありがとう。すぐにおりる」

「かしこまりました」ルースがドアを閉めた。

ジェイソンはメモに書かれた名前と電話番号に視線を落とし、携帯をとりに行った。番号を呼びだすとすぐに刑事が出た。

「殺人課のブルーナー刑事です」

「ジェイソン・ダンレーヴィーです。家政婦から話を聞きました。私と話したいことというのはなんでしょう?」

「ウィルマのベッドに自殺をほのめかす遺書が残っていたのですが、殺人現場となったバスルームには争った跡があるのです。誰かが血のついた靴の跡を拭いたような」

「ウィルマは殺されたというのですか?」

「私にはそのように思えます」

「殺されたのだとしたら、どれほど怖い思いをしたことか……想像するのもつらい」

「本当に。ところでこの事件はカーター・ダンレーヴィーの失踪事件と関係しています」

「なんですって? どうしてですか?」

「部屋に押し入った様子はないので知人の犯行だと思われることと、遺書らしきものに、ミスター・カーターに危害を加えようとしたのは自分だと書かれていたからです」

ジェイソンは衝撃のあまりあとずさり、ベッドに腰をおろした。

「そんな……。遺書に理由は書かれていましたか？」

「意地悪ばかりされて我慢できなくなり、殺そうと思ったそうです」

「それはありえない。ぜったいにちがいます。カーター叔父さんは使用人たちを自分で選びました。私たちは日ごろから彼らに感謝していますし、粗末な扱いはしていません」

「そうですか。先ほど失踪事件担当のクリストバル刑事と話したところ、ミスター・カーターに対するいやがらせの一部は、内部の犯行だという見解でした。となるとウィルマも実際になんらかの形でかかわっていたのかもしれません。ウィルマのしくじりをおもしろく思わない人物に、口封じのために殺されたとも考えられます」

「なるほど……。チャーリー・ドッジにもこのことを知らせます。カーター叔父さんが黒幕を暴くために彼を雇っているので」

「私立探偵のことはクリストバル刑事から聞きました」

「それで、ウィルマの遺体はどうなるのですか？　これからどうすれば……？」

「ひとまず検視官のところで検視をします。捜査はまだこれからですが、叔父上のことがあるので先にお伝えしました。ミスター・カーターの安全を脅かす要因が排除されたとは思えませんから」

「ご連絡いただいてありがたいです」ジェイソンは言った。「何かわかりましたらまた教えてください。叔父の命がかかっています」

「わかっています。それではまた」

電話を切ったジェイソンは、茫然と床を見つめた。ウィルマについて知っていることといえば、ひとりっ子で母親が介護施設にいること、使用人の一員としてうまくやっていること——それだけだ。

ジェイソンは首をふりながら携帯をポケットに入れ、食堂へ向かった。家族に知らせなければならない。使用人たちにも警察の見解を伝えるべきだろう。まだコーヒーも飲んでいないのに、なんという一日の始まりだ。


その朝、最初に食堂にやってきたのはケニスとディナだったが、ふたりはルースのいつになく沈んだ様子や、赤くなった目には気づきもしなかった。ルースはあくまで使用人で、彼らにとっては透明人間のようなものなのだ。

次にエドワードが白杖《はくじょう》をつきながら入ってきた。ルースが急いでそばに寄る。「おはようございます、ミスター・エドワード。お席にご案内してもよろしいですか?」

エドワードは返事をする代わりに動きをとめた。「ルース?　どうしてそんな悲しそうな声を出すんだい?」

「すみません」ルースは言葉を濁した。「こちらへどうぞ」エドワードを席に誘導する。

「卵料理とパンケーキ、どちらになさいますか？」

エドワードは席についた。「パンケーキにピーター特製のブルーベリーシロップをかけてもらえるかな？　それとベーコンもつけてもらいたい」そこで言葉を切り、ルースの気配のするほうへ顔を向ける。「何かつらいことがあったんだね？」

「ルースの抱える悲しみは、ぼくら全員の悲しみでもあります」ジェイソンがそう言いながら食堂に入ってきた。「おはようございます。ルースのところに警察から電話がありまして、昨日、使用人のひとりが亡くなったそうです」

ディナが息をのんだ。「まあ、誰なの？」

「ウィルマです」ジェイソンが答えた。「ルースに電話をしてきた刑事がぼくとも話したいというので、ついさっき電話をしました」

「それでなんと言われたんだい？」エドワードが眉をひそめる。

ルースがエドワードのパンケーキを運んできた。「お皿の中央にパンケーキがのっています。バターとブルーベリーシロップをかけて、ひと口サイズにカットしてありますから。ベーコンは九時の方向に二枚のせました。二枚とも召しあがってくださいね」

エドワードはルースのほうに向かってほほえんだ。「ありがとう」テーブルに手をのばし、皿の場所を確認してから、ルースが注《つ》いだコーヒーの芳醇《ほうじゅん》な香りを吸いこむ。

ケニスが立ちあがってディナの朝食を皿に盛りはじめた。

ジェイソンも立ち、話を続けるタイミングを計った。

「それでウィルマの死に、刑事が電話してくるほどのミステリーがあったのかい？」ケニスが言った。

「警察は、彼女が殺されたと考えているようです。ベッドの上に自殺をほのめかす遺書が残っていたけれど、ウィルマが書いたものではないらしい」

ディナが眉根を寄せた。「食べるときにそんな話をしなくても」

ジェイソンはテーブルをたたいた。クリスタルの食器がかたかたと音をたてる。

「朝食なんてどうでもいい！　うちで働いていた女性が殺されたんですよ！　しかもブルーナー刑事は、カーター叔父さんの身に起きたこととウィルマが関係していると思っているんです。誰かがウィルマに金をやって叔父を殺そうとしたものの、失敗続きで落胆し、口封じのためにウィルマを殺したと！」

ルースが胸を押さえ、朝食の並んだサイドボードの端に崩れ落ちた。

ジェイソンはうめいた。もっと言葉を選ぶべきだった。

ジェイソンがルースを抱えるのを見て、ピーターが駆けよってきた。「ルース！　いったいどうしたんです？」

「気絶したんだ。ウィルマの死に関するさらに悪いニュースなんだが、カーター叔父さんを殺そうとしていたのはウィルマだったかもしれない。誰かに金をもらったものの失敗して、口封じのために殺されたようだ。少なくとも警察はそう考えている」

ピーターは言葉を失った。

ルースが何事かつぶやく。だんだん意識が戻ってきたようだ。

「どこか横になれるところはあるか？」ジェイソンが言った。

「休憩室にソファーベッドがあります」

「よし」

ジェイソンがルースをソファーベッドまで運んだとき、ルイーズが休憩室に入ってきた。異変に気づいてすぐさま駆けよってくる。

「ルースはどうしたんですか？」

「気を失ったそうだ」ピーターが説明した。「ミスター・ジェイソン、あとは私たちでやります。ここまで運んできていただいてありがとうございました」

ジェイソンがさがると、ピーターとルイーズがソファーベッドのまわりを囲んだ。

ジェイソンは立ち去りがたかったが、本来なら世話をするべき相手に世話をしてもらって、使用人たちが居心地悪そうにしているのが伝わってきた。

「今朝はさんざんだ。救急車が必要なときは言ってくれ」ジェイソンはそう言って食堂に戻った。携帯を持って食堂を出ようとしたとき、母親が叫んだ。

「ジェイソン！　朝ごはんは？」

「食欲がなくなりました」ジェイソンはそう言って書斎に引きあげ、チャーリー・ドッジに電話をした。

カーター叔父さんにも知らせなければならない。

13

チャーリーが朝食用にハムとチーズのオムレツをつくっているとき、チャイムが鳴った。コンロの火を消して玄関へ向かう。

ワイリックだ。頭の傷はかさぶたになり、頬のあざは昨日よりも色が濃くなっていた。ワイリックの目がぎらりと光った。傷のことにはふれるなという警告だ。彼女に必要なのはハグだが、そんなことをしたらまちがいなく激怒されるので、チャーリーは彼女の期待に応えることにした。

「いちいちチャイムを鳴らさないで鍵を使え」無愛想に言ってキッチンへ戻る。

「おはよう」キッチンへ入ってきたカーターは、チャーリーとワイリックのこわばった表情を見て、こんなにぎくしゃくしているのに、どうして仕事上のチームワークは抜群なのだろうかと不思議に思った。

「おはよう、ワイリック」ワイリックに改めて声をかける。

「おはようございます」

ワイリックはそれだけ言ってカーターに背を向け、黒い飾り紐《ひも》のついたターコイズブルーのボレロジャケットをぬいで椅子にかけた。メイクはジャケットと同じターコイズブルーのアイシャドウにゴールドのアイライナー。唇もゴールドの輝きを放っている。ブラウスは白だが、体の前面をおおうドラゴンのタトゥーがうっすらと透けて見えた。膝丈のパンツは側面にジャケットと同じ飾り紐がついていて、足もとは八センチヒールの黒いニーハイブーツだ。赤いケープと剣を持たせたら闘牛士と見まがうスタイルだった。過激なメイクとファッションが〝誰も近づくな〟と警告している。

ワイリックはキーボードの上に置かれたメモを手にとった。「ミランダ・ドイチ?」

チャーリーはオムレツを皿に移してから顔をあげた。「ジェイソンのガールフレンドだ。数カ月国外にいたせいで話題にのぼらなかったが、彼女についても身辺調査をしてもらいたい。ダンレーヴィー一族に関係する人物はもれなく把握しておきたいから」

ワイリックはうなずいた。仕事を始める前にコーヒーが飲みたかったが、カーターとチャーリーが朝食の準備を終えるのを待ったほうがいいだろうと判断する。

男たちがダイニングテーブルの端に移動したのを見計らって、ワイリックはコーヒーを注《つ》ぎに席を立った。

チャーリーはワイリックのタトゥーのことを以前から知っていた。着ているものによって分量は変わるが、いつもどこかしらが見えていたからだ。ただし全体を見るのは初めてで、その迫力に息をのまずにいられなかった。色合いはすばらしく美しいが、全体の図柄はパワーと怒りを象徴している。

戦いを連想させる。

チャーリーは本物の戦いを知っていた。アフガニスタンに従軍したからだ。

ワイリックのほうをなるべく見ないようにしながら、チャーリーは椅子に座った。

カーターもタトゥーに強く引きつけられたものの、美人だとほめたときに手厳しくやられたのを覚えていたので、何も言わないほうが無難だと判断した。フォークを手に、オムレツのにおいをかぐ。「見た目もいいが、香りがすばらしい。料理もできるとは」

チャーリーが肩をすくめた。「簡単なものならだいたいつくれます。グリル料理のほうが得意なんですけど。アニーと住んでいたときは、週二回はグリル料理をしていたんですが、今はアパートメント暮らしだし、いろいろあってやらなくなりました」

カーターはオムレツを頬張ってうなずいた。「おいしいよ。ありがとう」

「どういたしまして」

ワイリックがコーヒーを手にパソコンの前に戻る。

しばらくのあいだ、部屋のなかには軽快にキーボードをたたく音と、フォークと皿がぶつかる音しかしなかった。

チャーリーがオムレツを食べおわり、コーヒーのお代わりを注ぎに席を立つ。

「ワイリック、お代わりはいるか？」

「大丈夫です」ワイリックが短く答えた。

チャーリーはコーヒーサーバーをもとに戻し、空いた皿をとりにテーブルに戻った。携帯が鳴る。

「ジェイソンからだ。カーター、わかっているでしょうが、声を出さないでくださいね」

カーターが親指を立たせて了解の合図をする。

「もしもし？」

「チャーリー？　ジェイソン・ダンレーヴィーです。今、ちょっとよろしいですか？　カーター叔父さんの件で新たな展開があったので」

「ちょっと待ってください。アシスタントにも聞こえるようにスピーカーにしますから」

ワイリックがキーボードを打つのをやめた。

「これでよし。で、何があったんですか？」

「初めてうちに来たときに話した使用人たちを覚えていますか？」

「家政婦のルース、シェフのピーター、それからルイーズとアーネッタとワンダ……じゃなくてウィルマだ」

「そうです。警察から電話があって、今朝、ウィルマが自分のアパートメントで死んでいるのが見つかったそうです。警察の見解では自殺に見せかけた他殺だと……。遺書が残っていたそうですが、現場の状態から自殺とは考えにくいそうです」

カーターの顔色が変わった。

チャーリーはカーターに向かって、改めて声を出さないようにと手をあげた。

カーターがうなずく。

「遺書にはなんと書いてあったんですか？」

「かいつまんで言うと、罪の告白だったそうです。カーター叔父さんの身に起きたことは自分が仕組んだことだ、毎日のように意地悪をされて我慢できなくなった、と。まったく、でたらめにもほどがある。すぐにでっちあげだとわかりました」

「事件の黒幕が、カーターが無事なことに腹を立てて、自分の正体を知るウィルマを消したか……」

「警察はその線で捜査をするそうです。このことをカーター叔父さんに伝えてもらえますか？　ウィルマには介護施設に入っている母親がいます。認知症で娘の顔もわからず、二十四時間の介護が必要なんです。警察の読みどおりだとしたら、ウィルマは母親の介護料ほしさに犯人に協力した可能性が高い。ご想像がつくと思いますが、うちの者はみな動揺しています」

「ウィルマの個人情報――社会保障番号や、生年月日はわかりますか？　すぐにアシスタントに金の動きを調べさせます」

「もちろんわかりますよ。会計担当に電話をして、必要な情報をメールさせます」

「ありがとう」

電話が切れたと同時に、カーターが声をあげた。「くそっ！　信じられん！」すぐにワイリックのほうを向く。「言葉遣いが悪くて申し訳ない」

「謝ることなんてありません」ワイリックはそう言ってチャーリーに向き直った。「ミランダの調査を続けますか？　殺された使用人のほうを優先しますか？」

「もちろんウィルマを優先してくれ」チャーリーは言い、メールが来るとすぐにワイリックに転送した。ワイリックは指を曲げのばししたあと、ウィルマ・ショートのデータ集めにとりかかった。


ミランダ・ドイチはジェイソンに電話を切られたことにも気づかず、ののしりの言葉を吐きつづけていた。怒りがショックに変わり、それから驚きになり、深い失望になった。鏡に映る自分を見つめて、どうして自分には誰もプロポーズしてくれないのだろうと考える。器量は悪くない。ストロベリーブロンドの髪や顔の造作は母親譲りだが、背はミランダのほうが高い。プロポーションもよく、社交の場でもそつなくふるまうくらいの機転も利く。

屋根裏で母親の日記を見つけるまで、ミランダはおおむね幸せな人生を送っていた。日記にあった母親の交友関係は驚くべきものだった。逮捕されてもおかしくないような大胆な遊びをしていたことや、男と婚約してすぐに解消したことも書いてあった。

その数カ月後に父からプロポーズされたのだ。ミランダはため息をついた。もの静かで痩せた肉屋だった父は、自分とは正反対の派手な母に惹《ひ》かれたのかもしれない。

ヴィヴィアンは短い人生を欲望のままに駆けぬけた。一方のミランダには親友と呼べる女友達もいないし、別れたボーイフレンドもいない。これで現在進行形のボーイフレンドもいなくなってしまった。ミランダのそばにいるのは父親だけで、それではぜんぜん満足できなかった。

感情の昂《たか》ぶりが最高潮に達したとき、ミランダは財布と車の鍵をつかんで、誰にも何も告げずに家を飛びだした。ジェイソンとの関係は完璧にうまくいっていると思っていたのに、恋していたのが自分だけだとわかって、頬を殴られたようなショックを受けていた。

携帯が鳴った。父だ。留守電になるまで放っておいて、フリーウェイに乗る。とにかく車を走らせていたかった。

父からは常々、問題から逃げても何も解決しないと言われてきた。ほしいもののために闘えと。だからミランダもそうするつもりだった。結婚の計画もジェイソンとの将来も消えてしまったけれど……。

反抗的な気分になって窓を全開にし、ラジオをつけてアクセルをいっぱいに踏みこむ。

速度計が百六十キロを超え、スピーカーから『地獄のハイウェイ』が大音量で流れだした。

レイ・ガルザがキッチンでコーヒーを飲みながら朝のニュースを見ていると、携帯が鳴った。発信者を確認して両眉をあげ、電話に出る。「もしもし？」

「十万ドルのためなら何をする？」

レイは眉をひそめた。「からかっているのか？」

「ノー」

「つまり仕事の依頼か？」

「イエス」

「だったら、自分の母親だって撃ち殺すね。母親がまだ生きていればの話だが」

「十万ドルでジェイソン・ダンレーヴィーを殺してほしい。もうじき通勤時間だから、すぐに家へ行けば尾行できる。射殺して、車で走り去ればいい。そのあとチェリー・クリーク貯水湖に来い。報酬を現金で渡す」

「そいつの車は？」レイは尋ねた。

「赤のフィアット」

「仕事はいつも前金で受けているんだが」

「時間がない。なんなら二十万ドルにしてもいい」

「契約成立だ。支払いをごまかそうとしても無駄だぞ。わかっているな?」

電話は切れた。

レイはコーヒーを飲みほして寝室に行き、拳銃をジーンズのベルトに挟むと家を出た。車に乗ってグリーンウッド・ヴィレッジを目指す。ダンレーヴィー城の前を通ったことは何度かあるので、道順を調べるまでもなかった。デンバーの住人なら、少なくとも一度はあの城を見に行ったことがあるはずだ。

記録的な速さでダンレーヴィー一家が住む地区に到着したものの、ジェイソンはもう出社したかもしれない。とにかく待つしかないだろう。ダンレーヴィー家の私道がよく見えるところに車を寄せてとめた。

幸運なことに、五分も待たないうちに赤いフィアットが私道を出てきて左折した。

レイはただちにフィアットのあとをつけた。気づかれないよう車間距離を充分にとる。フリーウェイに乗ったフィアットは、ダンレーヴィーの本社ビルがある地区でフリーウェイをおりた。ダウンタウンの道は混んでいた。本社ビルに到着したらチャンスはない。目的地がわかったので、レイは横道に入った。

交差点で鉢合わせることさえできれば、あとは簡単だ。

家を出て四時間後、ミランダは帰宅した。泣いたせいで目は赤く、まぶたがはれぼったたくなっている。髪は風に吹かれてくしゃくしゃだ。

玄関ホールで娘を見たヨハネスが腕をつかんだ。

「どこへ行っていた？　心配したんだぞ。何度も電話をしたのに出やしない。事故にでも遭ったのかと考えていたところだ」

「事故みたいなものよ、パパ。ジェイソンにふられたの。いくらベッドで相性がよくても結婚相手にはならないって」

ヨハネスはかっとなった。いくら金持ちになっても、上には上がいて、ソーセージで財を成した自分たちを見くだすのだ。

ヨハネスは感情を表現するのが苦手な男だった。娘を抱き寄せて、子どものときにしたようにぽんぽんと背中をたたく。

ミランダには、父が自分のために悲しんでくれていることがわかっていた。ただ、赤ん坊ではないので、ゲップが出ればすぐに気分がよくなるわけでもない。

ヨハネスは泣きじゃくる娘にハンカチを渡した。「もう泣くな。ジェイソン・ダンレーヴィーがそういう男だったなら、早くわかってよかったじゃないか」

ミランダはハンカチで涙をぬぐい、鼻水を拭いてから父親の胸に顔をうずめた。「彼を愛していたの。すごく裏切られた気分。何が悪いのかわからないけど、わたしだけを愛してくれる男の人はいないのかもしれない。わたしなんて生まれてこなければよかったのかも」

「そんなことは言うもんじゃない。ほら、ビンニが来たよ。ベッドに戻って少し休みなさい。パパは医者に電話をするから」

ミランダは母親代わりの家政婦に手をのばし、慰めの言葉をかけてもらいながら寝室へ向かった。

ヨハネスは書斎へ急ぐと、かかりつけ医に電話をして状況を説明した。医師は処方箋を書くと約束してくれた。

「ありがとう」ヨハネスは電話を切った。

娘のために何ができるだろう？　気分が明るくなるような贈りものがいいかもしれない。それから一時間ほどヨハネスは書斎で仕事をした。娘の部屋へは行かなかった。どんな言葉をかければいいのかわからなかったからだ。

しばらくして薬局から薬が届いた。薬の入った袋をのぞいたヨハネスは、精神安定剤が入っているのを見て眉をひそめつつ、家政婦を呼んだ。

「ご用はなんでしょうか？」ビンニが尋ねる。

「ミランダの薬だ。用量を守ってのませてくれ。終わったら、残りは私のところへ持ってくるように」

「かしこまりました」ビンニは急ぎ足で去っていった。

ミランダは落ちこむと、いつも以上に注目されたがるタイプだった。家政婦が薬を二錠手渡すと、さっそく薬をのんで眠ってしまったらしい。

娘からジェイソン・ダンレーヴィーとデートしていると聞いたときは、こんな結末を予想していなかった。ふたりがつきあいはじめて数カ月後、ミランダがヨーロッパへ行って嫁入り道具をそろえてくると言ったときは心からうれしかった。もうじき三十歳になる娘がついに結婚するのだと思った。

それもアメリカで有数の金持ちと。

蓋を開けてみたらどうだ。

とにかく娘の心を癒やすために、できるだけのことをしなければ。

ジェイソンは本社ビル近くの赤信号で車をとめた。取締役会に遅れたらと思うと気が気ではなかった。信号が青に変わると同時にアクセルを踏みこむ。そのとき、右手から赤信号なのに交差点に突っこんでくる車が見えた。

「馬鹿野郎!」ジェイソンは急ブレーキを踏んだ。はずみで助手席のブリーフケースが床に滑り落ちそうになる。

ブリーフケースに手をのばした瞬間、フロントガラスが砕け散った。ジェイソンは両腕をあげて顔をかばい、ギアをパーキングに入れた。

　衝撃で頭ががんがんする。顔の皮がひりつく感覚があって、ゆっくりと上体を起こした。

「いったい、なんなんだ？」そうつぶやいてバックミラーを見ると、顔じゅうに小さな傷ができて、血がにじんでいた。割れたフロントガラスで切ったのだろう。

　周囲の車から人が降りてきて、こちらへ駆けよってくる。最初に駆けつけたのは医療関係者のような服を着た女性だった。

「看護師です！　大丈夫ですか？　どこか撃たれませんでしたか？」

「撃たれる？　突っこんできた車と衝突はしなかったのに、フロントガラスが割れたから、何が起きたのかわからなくて」

「その車の運転手が、あなたの車めがけて二発、発砲したんです。車はそのまま交差点を走りぬけていきました。少なくともそのうちの一発がフロントガラスを割ったんだと思います。この目で見ましたから、まちがいありません」

　頭がくらくらして、ジェイソンはハンドルに手をついた。

　看護師が手をのばしてジェイソンの腕をつかむ。

　ジェイソンは痛みに肩をこわばらせた。

「やっぱり撃たれたんですね」看護師が言う。

　そう聞いたとたん、肩のあたりに焼けつくような痛みを感じた。

サイレンが近づいてくる。

目の焦点が合わなくなってきた。

「なんだかくらくらする」ジェイソンはつぶやいた。

看護師がジェイソンの肩に手を置いた。「救急車が来るまでそばにいますから、しっかりしてください」

「ぼくはジェイソン・ダンレーヴィー……警察に伝えてほしい……チャーリー・ドッジに連絡してくれと。ぼくの携帯に……番号が入っているから」ジェイソンはそう言って気絶した。


ディナはケニスに少しだけ腹を立てていた。朝から新車でドライブに出かけるはずだったのに、ケニスがクラブから派遣されたプロテニスプレーヤーのレッスンを優先したからだ。おかげでディナは、コート脇の観覧席でケニスのレッスンを見学する羽目になった。ケニスのストロークはだんだんよくなっている。まあ、少なくともそれはいいことだ。そう思ったところで、背後から名前を呼ばれた。屋敷をふり返って眉をひそめる。

ルースが叫びながらこちらへ走ってきた。「ミス・ディナ！　ミス・ディナ！」

ルースがひどく取り乱しているのに気づき、ディナは観覧席からおりてルースのほうへ歩きだした。

ディナの前で足をとめたルースは、目を見開き、息を切らしていた。

「ミス・ディナ！　警察から電話がありました。ミスター・ジェイソンが撃たれて、セント・ジョセフ病院へ運ばれたそうです」

ディナは悲鳴をあげた。

ケニスがラケットを放りだして走ってくる。

ディナはケニスの胸に身を投げて、ヒステリックに泣きわめいた。

「ルース！　いったいどうしたというんだ？」

「ミスター・ジェイソンが撃たれたのです。ブルーナー刑事が連絡をくださいました。セント・ジョセフ病院でこれから手術をするそうです」

「エドワードに知らせたか？」ケニスが尋ねた。

「まだです」

「彼も病院へ行きたがるはずだ。ぼくが車をまわすから、きみはエドワードを裏口まで連れてきてくれ。できるかい？」

「はい」ルースはそう言って屋敷へ駆け戻った。

ケニスはディナの肩をつかんで小さく揺さぶった。「ダーリン、しっかりするんだ。ぼくは着替えて車の鍵をとってくる。一緒に来てくれ」

ディナはケニスの手をとって走りだした。屋敷に入るころには、子どもを守る母親の強さをとりもどしていた。ケニスが階段を駆けあがって普段着へ着替えるあいだ、ルースを手伝いにエドワードの部屋へ行った。

ルースはエドワードの室内ばきをぬがせて、靴をはかせていた。

「どうしてこんなことになる？　なぜ急に、うちの家族ばかりが攻撃されるんだ？　ああ、カーターがいてくれたら！」エドワードが叫ぶ。

「わたしもカーターがいてくれたらと思います。でもわたしたちにはお互いがいる。ひとりじゃないわ」

ディナの言葉に、エドワードも表情を引き締めてうなずいた。ディナとルースに付き添われて裏口へ向かう。ふたりが乗ったところで、ケニスが車を出発させた。

涙に暮れたルースを残して。

14

今日こそアニーのところへ行こうとチャーリーが準備をしているとき、携帯が鳴った。デンバー市警の番号だ。

「チャーリー・ドッジです」

「ミスター・ドッジ、デンバー市警のブルーナー刑事です。ジェイソン・ダンレーヴィーが今朝、狙撃されました。あなたに連絡してほしいと本人から伝言があったので電話をした次第です」

チャーリーの鼓動が一瞬とまる。寝室を飛びだしてカーターをさがしたが、姿が見えない。

「ジェイソンは生きているんでしょうね？」チャーリーはワイリックのところへ行きながら尋ねた。

「はい。今、手術中です」

「いったい何があったんですか？」ワイリックを見つけたチャーリーは指を鳴らして彼女

の注意を引いた。そして携帯を指さして〝デンバー市警、ジェイソンが撃たれた〟と声を出さずに言う。

ワイリックが勢いよく立ちあがってカーターをさがしに行った。

ブルーナーが説明を続ける。「会社近くの交差点で、信号が青になったのでアクセルを踏んだところ、赤信号を無視して交差点に進入してきた車がいたそうです。ジェイソンは急ブレーキを踏み、ずり落ちそうになったブリーフケースをとろうと手をのばした瞬間に撃たれたようです。撃った相手は狙撃目的で交差点に進入してきたようなので、ジェイソンが身をかがめなかったら命はなかったかもしれません。フロントガラスが砕けて、ジェイソンは肩を撃たれました。目撃者によると発砲は二度あったそうです」

「できるだけ早くデンバー入りすると、ダンレーヴィー家のみなさんに伝えてください」

「今はどこにいるんですか？」

「ダラスです」

「あなたはカーター・ダンレーヴィーを発見した私立探偵ですよね？」

「そうです。カーターはまだ身を隠しているので、この件は私から連絡します。電話をくださって感謝します。デンバーに入ったらまた詳しい話を教えてください」

電話を切ったとき、カーターがダイニングに入ってきた。

「いったいどうしたんだ？　ワイリックは緊急事態としか言わないのだ」

この上なく気が重かったが、事実をありのままに伝えるしかない。

「警察から連絡があり、出勤途中のジェイソンが肩を撃たれたそうです。今、手術をしています」

カーターがうめいた。「すぐにデンバーに戻る。フライトの手配をしてほしい」

「ベニーに電話をします」ワイリックが言った。

「荷物をまとめてください。屋敷まで送ります。あの城には予備のベッドはありますか?」

「わたしの分もお願いします」ワイリックが言った。「一分一秒も惜しいときに、デンバーとダラスを行ったり来たりするのは時間の無駄ですから」

ワイリックはすぐさま整備士のベニーに電話をした。調査中のデータをUSBメモリにコピーしてバッグに入れ、ジャケットを着て廊下に出る。

「チャーリー」

チャーリーが寝室から顔を出した。「なんだ?」

「ベニーはハンガーにいて、給油をしてくれている。わたしの家はここから飛行場までの途中にあるから、着替えをとってから飛行場へ向かいます。ハンガーで会いましょう」

「わかった」チャーリーはそう言ったあとで、ワイリックを呼びとめた。「きみがぼくの何に腹を立てているのか知らないが、ダンレーヴィー家に滞在しているあいだは休戦にしよう」

「了解」ワイリックはそれだけ言って、ドアをたたきつけるように閉めた。

いつものように周囲を警戒するのも忘れて駐車場に入ったワイリックは、ベンツのフェンダーの横でしゃがんでいるマック・ドゥーリンを見つけて逆上した。

荷物を落としてドゥーリンの背中に飛びかかる。

ドゥーリンはしゃがんでいた体勢のままうつぶせに倒れ、コンクリートに顎をぶつけた。横に転がって、ワイリックを殴ろうと腕をふりあげる。

ワイリックは腕で攻撃を受け、すぐさま飛びのいた。

ドゥーリンも立ちあがってワイリックを捕まえようとしたものの、ブーツの先で股間を蹴られた。

「このアマ！」ドゥーリンは股を押さえて怒鳴り、ワイリックに突進した。

ワイリックは背中を車にぶつけてうめいたが、すぐさまドゥーリンを突きとばした。

チャーリーとカーターが駐車場に入ってきたのはそのときだった。

「いったい何事だ？」チャーリーが荷物を放りだして走ってくる。

ワイリックはチャーリーに腰をつかまれてドゥーリンから引き離されるまで、彼が来たことに気づいていなかった。

チャーリーはワイリックを安全なところまで離すと、すかさずドゥーリンの首根っこをつかんで力いっぱいひっぱった。ドゥーリンの顔を見て、初めて同業者だと気づく。

「マックじゃないか！　ここで何をしている？」

ドゥーリンはしゃべらなかった。

ワイリックは目を細めて尋ねた。「この男を知ってるんですか？」

「私立探偵だ。同業者だよ」

ワイリックが吐き捨てるように言った。「こいつはただのストーカーです。そもそもチャーリー・ドッジは女に手をあげたりしない」

チャーリーがドゥーリンの腕を強くつかんだ。「彼女に手を出したのか？」

ドゥーリンが肩をすくめる。「殴ろうとしたけどかわされた。先に攻撃してきたのはそっちだぜ」

チャーリーはドゥーリンをベンツのボディに押しつけて、ワイリックを見た。「話してくれ。どうしてマックがここにいる？」

「この男は数週間前からわたしをつけまわしていた。車にトラッカーをとりつけて……今日だってまたやろうとしていたんです」ワイリックはドゥーリンの胸を強く押した。「あいつらに雇われたんでしょう？」

ドゥーリンは怒っていたが、同時に怯《おび》えてもいた。ワイリックとチャーリーのどちらがより脅威になるか、決めかねているのだろう。

「あんたに個人的な恨みはない。単なる仕事だ」

「あいつらとは?」チャーリーが尋ねる。

「以前わたしが働いていた会社の人間です」ワイリックはそれだけ言うと、ドゥーリンをにらんだ。「言っておくけど、最初にトラッカーをつけられたとき、あんたの車のナンバープレートからいろいろ調べさせてもらったわ。幼稚園時代から大学を中退になったことまで、あんたのことはなんでも知ってる。ケイマン諸島の隠し口座も含めてね」そこで大きく息を吸って二本指を立てる。「いい? あんたの選択肢はふたつしかない。このままわたしのあとをつけまわしてはした金を稼ぐか、あいつらにもう辞めると言うか。ちなみにストーカーを続けるなら、隠し口座の預金は一瞬で消えるから覚悟しなさい」

「そんなことができるもんか!」

「できるし、やるわ。訴えようにも、税金逃れをしていたことがバレるからできないでしょう?」

それまで黙って聞いていたチャーリーが深呼吸をした。「よく聞け、マック。彼女は今週、どこかのくそ野郎に殴られたばかりだ。おまえのせいでまた傷が増えたんだぞ」ドゥーリンの胸ぐらをつかんで自分のほうへ引き寄せる。鼻がふれそうなほどの距離だ。「次にダラスでおまえの顔を見たら、半殺しの目に遭わせてやる」

ドゥーリンがうめいた。「わかった。金をとられた上に半殺しじゃ割に合わない。日没までには街を出る。それでいいだろう？」

「さっさと消えろ。警察に通報して探偵ライセンスをとりあげてもいいんだ」

ドゥーリンは一目散に走り去った。

ワイリックは体の震えをアドレナリンのせいにしようとした。チャーリーの手が顎にかかった瞬間、彼の胸にしがみつきたい衝動がこみあげる。

そんな自分が怖くなってチャーリーを押しのけた。「わたしは大丈夫です。あの男にはいらいらさせられたけど、こういうことは初めてじゃない。この十年、ああいう輩《やから》を追いはらいながらやってきたんですから」

「どうして？」チャーリーが尋ねた。「その会社というのはなんなんだ？　どうしてきみをつけまわす？」

「わたしを組織に戻したいからです」今しがたの出来事に動揺していたワイリックは、思わず正直に答えた。「〈ユニバーサル・セオラム〉という会社で、わたしはかつてそこで働いていました。がんになったとき、死にかけた女に利用価値はないと切り捨てられて。でもわたしが生きのびたら、手放すのが惜しくなったみたい」

チャーリーはそんな会社の名前を聞いたことがなかった。だが今回の事件が起きるまで、カーター・ダンレーヴィーのことも知らなかったのだ。もう少し世の中の動きにアンテナをはったほうがいいのかもしれない。

「きみがそれほどまでに優秀だとは」ずっと黙っていたカーターが、ぽつりと言った。

ワイリックが顔をこわばらせる。

チャーリーには聞き覚えのない組織だが、カーターは知っているようだ。

ワイリックは肩をすくめた。「まあ、それなりに。でも、この話はまた今度にしましょう」

そして、落とした荷物を拾ってベンツに積み、フェンダーの横に膝をつく。思ったとおり、前輪の上にトラッカーがとりつけられていた。後輪の同じところとフロントバンパーの裏にもトラッカーがはりついている。ワイリックはトラッカーをコンクリートに落としてブーツの踵《かかと》で踏みつぶした。

「ではハンガーで」ワイリックはそれだけ言ってベンツに乗ると、駐車場を出ていった。

チャーリーは無言でベンツを見送ったあと、荷物をとりに戻った。ジープに乗って通りに出たところで口を開く。「カーター」

「なんだね？」

「〈ユニバーサル・セオラム〉とはなんですか？」

「表向きは、世界でもトップクラスの知能を結集したシンクタンクだよ」

チャーリーは、アシスタントになって以来ワイリックが見せた数々の芸当を思い出した。ほかにどんなことができるのだろう？

「裏の顔は？」フリーウェイに乗るために車線変更をしながら尋ねる。

「噂《うわさ》はつきないが、本当のところは誰も知らないんだ。もちろんワイリックは知っているだろうがね」

「噂でいいから教えてください」

カーターは一瞬、押し黙った。

「いちばんは医学実験の噂だね。遺伝子操作をはじめとする違法な類のやつだ。まあ、知ってのとおり、金と権力があれば法律なんてどうにでもなる。何年も前に動物実験から胎児を用いた実験に移行したという話を聞いた」

チャーリーは黙って聞いていた。そういう噂とワイリックがどう関係するのか、よくわからなかった。だが、ワイリックが組織と手を切りたがる理由は見えてきた。そもそもがんになったときは見捨てておいて、がんを克服したとわかったらとりもどそうなんて虫がよすぎる。

「胎児を実験台にするなんて……人の道に反している」

カーターが肩をすくめた。「まあ、すべて噂だがね」

チャーリーはうなずいた。

カーターが髪を指ですく。「とにかく、きみたちふたりの働きには感謝している。これまで何千人もの社員に金を払って働いてもらってきたが、きみたちほどレベルの高い人材は初めてだ。チャーリー・ドッジ、この恩は忘れないよ」

何時間泣いていたのかわからない。ミランダはしまいに、めそめそしている自分にうんざりしてきた。

わたしは醜いわけでも、馬鹿でもない。ジェイソンがいなくなったって、ほかに相手は見つかるはずだ。

ベッドからおりてバスルームへ行く。鏡に映った自分を見て、ミランダは顔をしかめた。目は赤くはれ、マスカラが流れて頬に筋をつくっている。みっともないことこの上ない。泣いたせいで顔がむくんで赤くなり、メイクを落とすと、さえない田舎娘みたいだった。もう一度鏡に映る自分に顔をしかめて、隣の部屋へ移動する。何か胃に入れないと動く気力がわいてこない。調理場に電話をしてスープとサンドイッチを持ってくるよう頼み、テレビをつけた。

タイミング悪く、最初に映ったのはジェイソンの顔だった。交差点で起きた事故の追加情報だ。

ジェイソンに対する腹立ちが一瞬にして消える。彼が撃たれて手術をしていると聞いたとたん、ミランダはソファーから飛びあがって絶叫した。

ヨハネスは庭の温室で盆栽の手入れをしていた。数年前から始めた盆栽は、今は温室をいっぱいにするまでに増えている。

小ぶりな松の枝に最後のはさみを入れたところで携帯が鳴った。

「もしもし?」

電話の向こうから秘書の声がした。「お邪魔して申し訳ありません。でもお嬢様が書斎にいらっしゃって、とても興奮した様子で旦那様をおさがしですので」

電話の向こうからミランダのわめき声が聞こえる。〝興奮〟どころの騒ぎではなさそうだ。

「すぐに行く」穏やかさと美しさを宿した盆栽を名残惜しい気持ちで眺めたあとで、ヨハネスは家に向かった。

到着するとミランダが玄関ホールに出てきて、泣きながら父親の腕に飛びこんできた。

「パパ！　ニュースでやっていたの。ジェイソンが撃たれたのよ！　車を運転しているときに撃たれたんですって！　病院で手術を受けるの。わたしも行かなきゃ」

ヨハネスは首にまわった娘の手をほどき、肩をつかんで軽く揺さぶった。

「だめだ！　あの男はおまえを捨てたじゃないか。おまえを利用したんだぞ。ゴミみたいな扱いを受けたんだろう。見舞いに行くなんてとんでもない。私の娘がそんな未練がましい真似《まね》をするなんて、ぜったいに許さんからな！」

父親の迫力に驚いて、ミランダは泣きやみ、しゃっくりをした。

「でも……もし彼が死んでしまったら？」

「おまえには関係ないことだ」きっぱりと言う。

「でも――」

ヨハネスはまた娘の体を揺さぶった。「〝でも〟じゃない！　おまえにはプライドがないのか？　ドイチ家の娘なんだぞ。ダンレーヴィーの名前などあてにする必要はない。私はソーセージ王で、おまえは私の娘だ。それで充分だろう。部屋に戻って、この家では二度とあの男の名前を口にするんじゃない。わかったか？」

ミランダはうなずいた。

「ほら、ちゃんとした格好をしてきなさい。今夜は食事に行こう。いちばんいい服を着て、最高の料理を食べるんだ。おまえを見た男たちがこぞってデートに誘いたがるだろう。これからはおまえが男を追いかけるのではなく、向こうに追いかけさせるんだ」

力任せにつかまれたせいで、部屋に帰るミランダの肩はずきずきしていた。あんなに強い調子で話す父を見たのは初めてだ。父はこれまで、娘のプライベートに口を出したことなどなかった。

とにかく、ジェイソンの病室に駆けこんで、彼を死の淵《ふち》から救う天使になるという妄想は消えた。

そろそろスープとサンドイッチが部屋に届いているころだ。お腹を満たして、ゆっくりと泡風呂にでも浸《つ》かって気分転換をしよう。そのあと父と食事をするのだ。ミランダは大人になった今も奇跡を信じていた。

今夜、その奇跡が起きるかもしれない。


ワイリックは地獄から飛んできたコウモリのような勢いでベンツを飛ばし、アパートメントへ戻った。部屋に入ってニーハイブーツをぬぎ、テニスシューズを出す。飾り紐《ひも》つきのパンツはジーンズに、ボレロジャケットは茶色のボマージャケットに、シースルーのブラウスはTシャツに変わった。それから服や靴、メイク道具をスーツケースに放りこむ。ノートパソコンを二台とUSBメモリをいくつか、iPad、予備の携帯、おのおのの充電用バッテリーを用意してふたつのスーツケースに入れる。どのくらいの期間向こうに滞在することになるかわからないので、冷蔵庫のなかに腐りそうなものがないかも確認した。バターは冷凍庫へ、牛乳は流しに捨てる。残りの食品は帰るまでもつだろう。ふだんテイクアウトばかりで料理をしていないので、こういうときは楽だった。

荷物を車に積んで、しばらくダラスを出るとマーリンにメールし、飛行場に向けて出発する。

民間飛行場に到着したチャーリーは、ワイリックのヘリがあるハンガーに直行した。チャーリーの車に気づいたベニーが、ハンガーから出てきてあいさつをする。

「ミスター・ドッジ、ハンガーのなかに車をとめますか？　ミス・ジェイドのヘリがないときは鍵をかけておきますから。ちなみにミス・ジェイドはいつもハンガー内にとめていきますよ」

ベニーがワイリックをファーストネームで呼んだことが、チャーリーにはおもしろくなかった。こっちはそれが彼女のファーストネームということすら忘れかけていたのに。

「ハンガーのオーナーは気にしないかな？」チャーリーは尋ねた。

「ここはミス・ジェイドのプライベートハンガーですから。ヘリは外に出しました。荷物は後部座席のうしろに積んでください。ミス・ジェイドが来たら飛行前点検をしますが、そこなら邪魔になりません」

ワイリックがハンガーまで所有しているという事実に驚きつつ、チャーリーはヘリのそばにジープをとめた。「あなたは乗っていてください。荷物は私が積み替えます」

その言葉にカーターは素直にうなずいた。ジェイソンのことが心配すぎて何も手につかないようだ。

チャーリーは荷物をおろしてハンガーに車を入れた。

ベニーが事務所から出てくる。「冷蔵庫に冷やした水とチョコバーが入っていますから、よかったらどうぞ。ミス・ジェイドは飛ぶ前に甘いものを食べたがるんです」

「いつから彼女のヘリを整備しているんですか？」チャーリーは尋ねた。

ベニーが肩をすくめる。「もう三年くらいになりますね。彼女はある日、ぴかぴかのベル206ロングレンジャーでここに降りたって、駐機スペースを借りられないかって言ったんです。それでそのまま自分専用のハンガーを建ててしまったというわけですよ」

カーターはひそかにチャーリーの表情の変化を観察していた。チャーリーとワイリックの関係は、知れば知るほど興味深い。仕事となると極上のチームワークを発揮するくせに、プライベートは他人同然にぎくしゃくしている。そこでチャーリーに妻がいたことを思い出した。若くしてアルツハイマーに愛する人を奪われるのがどれほどの苦しみか、想像すらできない。チャーリーが失ったものを思うと胸が痛んだ。

「水をもらいましょうか？」チャーリーはカーターに向かって尋ねた。

「ありがたい」

カーターがペットボトルのキャップを開けるより先に、ワイリックが到着した。ヘリのそばにベンツをとめ、荷物を積んで、ハンガーに車を入れる。

「いつもありがとう、ベニー」ワイリックが言った。

「どういたしまして、ミス・ジェイド」

ワイリックはチャーリーを牽制《けんせい》するようににらんだ。チャーリーにはファーストネームで呼ばれたくないらしい。

チャーリーはワイリックにも水のボトルを渡した。

ワイリックは無言でそれを受けとって、ヘリのほうへ歩いていった。

チャーリーはカーターと並んであとに続き、カーターが後部座席に乗るのを確認してドアを閉めてから、自分は前にまわった。カーターは前回と同じく窓側の席を選んだものの、すぐに背もたれに体重を預けてまぶたを閉じた。

チャーリーも副操縦士席について、カーターと同じように目を閉じる。そして心のなかでアニーに謝罪した。

会いに行こうとしたんだ。こんなはずじゃなかった。

数分後、ワイリックは機長席に乗ってドアを閉めた。計器チェックをしてエンジンをかける。ローターがゆっくりと回転を始め、どんどん加速していった。

ヘッドセットをつけたところで、ワイリックは顔をしかめた。ビール瓶で殴られた傷にこすれたからだ。痛みが落ち着いてからチャーリーの腕をたたく。

チャーリーが顔をあげてカーターを揺さぶった。「シートベルトを」

カーターが自分でシートベルトを締める。

チャーリーもシートベルトをしてヘッドセットをつけた。

ワイリックはインターコム越しに言った。「ここへ来る途中、デンバーで乗るＳＵＶをレンタルしておきました。郊外にある小さな飛行場に届けてもらいます。ヘリはその飛行場に駐機しておきますから」

「車の運転中に調整したのか？　危ないだろう」チャーリーが眉をひそめた。

「ハンズフリーモードがあるから大丈夫です。わたしのｉＰａｄには便利なアプリがいっぱい入っているんです」そう言ってカーターをふり返る。カーターもヘッドセットをつけていて、ワイリックと目が合うと笑顔で親指を立てた。

ワイリックはほほえみ返したくなるのを我慢した。カーター・ダンレーヴィーは人の心をほぐす術《すべ》を心得ているようだ。

離陸後、ワイリックは飛行場の上を半周してから北に向かった。

ダンレーヴィー家の面々はすでに一時間以上も病院の待合室にいた。待ち時間が長引くほど不安が増していく。ディナにしてみれば、時間の進みがいつもよりも遅くなった気さえした。

「わたしたちにこんな思いをさせているのはいったいどこの誰なの?」

ケニスがディナの肩を抱く。ディナはさっきから同じことばかり言っていた。

「警察もまだわからないんだ。だが、きっと犯人を捕まえてくれるさ。そう信じている」

「でも、あの私立探偵がいなければカーターを見つけることさえできなかったのよ」

ディナはケニスの肩に額をつけて目を閉じた。隣に座っているエドワードがこつこつと杖《つえ》の先で床をたたく。ふたたび沈黙が落ちたあとで、手術着を着た男性が待合室に入ってきた。

「ジェイソン・ダンレーヴィーのご家族ですか?」

ディナが勢いよく立ちあがった。「ジェイソンはわたしの息子です」

「執刀医のドクター・ワグナーです。ジェイソンの手術はうまくいきましたよ。鎖骨を砕いた弾丸は、肩と上腕部を結ぶ筋肉の近くでとまっていました。砕けた骨の破片もとりのぞかなければなりませんでしたが、ジェイソンは若くて健康です。感染症にかからなければ、後遺症もなく回復するでしょう」

「よかった……!　息子にはいつ会えますか?」

「まだ集中治療室にいますが、個室へ移ったら看護師が知らせます」

エドワードが立ちあがって、声のするほうに右手を差しだした。「甥《おい》を助けてくれてありがとうございました」

エドワードが盲目だと気づいた医師は、差しだされた手をしっかりと握った。「お力になれて光栄です。今夜帰る前にもう一度容態を確認しますから、ご安心ください」医師はそう言って待合室を出ていった。

エドワードは手で椅子の位置を確かめて、腰をおろした。「最悪の場合を想像しながら待たなくていいだけでもありがたいことだ」

ディナはエドワードの頬にキスをした。「本当に」そして駐車場に面した窓まで歩いていって、頭を垂れ、静かに感謝の涙を流した。

ケニスがその背後に歩み寄って、やさしく抱擁する。「もうじき顔を見られるさ」

「あの子はわたしの命よ。そしてあなたのことも大事なの。愛するふたりがうまくいっていないことが、とてもつらいのよ」ディナがささやく。

ケニスがため息をついた。「ごめんよ。ジェイソンに嫌われているのが早い段階でわかったものだから、つい反応してしまった。もっと大人にならなきゃいけなかった。これからは気をつける」

ディナはケニスに寄りかかった。

ジェイソンに会うまで、あと少しの辛抱だ。

カーターは離陸して十五分もしないうちに眠りに落ちた。ワイリックが黙って操縦に神経を集中していたので、チャーリーには考える時間が山ほどあった。

カーターの事件にかかわる前は、ワイリックにいらだつことがあっても長くは続かなかった。一日の終わりにはそれぞれの生活に戻れたからだ。ところが今、ワイリックは朝から晩までチャーリーのタウンハウスにいて、帰宅したあとも部屋のなかに彼女の気配が残っている。

今日のことで、ふたりの関係はまた変化を遂げた。駐車場に出て、ワイリックが男にタックルする場面を見たとき、チャーリーは激しく動揺した。短いあいだではあるが、完全にパニックに陥った。はたしてそれは、純粋に部下を守らなければという責任感によるものだろうか？

新たにわかったワイリックの過去については、どう考えればいいのかわからない。それでも今朝の出来事で、一緒に働きはじめてから今に至るまでの時間を合わせたより、ずっと多くのことを知った。少なくともこれで、ワイリックが引っ越しを繰り返す理由は明らかになった。

今は早く〈ユニバーサル・セオラム〉について調べたかった。元従業員をストーキングするなんて、いったいどんな組織なのだろう。法に訴えることもできるだろうが、ワイリックはそれを望まないはずだ。

チャーリーはワイリックをちらりと見た。酔っぱらって喧嘩《けんか》したみたいな風貌だ。チャーリーは顔をそむけた。マック・ドゥーリンめ！　尾行は私立探偵の重要な仕事だが、ストーカーまがいの行為をしたり、襲ったりするのは断じてちがう。

そんなことを考えていると、ワイリックの手が肩に置かれた。

「もうじき着陸します」そう言って対空無線で管制塔を呼びだす。

チャーリーは後部座席のカーターの膝をたたいた。

「なんだ？　もう着くのか？」カーターが目を瞬《しばたた》く。

チャーリーはうなずいて窓の外を指さした。

窓の外を見たカーターは、遠くの山々を見て息を吐いた。まだ家に到着したわけではないが、すでに帰ってきたという感じがした。あとはジェイソンの回復を祈るだけだ。自分だけが避難したことにカーターは罪の意識を覚えていた。この先何が起きようと、二度と逃げるつもりはない。

ヘリの高度がさがりはじめたので、カーターは景色を眺めるのをやめた。ぐんぐん近づいてくる地面を見ると気分が悪くなるからだ。

ヘリのスキッドがほとんど振動もなく地面をとらえる。

「まっすぐ病院へ行くんだろう？」

「はい」ワイリックが答えた。「レンジャーをハンガーに入れるので、車で待っていてください」

ワイリックが言ったとおり、駐車場にレンタカーがとまっていた。チャーリーとカーターはヘリを降りるとすぐに荷物をフェンスの外へ運んで、レンタカー会社のスタッフから車の鍵を受けとった。

チャーリーはふり返ってワイリックの様子を確認した。彼女はヘリがハンガーに格納される様子を監督している。それからヘリと一緒にハンガーに入って、数分後に自分の荷物を持って出てきた。

チャーリーはフェンスのところまで迎えに行った。蛍光グリーンのテニスシューズからブルージーンズに包まれた脚へ、そして茶色のボマージャケットへ視線をあげる。ワイリックは大股で、肩で風を切って歩いてくる。フェンスのところでチャーリーは彼女の荷物に手をのばした。

「自分で運べます」

「運べることはわかってる」チャーリーは言った。「だがドゥーリンにタックルしたときのきみの姿が、まだまぶたの裏にちらついているんでね。あんなことをしたら体じゅう痛むはずだ。だから荷物はぼくが運ぶし、病院までぼくが運転する」

ワイリックは黙って荷物をチャーリーに渡した。実際にあちこち痛かったし、このあともっとひどくなることがわかっていたからだ。助手席に乗ってシートベルトを締め、ひんやりしたレザーシートに身を預けて、エアコンの吹きだし口を自分の顔に向ける。

カーターがワイリックの肩にふれ、冷たい水のペットボトルを差しだした。

「車に用意してあったんだ。気が利いているな」

「ありがとうございます」ワイリックはごくごくと水を飲んでから、ボトルをカップホルダーに置いた。

チャーリーは運転席に乗り、シートをいちばんうしろまでさげてからシートベルトを締める。

「道順はわかるんですか？」

「病院の場所なら調べた。携帯のGPSをセットしたから大丈夫だ」

「よければ私が運転しようか？　道ならわかる」カーターが口を開く。

「あなたはそこにいてください。この車のガラスにはカラーフィルムが貼ってあるとはいえ、やはり後部座席のほうが目立たないので。道をまちがえそうになったら教えてもらえると助かります」

「そうだな」

ギアを操作して車を駐車場から出し、GPSの指示どおりに進みはじめる。

何もせずに座っているのが苦手なワイリックは、携帯を出して病院に電話し、ジェイソンの病室の番号を調べていた。

車を病院の駐車場に入れると、三人は車を降りた。ずっと座っていたので足をのばせてほっとする。チャーリーはダッフルバッグの外ポケットから〈テキサス・レンジャーズ〉のキャップを出して、カーターに渡した。

「これをかぶって、誰とも目を合わせないようにしてください」

カーターは神妙な顔でうなずき、キャップを目深にかぶった。ホームに帰ってきたのはまちがいないが、むしろ危険は増している。

「私たちのあいだを歩いてください。私とパートナーは周囲に威圧感を与えるのが得意なんです」

チャーリーにパートナーと呼ばれて、ワイリックは驚いた。優秀なアシスタントだという自負はあるが、パートナーと言われるとやけに親密な感じがする。

誰とも親密になるつもりはないのに。

15

病院のロビーは人でごった返していた。カーターの先導でエレベーターの前に移動する。上階から降りてきたエレベーターがとまり、なかの人が降りると、ワイリックがいちばんに乗り、カーターがあとに続いた。

「何階だ?」最後に乗ったチャーリーが尋ねる。

「四階の四二四号室」ワイリックが即答する。

エレベーターが上昇を始めるとカーターは奥の壁に寄りかかり、ワイリックに賞賛のまなざしを注いだ。「ワイリック、きみのような人材をうちに迎えられるなら、なんでも差しだすんだが」

「彼女は私のアシスタントですから、引きぬきはやめてください」チャーリーが冗談交じりに警告する。

ワイリックは肩をすくめ、ジェイソンの容態がわかったあとも、こういった軽口の応酬ができることを祈った。

エレベーターのドアが開き、現実と対面する瞬間がやってきた。

三人は廊下を歩いて四二四号室の前で立ちどまった。

「心の準備はいいですか？」

チャーリーの言葉にカーターがうなずく。

チャーリーはドアをノックした。


病室のドアを開けると、ディナがジェイソンのベッドにおおいかぶさるように立ち、額にかかった赤い髪をなでつけていた。

ケニスの横に座っていたエドワードが人の気配に顔をあげる。

足音に気づいたディナもふり返った。その視線がチャーリー・ドッジをとらえる。チャーリーのうしろにいた男性がキャップをとった瞬間、彼女は大きく息をのんだ。

「カーター！　ああ、神様！」ディナは泣きながらカーターの胸に飛びこんだ。

ケニスがエドワードの腕をたたく。「チャーリー・ドッジが来ましたよ。カーターを連れてきてくれました」

エドワードは爆発的な喜びの表情を浮かべ、涙ぐんだ。

カーターはまっすぐにジェイソンの寝ているベッドに近づいた。「容態は？」

「もう少しで意識が戻るはずよ。お医者様は後遺症も出ないでしょうって。鎖骨が折れて近くの筋肉を傷つけたし、骨のかけらをとりのぞかなきゃならなかったと言っていたわ。でも大丈夫だって」

「それはよかった。やあ、ケニス、また会えてうれしいよ」カーターは笑顔でそう言ったあと、エドワードの横に座った。「エディ、調子はどうだい？」

エドワードが涙をぬぐう。家族で唯一、カーターだけがいまだに子ども時代の愛称を使うのだ。

「おかえり、カーター！　元気で帰ってきてくれて本当にうれしいよ」

「私もだ」カーターが言った。「もう逃げないぞ。このごたごたが片づくまで、ミスター・ドッジとそのアシスタントがデンバーに滞在してくれることになったんだ。彼らとうちのセキュリティーチームがいれば安心だ」

アシスタントという言葉に、ディナは初めて、ドア近くの壁に寄りかかっている人物を見た。

ディナの目が丸くなり、口が開く。そこから言葉が発せられる前に、チャーリーは言った。

「みなさん、彼女はワイリック。私のアシスタントであり、ここまで私たちを運んでくれたパイロットでもあります。彼女のおかげで、最短時間で移動ができたのです」

ケニスが驚きの表情を浮かべる。部屋に入ってきたワイリックを見て、男だと決めつけていたからだ。顔と頭に傷があることも大きいかもしれない。

ワイリックは何も言わなかった。ディナの表情に嫌悪を読みとっても動揺した様子はない。

ベッドからうめき声があがった。

カーターがジェイソンの手を握る。「ジェイソン、大丈夫か?」

ジェイソンはふたたびうめいた。まぶたが動く。「……叔父さん?」

カーターがほほえむ。「そうだ。帰ってきたんだ」

ジェイソンは目をしっかりと開けてカーターの手を握り返した。「帰ってきてくれたんですね」

カーターがうなずく。「ああ、もうどこにも行かない。会社のことは何も心配しなくていいから、ゆっくり傷を治してくれ」

ジェイソンはかすかに笑って、また意識を失った。

チャーリーはカーターの肩をたたいた。「しばらく病院にいますか?」

カーターが首をふった。「正式に戻ったと表明するまでは、こんなところで目撃されたら大騒ぎになる。マスコミにばれたら面倒だし、ジェイソンを騒ぎに巻きこみたくないから屋敷に帰るよ。それと、この病室に警備員を配置しよう。誰かがジェイソンを殺そうとしたんだ。今この瞬間にも踏みこんできて、とどめを刺そうとしたっておかしくない」

ディナがうめく。「そんな！」

「会社のセキュリティー担当に電話をして、ジェイソンが退院するまで二十四時間態勢で見張りを立てさせる」

ディナがカーターに抱きついた。「ありがとう！　本当にあなたが帰ってくれてよかったわ」

「チャーリー、隠れるのはやめたのだから、もう自分の携帯を使ってもいいかな？」カーターが尋ねる。

チャーリーはうなずいた。

カーターは窓辺へ行って電話をかけた。数分で話がつき、セキュリティーのスタッフが病院へ派遣されることになった。

「すぐに人を寄こすそうだ。警備員が到着したら私たちは退散しよう」

「わかりました」チャーリーはワイリックを観察しながら言った。彼女は自分からエドワードに近づいていって自己紹介をしただけでなく、和やかにおしゃべりをしている。エドワードの表情からして、ワイリックのことが気に入ったらしい。

ふだんのワイリックからは想像もできない行動だ。エドワードの視線がどこにも焦点を結んでいないことに気づいてから、外見で判断されない分、ワイリックも緊張せずにすむのだと納得する。

十分後、カーターのセキュリティーチームから派遣されたふたりの男が病室のドアをノックした。カーターが彼らと話をしようと廊下に出たので、チャーリーもあとに続く。

「社長、ご無事で何よりです」ふたりの部下が言った。

「戻ってこられてうれしいよ」カーターが言った。「非常に厳しい状況だということはわかっているね？」

ふたりがうなずいた。「もちろんです。われわれが最初のシフトにつきます。八時間交代で、二十四時間の警備にあたります」

「完璧だ」カーターがうなずいた。「何かあったら、それがどんなにささいな出来事だったとしてもデンバー市警に通報してくれ」

「ご心配なく。緊急時の対処についてもブリーフィングを受けました。社長のご期待を裏切るような真似《まね》はしません」

カーターはふたりと握手をして病室に戻った。

「ディナ、私はこれで帰るよ。専属の看護師をつけたいなら医師にそう伝えるだけでいい」

「ありがとう」ディナが言った。「夕食のときにまた話しましょう」

カーターはエドワードをちらりと見た。「エディ、疲れたなら一緒に帰るか？」

ディナがほっとした表情を見せる。「そうなさいよ、エドワード。ジェイソンが無事なことはわかったのだから、もうここにいる必要はないわ」

「そうだね、帰ろうかな」

ワイリックがエドワードの手にふれた。「よければわたしの腕につかまってください」

カーターがキャップをかぶる。

四人は誰に注目されることもなく病院を出て車に戻った。カーターとエドワードが後部座席に乗り、チャーリーが運転席に、ワイリックが助手席に乗る。

「道はわかりますか？」ワイリックが尋ねる。

「前に来たからね。きみはわかっているのか？」

「当然です。携帯で調べました。どうぞ、出発してください」

チャーリーは駐車場から車を出して、グリーンウッド・ヴィレッジに向かった。

カーターはエドワードの話を聞きながらも、前席のふたりの様子を気にかけていた。チャーリーとワイリックのあいだを行きかうエネルギーはとても強くて、目に見えそうなほどだ。ワイリックはそれに気づいているが、チャーリーのほうは気づいていないことも、カーターにはお見通しだった。

ブルーナー刑事が病院に寄ったのは、午後六時十五分だった。ジェイソン・ダンレーヴィーの意識がはっきりしていれば、事件の詳しい話を聞きたいと思ったのだ。ジェイソンの病室に行くと、ドアの前にふたりの男が立っていて、ブルーナーを制止した。「身分証明書を確認させてください」

ブルーナーは警察バッジを見せた。「デンバー市警のブルーナー刑事です。狙撃事件の捜査を担当しているので、ミスター・ジェイソンから事件当時の話を聞きたいのですが」

「これは失礼しました。先ほどご家族が帰られたところですから、ミスター・ジェイソンはまだ起きておられると思います」

「それほど長くはかかりませんので」ブルーナーはそう言って部屋に入った。

ジェイソンのベッドは頭側が少しあげてあった。ジェイソンは目を閉じていたが、ブルーナーが近づいていくとぱっと目を開けた。

ブルーナーはすぐに警察バッジを見せた。

「ブルーナー刑事です。ようやくお会いできてうれしいですが、こんなことになってお気の毒でした。ご存じのとおり、ウィルマ・ショートの事件も私が担当しています。今度はあなたが殺されそうになったわけですが、われわれはふたつの事件が関連していると考えています。捜査のためにいくつか質問させていただいてもよろしいですか？」

「痛みどめのせいで少しぼうっとしているので、どこまでお役に立てるかわかりませんが」

「無理のない範囲で構いません。では最初の質問です。あなたを撃った犯人の顔を見ましたか？」

「いいえ。信号が青になったので交差点を渡ろうとしたら、右……そう右から……赤信号なのに突っこんでくる車に気づきました。思いきりブレーキを踏んで、そのはずみで助手席に置いてあったブリーフケースが落ちそうになったので、手をのばしたんです。次に覚えているのは……ガラスが降ってきたこと。窓から女性に声をかけられるまで、いったい何が起こったのかわかりませんでした。女性は自分を看護師だと言いました。そのときも、私は自分が撃たれたことに気づいていませんでした」

「その女性は撃った相手を見たんですね？」ブルーナーが尋ねた。

「顔を見たかどうかはわかりません。でも、交差点に突っこんできた車の男が二発発砲したと言っていました。女性に腕をつかまれたときものすごい痛みが走って……それで〝撃たれている〟と言われたのを覚えています。最後に記憶しているのは、警察が来たらチャーリー・ドッジに連絡するよう頼んだことです。番号は携帯に入っているからと。そこで意識がとぎれました」

「その女性は名前を名乗りませんでしたか？」

「看護師としか言いませんでした。でも警察と話をしたはずです。今日、手術後すぐにチャーリー・ドッジがここへ現れましたから」

「そうですか。ご協力に感謝します。これで質問は終わりですのでゆっくり休んでください」

ブルーナーは病院に到着したときと同じくらいの疑問を抱えて病院を出た。署に戻ってすぐ事故報告書を呼んで、女性の名前を調べる。そこで犯人に関してもひとつふたつ興味深い事実を発見した。

〝犯人は左腕を窓から突きだしていた〟とあるので左利きということになる。そして左腕は手首までタトゥーにおおわれていたらしい。

レイ・ガルザは郊外の道をチェリー・クリーク貯水湖へ向かっていた。ところが約束の場所には誰もいなかった。払いの悪い客ではないはずなので車のなかで待つことにしたものの、二台の車がスピードをゆるめずに通りすぎるのを見送ったあとで、だんだんいらいらしてきた。

ようやく三台目の車が近づいてきて、速度を落とし、隣にとまった。運転手が窓を開け、顔を確認したところで、レイもいらだちを静めて助手席側の窓を開けた。

「どうも」相手の車のほうへ体を傾けて笑顔をつくる。「金は投げてくれればいい」

「失敗したくせに」運転手はそう言っていきなりレイの眉間を撃った。運転席側の窓に血と脳みそが飛び散る。

サイレンサーつきの銃なので、音はほとんどしなかった。

数時間後、貯水湖にハイキングに来ていた男女がレイの死体を発見し、警察に通報した。

チャーリーが門をくぐって私道に車を入れたところで、カーターは煉瓦《れんが》敷きの道路に沿って屋敷の裏に車をまわすよう助言した。

「空いているところならどこにとめても構わない」そう言って五台ほどの駐車スペースがある大きなガレージを指さす。

チャーリーが車をとめると、それぞれ車を降りて荷物を持った。

エドワードがつまずき、横にいたワイリックが体を支える。エドワードはとても疲れているように見えた。

「カーター、エドワードを連れて先になかへ入ってください。荷物は私が運びますから。甥《おい》ごさんが狙撃されたばかりです。屋外に長居しないほうがいい」

「そうだな」カーターはそう言って屋敷を指さした。「ふだんは調理場の脇を通って屋敷に入るんだ」

「あとをついていきます」チャーリーが言った。

カーターはエドワードの肘に手を添えた。「煉瓦道の上だよ。まっすぐ歩けば裏口だ」

「わかった。カーター、本当に戻ってくれて心強いよ」

「やっぱり家がいちばんだな」カーターは何度目かになる台詞《せりふ》を言って歩きはじめた。チャーリーとワイリックもすぐあとに続く。

新しい人に会うのが苦手なワイリックは、屋敷が近づくにつれて緊張してきた。他人から好奇の目を向けられると、自分が化けものにでもなったような気がする。相手はたいていショックを受けるか狼狽《ろうばい》する。見世物小屋でひげの生えた女でも見たかのように。

おまけに今は、頭と顔に傷まである。

ルースは調理場でエンドウ豆の皮をむいていた。ドアが開いたのでそちらを見て、ぱっと顔を輝かせる。エンドウ豆をボウルに落として立ちあがり、エプロンで手を拭いた。

「ああ、ミスター・カーター！　おかえりなさいませ！」

「ありがとう、ルース。無事に帰ってこられてうれしいよ。ウィルマがいないのが残念だがね」

「本当に」

「エディを部屋まで連れていくよ。たいへんな一日で疲れたようだから」

「わたしがいたします」

カーターが返事をする前にふたたびドアが開いて、チャーリーとワイリックが入ってきた。

「ありがとう、ルース。だが、きみはチャーリーとアシスタントのミス・ワイリックを客間に案内してもらえるかな。ふたりはしばらくうちに滞在する。〝緑の間〟がいいと思うんだが、どうだね？」

ルースがにっこりした。「かしこまりました。ミスター・ドッジ、またお目にかかれて光栄です」ルースはうしろに控えているワイリックにもほほえみかけた。「ミス・ワイリック、ようこそダンレーヴィー邸へ」

「お世話になります」ワイリックが言う。

「では、おふたりはどうぞこちらへ」

チャーリーは手にしていた荷物を床に置いた。「この荷物はどうすればいいかな？　カーターの分なんだ」

「まあ、あなたのお荷物は？」ルースが尋ねる。

「まだ車のところだ。あとでとりに行くから気にしないでくれ」

「ミスター・カーターのお荷物はこちらで運びますから、そこに置いたままで大丈夫です。今、車からお荷物をとっていらしたらどうでしょう？　ここでお待ちしておりますので」

「いいのかい？」

ルースがにっこりする。「もちろんです」

「じゃあ、すぐに戻る」チャーリーはそう言ってガレージへ走っていった。ワイリックはルースとその場に残された。

ルースが携帯でメールを打つと、一分もしないうちにふたりの女性が調理場へ入ってきた。ふたりがワイリックを見て目を見開く。

「あなたたち、こちらはミス・ワイリックです。ミスター・チャーリー・ドッジとしばらくこの屋敷に滞在されます。ミス・ワイリック、向かって右がルイーズで、左がアーネッタです。滞在中、何かご用があれば遠慮なくわたしたちにお申しつけください。これからご案内する部屋の電話には内線機能がございます。受話器をとって星印を押すか、数字の九を押せば誰かが対応いたしますので」

「はじめまして。よろしくお願いいたします」ルイーズとアーネッタが声をそろえた。

ルースはスーツケースを指さした。「その荷物はミスター・カーターのものです。お部屋に運んで」

「わかりました」ふたりはそう言ってスーツケースを引きながら調理場を出ていった。

チャーリーが自分の荷物を持って戻ってくる。「お待たせしました」

「それでは参りましょう」ルースが言った。

ワイリックは屋敷の広さと豪華さに驚いた。とくに玄関ホールの甲冑《かっちゅう》に興味を惹《ひ》かれる。凝った紋章がダンレーヴィー家の歴史を感じさせた。

ジェイド・ワイリックには家紋もなければ、ＤＮＡを引き継いだ親も、血族もいない。自分のような人間には過去も現在も存在しないのだ。地球上のどこにも……。

大階段の前に出る。ルースは階段をのぼらず、裏にあるエレベーターへ向かった。ボタンを押すとすぐにドアが開く。

　ワイリックとチャーリーが荷物を持ってエレベーターに乗り、最後にルースが乗って二階のボタンを押した。

「荷物があるときはこちらのほうが便利ですから、ご自由にお使いください。地下は倉庫や空調の装置などがあります。ダンレーヴィー家自慢の大きなワインセラーもあるんですよ。二階はご家族の部屋や客室です。今の時期は使っていないお部屋のほうが多いくらいなんですが。三階には舞踏室があります。見ごたえのあるお部屋ですよ。屋敷内の案内が必要なときはいつでもお申しつけください」

　エレベーターが二階にとまった。

「〝緑の間〟には隣の部屋同士で行き来できるドアがございます」ルースは廊下を歩いていった。「こちらがミス・ワイリックのお部屋です」

「すごい」ワイリックは天井を見あげた。

　高さは三メートルほどもあるだろう。アーチ形をした背の高い窓に、緑のベルベットのカーテンがかかっている。大きな石の暖炉があり、濃い茶色の革張りのソファーの上には色あざやかなクッションがいくつも置かれていた。アームチェアも革張りで、こちらはくすんだ赤だ。天井からは巨大なシャンデリアがつるされていて、ろうそくを模した電球が灯《とも》っていた。部屋の奥に六人がけの長テーブルまである。

ルースは次に、短い廊下の先にある寝室にふたりを案内した。金と緑のベルベットの天蓋がかかった巨大なベッドが部屋の中央に置かれている。

ルースが誇らしげにほほえんだ。「あのドアの向こうがバスルームです。クローゼットや棚は空ですから、ご自由にお使いください」

「童話に出てくるお姫様の部屋みたい」

ワイリックが荷物を置いてバスルームを見に行くのを、チャーリーは笑みをこらえて見守った。バスルームから声が響いたかと思うと、ワイリックが目を輝かせて戻ってくる。

「あんなに大きな猫足の浴槽があるなんて！」

「フランス製のアンティークなんですよ」ルースがうなずく。「中世アイルランドのバスタブは快適とは言いがたかったので、フランス製になったのです。ご一家はアイルランドのルーツを大事になさっていますが、バスタブに関しては美しさや使いやすさを重視されました。バスソルトもバスバブルもそろっていますので、どうぞお楽しみください」

ワイリックのうれしそうな表情に、チャーリーは眉を上下させた。

ワイリックがそれに気づいてチャーリーをにらむと、チャーリーは声に出さずに〝約束しただろう？〟と口を動かす。

「ミスター・ドッジ。あなたのお部屋はあのドアの向こう側です」ルースはそう言って、まったく同じ造りの部屋にふたりを通した。「ドアの鍵は連動しておりませんから、どちらも鍵がかかっていないときだけ出入り自由になります」

「本当にタイムスリップしたみたいだな」チャーリーは言った。「どこから見てもアイルランドの城のなかだ」

ルースがほほえんだ。「必要なものがございましたら遠慮せず内線電話でお申しつけください。繰り返しになりますが、星マークか九を押せばスタッフが応対しますので」そう言って部屋を出ていく。

「わたしは荷ほどきをします」ワイリックは自分の部屋に戻りながら言った。

ミランダ・ドイチとウィルマ・ショートについてのリサーチが途中なので、早く作業に戻りたかった。衣類を出してクローゼットにつるし、パソコン関係の機器が入ったバッグをリビングの長テーブルの近くに運んでセッティングを始める。

パソコンの電源を入れ、USBメモリのファイルを開いて、いよいよ作業を再開しようとしたとき、携帯にメールが入った。マーリンからだ。いったいなんの用だろう？

〝さっき、男がふたりやってきて、きみはどこだと訊《き》かれた。短期間だけここにいたのはまちがいないが、もう出ていったと言ってやった。男たちと会話しているところを録画してあるので、興味があれば知らせてくれ〟

「あいつら！」ワイリックは携帯をたたきつけるようにテーブルに置き、背もたれに体重を預けて目を閉じた。怒りを静めるために深呼吸する。

すぐに足音が聞こえた。悪態をチャーリーが聞きつけたにちがいない。ワイリックは隣室とのドアをふり返りもせず、両手をあげた。「なんでもないです。大丈夫ですから」

足音がとまる。

足音が遠ざかるのを確認したあと、ワイリックは携帯をつかんで返信した。

〝映像を観《み》たいです。戻ったら対処するので、それまで辛抱してもらえますか？　迷惑をかけてごめんなさい。やっぱりあなたを頼るべきじゃなかった。戻ったらすぐ住むところをさがします〟

三分ほどして返信があった。

〝さっきのメールは読まなかったことにする。あいつらなら戻ってこないから安心しなさい。うちの屋根にはサーチライトがついているんだが、あいつらが出ていくとき、ライトをストロボモードにしてやった。脱獄した囚人をさがす刑務所みたいで見ものだったぞ。それにやつらの車のケツをはさむ勢いで自動ゲートを閉めてやったしな〟

ワイリックは笑いそうになりながら返信した。

〝この借りは、いつか〟

深く息を吸って立ちあがる。ふり返ると、カウンターの上に氷の入ったグラスとペプシ缶が置いてあった。

チャーリーだ。

ワイリックはグラスにペプシを注《つ》いで窓辺へ行き、カーテンを開けた。屋敷の前庭を眺めながらペプシを飲む。現代のアメリカにアイルランドの城を再現するほど自分たちのルーツに誇りを持って生きるというのは、いったいどういう気分なのだろう？

わたしならどんな家を建てるだろうか。わたしにとってルーツを感じさせてくれる家とはなんだろう？　少し考えて、自分の場合は研究所しかないと気づく。幼いころの記憶は奪われていて、断片的に思い出せることもホログラムのようにはかない。

わたしは化けものだ。実験の産物なのだ。家族もいない。誰にも、そしてどこにも属していない。

背後からチャーリーの声が聞こえた。気配にまったく気づかなかったことに驚きながら、ワイリックはふり返った。

チャーリーは靴をぬいでいた。「話していいか？」

ワイリックは目を細めた。「靴をぬいだんですね」

「そうだ。靴なんて窮屈なだけだからな。ところでさっきの悪態はなんだ？　何があった？」

「家主からメールが届いたんです。また連中に見つかりました」

チャーリーが眉をひそめた。「ということは引っ越しか？」

「ウィルマ・ショートのリサーチに戻ります」ワイリックは答えをはぐらかした。

チャーリーが追究してこなかったのでほっとする。これ以上、彼に弱みを握られたくない。

ワイリックはペプシを手にノートパソコンの前に座り、たちまち作業に没頭した。

チャーリーはワイリックをしばらく観察していたが、彼女のプライベートにいちいち首を突っこみたくなる自分に嫌気が差し、ノートパソコンを開いてジェイソン・ダンレーヴィーに関する情報を集めはじめた。

ジェイソンとカーターの事件が同一犯だと決まったわけではないが、その可能性が高いのはまぎれもない事実だった。

16

ミランダ・ドイチは父親との夕食に備えてブラックドレスに着替えた。ただのドレスではない。嫁入り衣装のひとつとしてそろえたリトルブラックドレスで、傷心を癒やす食事会にふさわしい上等な一着だ。そのドレスを着たところを初めて見せるのはジェイソンだと思っていたが、むしろ父でよかったのかもしれない。父はぜったいに裏切らないからだ。父だけは何があってもそばにいてくれる。自分のために闘ってくれる。理由を聞くことさえせず味方になってくれる。

そんな父の支えを当然のものとして、長いこと感謝さえしてこなかった。でも今はちがう。父のおかげで目が覚めた。これからは男を追いかけたりしない。男に追いかけさせるのだ。

もう一度鏡に映る自分の姿を確認し、投げキッスをしてから、〈ジュディス・リーバー〉のクラッチバッグを手にとる。ヨークシャーテリアの形をしたバッグは全体がスワロフスキーでおおわれていて、きらきらと輝いていた。去年のクリスマスに父が贈ってくれたものだ。

階下におりると、ヨハネスは庭を見おろす窓の前に立っていて、なんだか悲しげに見えた。

「お待たせ」

ミランダの声に父がふり返って、輝くばかりの笑顔を見せる。悲しそうに見えたのは気のせいだったようだ。

「ミランダ！　すごくきれいじゃないか！　その姿をお母さんにも見せてやりたかった。きっとおまえのことを誇りに思っただろう」

父が母の話をすることはめったにないので、ミランダはうれしくなった。「ありがとう、パパ」

ヨハネスはミランダの肘に手を添えた。「さあ、車が待っている。極上の夜を過ごそう。お腹が減っているといいんだが」

「ぺこぺこよ」

ヨハネスがほほえむ。

玄関を出ると車の前に運転手が控えていた。

「リムジンで行くの？」

「私の娘には最高のものしか似合わないからね」

運転手がふたりのためにドアを開ける。「旦那様、ミランダお嬢様、どうぞ」

「ありがとう、パーキンス。〈モートンズ〉へ行ってくれ」

ミランダは革張りのシートに身を沈めた。

ヨハネスも座ったのを確認して、パーキンスがドアを閉める。

「ステーキハウスじゃ不満かな？」ヨハネスが言う。

「パパったら、〈モートンズ〉のサービスとお料理は最高よ。不満なわけがないわ」

「おまえにはいつだって最高のものをあげたいんだよ。おまえが幸せなら私も幸せなんだ」

ミランダは父の肩に寄りかかった。リムジンが動きはじめ、だんだんと速度をあげていく。窓の外を流れ去る風景に、ミランダは破れた夢が飛んでいくところを重ねた。

命を狙われている状況は変わらないとはいえ、カーターは家に戻れて満足だった。いや、むしろ状況は悪くなっているのかもしれない。真犯人はわからないし、今度はジェイソンまで狙われている。

夕食前の着替えをしているときに、チャーリーとワイリックに食事の時間を知らせていなかったことに気づいて、〝緑の間〟の内線番号を押した。

チャーリーは庭師やメンテナンス担当者の身元確認をしているところだった。ノートパソコンの上から手をのばして受話器をとる。

「もしもし?」

「チャーリー、申し訳ない。うっかり食事の時間を伝えるのを忘れていた。朝食は八時、昼は正午、夕食は七時に食堂で食べるんだ」

チャーリーは時計を見た。「つまりあと二十分で夕食ですか」

「そうなんだ。ワイリックにも伝えてもらえるかな? ぎりぎりになってすまなかったと謝っておいてくれ」

「わかりました。問題は、食堂まで迷わずたどりつけるかどうかですね」

カーターが声をあげて笑った。「実は食堂は三つあるんだ。七時に階段の下で待っているから一緒に行こう」

「助かります。ではのちほど」

ワイリックの部屋に続くドアはまだ開いていたので、チャーリーはドアの手前まで行って隣の部屋をのぞいた。ワイリックはパソコンの前にいる。集中しきった表情は前にも見たことがあった。彼女を驚かせないように、チャーリーはドアを小さくノックした。

「どうぞ」ワイリックはパソコンから顔もあげずに言った。

「カーターから電話があって、七時から夕食だそうだ。階段の下でカーターが待っていてくれる。伝えるのが遅くなって申し訳ないと言っていた」

ようやくワイリックが顔をあげた。「わたしたちだけじゃ食堂までたどりつけないということですか?」

チャーリーが肩をすくめた。「カーターが言うには食堂が三つもあるらしい」

ワイリックはくるりと目玉をまわすと、データを保存してノートパソコンを閉じ、立ちあがった。

「着替えをします。ドアを閉めてもらえますか?」

「かしこまりました」チャーリーはもったいぶった態度でドアを閉めた。

ワイリックは寝室へ行き、服を選んでバスルームに入った。ふだんならアイメイクに二十分はかけるのだが、今日はそういうわけにいかない。ワイリックはアイシャドウを手に、鏡の前に立った。

二十分後、チャーリーは隣室に続くドアをノックした。ワイリックがドアを開けた瞬間、息をするのを忘れる。それほどまでにワイリックは美しかった。ゴールドとグリーンのアイシャドウが瞳を大きく見せている。

ドレス姿の彼女を見るのは初めてだが、ふだんのファッションに負けず劣らず大胆だ。ゴールドのラメの生地が肌に吸いついて、まるで第二の皮膚のようだった。スカートは膝上十センチの短さで、そこからのびる脚は信じられないほど長く、足もとはゴールドのピンヒールでまとめられている。

　胸元は深く開いていて、失った乳房の代わりに炎を吐くドラゴンの頭部がのぞいていた。

「きみと並んだら誰だって見劣りするな」チャーリーはつぶやきながら廊下に出た。

「馬鹿なことを言わないで」

　そう言いつつも、ワイリックは心のなかで喜んでいた。

　チャーリーだってすてきだ。ペールブルーのシャツに、グレーとブルーの格子柄のジャケットをはおり、グレーのスラックスを合わせている。ワイリックが八センチのヒールをはいても、チャーリーのほうがさらに何センチか背が高い。

　約束どおり、カーターは階段の下で待っていた。

　ふたりが階段をおりてくるのを見て、カーターが小さく息をのんだ。とくにワイリックを見る目には賞賛の色がきらめいている。

「こんばんは、ミス・ワイリック、チャーリー。重ね重ね、連絡が遅くなってすまなかった。お腹が空《す》いているといいんだが。シェフのピーターはお客が来ると張りきるんだ。この香りからして、いつも以上に腕をふるってくれたにちがいない」

　三人が食堂に入ると、ほかの人たちはすでに席についていた。

「チャーリーとミス・ワイリックは、ここの仕事が終わるまでわれわれと一緒に食事をする」カーターが宣言した。

「また会いましたね」エドワードがほほえむ。

ワイリックも笑顔を返した。「ワイリックと呼んでください」

「ご一緒できて……うれしいわ」どうにかそれだけ言ったディナの視線は、ドラゴンの頭部に釘《くぎ》づけだった。ケニスも言葉を失っている。

ワイリックのために椅子を引きながら、カーターはひそかにほほえんだ。ディナが言葉に詰まることはめったにない。

チャーリーがワイリックの隣に座った。

「ミス……」ディナが口を開いた。「ワイリック。そのタトゥーは――」

「まったく見事ですね！」ケニスが口を挟んだ。

「ええ……そうね、見事ね。その……痛むのかしら？　それを入れるのは？」

「乳房を切除するほうがつらいです」ワイリックはさらりと言ってほほえんだ。

ディナが赤くなる。「ああ、失礼なことを訊《き》いてしまってごめんなさい。あなたのタトゥーがあまりにもすごかったから、ついぶしつけなことを。あなたはとても美しいわ。そう言いたかっただけなの」

ディナのような女性から賛辞を引きだすのは容易ではないとわかっていたので、ワイリックは愛想よくうなずいた。

チャーリーはまたしても驚かされた。ワイリックと社交は対極にある存在だと思っていたが、彼女はリラックスしているだけでなく、場の空気を自分のものにしている。やはりワイリックの辞書に不可能の文字はないのかもしれない。

食事のあと、一同は図書室へ移動してナイトキャップを楽しむことになった。ワイリックはエドワードの隣に座り、手にしたソーダがぬるくなるのにも構わず、エドワードと話しこんでいた。

チャーリーはバーボンのシングルショットを飲み、カーターはビールを選んだ。ナイトキャップのあとで緊急搬送された経験を持つ彼としては、その場で栓を抜けるビールのほうが安心なのだ。

しばらくしてワイリックがチャーリーのほうを向いた。その表情からして、そろそろ部屋に引きあげたがっているようだ。

チャーリーはグラスを脇に置いた。「今日はこれで失礼します。ワイリックも私も、すばらしい食事と楽しいおしゃべりに感謝しています。カーター、よければ朝食のあとジェイソンのところへ行って話をしたいんですが」

「もちろん構わないよ。ふたりとも、ゆっくり休んでくれ」

ワイリックがエドワードの肩にふれた。「おやすみなさい」

「楽しいおしゃべりをありがとう」エドワードがほほえんだ。

階段をのぼりながら、チャーリーは口を開いた。「そういえば、マック・ドゥーリンがダラスを出たそうだ」

「どうしてわかるんですか？」ワイリックが尋ねる。

「信用できないから尾行させたんだ」

「どうしてそこまで……」ワイリックが自室のドアの前で立ちどまる。

「あいつに腹が立ったからだよ。ぼくはもう寝るが、何かあったらノックしてくれ」チャーリーはそう言って自分の部屋に入り、ドアを閉めた。

ワイリックも部屋に入ってドアの鍵をかけ、隣室に続くドアにも錠をかけた。シャワーを浴びてメイクを落とし、脱皮するように外向きのイメージをぬぎすてる。ベッドに入るころには、ワイリックはジェイドに戻っていた。

上掛けを顎まで引きあげて、今日起こったことを思い返し、ノートのページをめくるようにして不快な記憶を一ページずつ破り捨てていく。最後のページにチャーリーが現れた。ひどく怒った顔つきで、マック・ドゥーリンから自分を引き離している。このページはとっておこう、とジェイドは思った。それから寝返りを打って横向きになると、深く安らかな眠りに落ちていった。

ワイリックが寝ているころ、チャーリーはメールのチェックをしていた。アニーの主治医から届いたメールを開いて眉間にしわを寄せる。

〝チャーリー

アニーの行動に変化が見られるとスタッフより報告があったので、今日、再評価をしました。残念ながら、前回よりも認識力が一段階さがっていました。刺激に対する反応が鈍くなったため、食事のときはスタッフがついて、充分な栄養がとれているかどうかを確認しています。

病の進行についてはこれまでも何度か話し合ってきましたから、ある程度の覚悟はできているでしょう。しかし当初の予想より速い速度で悪化しています。暗いニュースで申し訳ありません。気落ちなさいませんように。今のところ、アニーはスタッフがきちんと世話をしていますからご心配に及びません。疑問があればいつでもお電話ください。

テッド・ダンレーヴィー〟

チャーリーはしばらくメールの文面を見つめた。

思ったよりも早く、アニーがこの世界を離れようとしている。まだまだ時間があると信じていたのに……。彼女を失いたくない。その一方で、ふたりの関係の上ではもはや彼女は失われたも同然だとも思った。聡明《そうめい》で明るいアニーは、いまいましい病にむしばまれてしまった。彼女の抜け殻にすがるのは自分の身勝手でしかない。

チャーリーはドクター・ダンレーヴィーに返信した。こんなときにアニーのそばにいられないことがうしろめたかった。

パソコンを閉じてシャワーを浴び、バスルームを出たチャーリーは、ぬれ髪のまま上掛けをめくってベッドに入った。目をつぶるとアニーの姿が浮かんできた。笑うときに頭をのけぞらせるアニー。最後のアフガニスタン派遣から帰ったとき、ゲートで待っていたアニー。一緒に過ごした休暇。待ちに待った赤ん坊を流産した日のこと。若年性アルツハイマーの診断を受けたときのこわばった表情。

〝がんのほうがまだましね〟アニーはそう言ったきり、家に帰るまでひと言も口を利かなかった。

ドクターからのメールは、アニーの闘いが新たな段階に入ったことを告げるものだった。受け入れるしかない。

その夜、チャーリーは夢を見た。夢のなかで彼は、こぼれ落ちたパズルのピースがぜんぶそろえば、もう一度アニーをとりかえせると信じていた。

ミランダは明け方から目を覚ましていた。心機一転したばかりで、昼まで寝ているのはよくないと思ったのだ。

昨日の父との外食は楽しかった。あれこそ気分をあげるのに必要だったものだ。失恋の傷が完全に癒えたわけではないけれど、世界が終わったわけでもないとわかった。

だいちジェイソンにふられても、大人のおもちゃがある。電池を切らしさえしなければ期待に応えてくれるし、何度使っても硬いままだ。

ジェイソンはよくて二度だった。

コーヒーが飲みたくて一階へおりる。今日の朝食は何にしよう。タイミングよく、書斎から父親が出てきた。

「おはよう、よく眠れたかい？」

ミランダはおもちゃがくれた快楽を思い出してほほえんだ。「ええ、ぐっすりと」

ヨハネスはミランダの肩に手をまわし、一緒に食堂へ向かった。

「今回のことは本当に残念だと思っている。私にできることがあったら遠慮なく言いなさい。いいね？」

ミランダはうなずいた。「パパだって孫の顔を見るのを楽しみにしていたのにがっかりしたでしょう？　でも、孫が抱けなくなったわけじゃないから安心して。いつかパパにも孫ができる。そしてわたしにしたみたいに、甘やかしすぎてだめにしちゃうのよ」

ヨハネスは食堂に入った。「私はおまえを甘やかしすぎてなんていない。父親なら当然与えるべきものを与えたまでだ」

「当然与えるべきものって？」

「すべてだよ。おまえにこの世のすべてをあげたいんだ。愛する者のために使えないとしたら、金など持っていてもなんの意味もない。さあ、座って、一日のうちいちばん大事な食事——朝食をとろう」

ミランダはにっこりした。「〝そして朝食に欠かせないのは、おいしいドイチソーセージ〟よね。決めた。今朝はソーセージと卵にするわ」

今日は一日パソコン仕事をする予定なので、ワイリックは出勤するときと同じような服装で食堂へおりた。ターコイズブルーのシルクのキャミソールの上に、蛍光イエローのレザージャケットをはおり、細身のパンツに、よく熟したプラムを連想させる色のアンクルブーツを合わせる。

アイシャドウはパープルで、アイライナーはイエロー、唇は深みのあるパープルでまとめた。

隣室に続くドアの鍵を開けて一度だけノックする。チャーリーがどうぞと言うのが聞こえた。ドアを開けたがチャーリーの姿はない。

ワイリックは大きめの声で言った。「今、行くよ」

「あと三分で八時です」チャーリーが寝室のほうから現れた。ワイリックをひと目見ると、踵《きびす》を返して寝室へ戻る。

ワイリックは眉をひそめた。しかしチャーリーはすぐに戻ってきた。サングラスをかけて。

「……これから朝食に行くんですが？」

「わかってる。でもきみがまぶしいから念のために――」

「外してください」

チャーリーがにやりと笑い、サングラスを外してポケットにひっかけた。

ワイリックはさっさと出口へ向かった。


カーターはすでにテーブルについて、エドワードと笑いながら話をしていた。そこへアメコミヒーローよろしく、チャーリーとワイリックが登場する。

ディナも席について、ケニスが料理を運んでくれるのを待っていた。ワイリックを見て目を見開いたものの、とくにコメントはしなかった。

「おはよう、ふたりともよく眠れたかな？」カーターが尋ねる。

ワイリックがうなずいた。「おかげさまで。おはようございます、エドワード」

エドワードが満面の笑みを浮かべる。「おはよう、お嬢さん」

「あの部屋はすばらしく快適でしたよ」チャーリーは言った。

「朝食はビュッフェ方式なんだ。ほかに食べたいものがあればルースからシェフに伝えてもらえばいい」カーターが言った。

チャーリーは料理の並んだサイドボードに目をやった。「ふだんはシリアルに牛乳をかける程度なので、今日はすごいごちそうですよ」それからワイリックに合図する。「お先にどうぞ」

ワイリックは警告するように目を細めたものの、素直にサイドボードの脇に立った。

「ワッフル大好き」思わず声に出してから、あたためられた皿を手にとる。ベーコンと大きなベルギーワッフルを皿に盛り、バターを添え、あたたかなシロップをたっぷりとかけた。最後にコーヒーを注《つ》いで席につく。

チャーリーはスクランブルエッグとベーコン、バターつきトーストを二枚とって、ワイリックの隣に腰をおろした。

朝食が始まり、しばらく他愛もない話題が飛び交ったあとで、カーターが切りだした。

「チャーリー、午前は予定どおりジェイソンのところへ？」

「はい。ジェイソンが話をしても大丈夫なようでしたら」

「さっき病棟担当の看護師と話をしたら、昨日はよく寝て、今朝はもう目が覚めているそうよ」ディナが言った。

「それはよかった」カーターはほほえんだ。「朝食がすんだら、病院の往復に警備をつけるようセキュリティー担当に言っておこう」

「ありがとうございます」チャーリーは言った。

ワイリックが席を立ち、ベーコンのお代わりをしてコーヒーを注ぎ直す。

チャーリーは戻ってきたワイリックに声をかけた。「すごい食欲だな」

「あなたには関係な――」ワイリックはそう言いかけて、ダンレーヴィー家にいるあいだは休戦協定を結んだことを思い出した。

カーターがからからと笑いだす。「よく食べる女性はいい」

「本当にうらやましいわ」ディナがため息をついた。「そんなに背が高くて痩せているなんて。きっといい遺伝子を受け継いだのね」

「ええ、いいのがそろっています」ワイリックはそう言ってベーコンを頬張った。

ワイリックの言い方に、チャーリーの笑顔は消えた。何気ないひと言だったが、言葉の裏に怒りと苦痛が感じられた。ほかの人たちが気づかなくても、チャーリーは聞き逃さなかった。

〈ユニバーサル・セオラム〉で、いったい何があったのだろう?

17

朝食のあと、ワイリックは自分の部屋に戻ってウィルマ・ショートのリサーチを再開した。彼女に金を払った人物とカーター・ダンレーヴィーのつながりをなんとしても見つけたい。

チャーリーとカーターは、前後を警備の車に挟まれて、会社の車で病院へ向かった。到着後はふたりの警備員に付き添われてジェイソンの病室へ行く。ジェイソンの病室の前には前日と同じく、警備員がふたり立っていた。

「異常はないか？」カーターは警備員に尋ねた。

一方の警備員がうなずく。「はい」

カーターは病室のドアをノックして、なかに入った。

テレビがついていて、ジェイソンはうとうとしていたようだったが、ドアが開いて叔父が入ってきたのを見ると笑顔になった。

「カーター叔父さん、来てくれてうれしいよ。ぼくをここから助けだしてくれるのかい？」

カーターが笑った。「まだ大人しくしていなきゃだめだ。ところで今、話ができそうかな？　チャーリー。ジェイソンがおまえに訊《き》きたいことがあるそうだ」

「もちろん」ジェイソンはチャーリーを見た。「なんでも質問してください」

「これまでカーターの人間関係を中心に調査してきましたが、あなたを襲った人物はカーターを襲った人物と同じ可能性が高いので、あなたの線からも調査したいのです」

「わかっています」

「プライベートか仕事関係で敵はいますか？」

「仕事ではカーター叔父さんほど前面に出ていないので、心当たりはありませんね。プライベートはどうかな……。大学のときぼくを嫌っている人はいたけど、誰でも苦手な人はいるものだし、もう卒業して何年にもなるし」

「ミランダ・ドイチとつきあっているそうですね。これまでつきあった女性で、あなたに恨みを抱いている人はいませんか？」

「いや、どの子とも軽いつきあいだったので……。結婚なんて考えたこともないし、家族に紹介したこともありません。行事のときなんかに連れがいないと格好がつかないとか、その程度でした。それから……ミランダとは別れました」

チャーリーは眉をぴくりと動かした。「それはいつですか？」

「昨日の朝です」

「円満に別れたのですか?」

「いや、そうは言えませんね」

「というと?　喧嘩《けんか》をしたのですか?」

「喧嘩にもなりませんでした。お互い距離を置いたほうがいいと彼女に伝えたんです。ミランダはひどい悪態をついてわめきだしました。だから電話を切った」

チャーリーは眉をひそめた。「そうですか、念のために確認しますが、別れの電話から撃たれるまではどのくらいの時間差でしたか?」

「ええと……二時間くらいですかね」

それまで黙っていたカーターが口を開いた。「チャーリー、彼女を疑っているのかね?」

「関係者全員が容疑者ですから」そう言ってジェイソンに視線を戻す。「もう二、三質問してもいいですか?　そうしたら終わりにしますので」

「ぼくなら大丈夫ですよ」

「まちがっていたら訂正していただきたいのですが、カーターが殺された場合、遺産は家族に公平に分けられるんですよね?　つまりひとりだけ得をする人はいないということですね?」

「そのとおりです」ジェイソンが答えた。

「あなたはそもそもカーターのあとを継ぐように教育されてきたのだから、カーターが亡くなることで新たに何かを得るわけでもない」

「そうだ」横からカーターが答える。

「ぼくが事業を継ぐことは何年も前から決まっていましたから」ジェイソンも言った。

「なるほど。最後の質問です。家族以外でそれを知っている人はいましたか?」

「取締役会のメンバーは当然ながら承知しています」ジェイソンが答えた。「ほかの人たちについては、秘密にしているわけではありませんが、吹聴《ふいちょう》しているわけでもないので、知らないと思います」

「カーター、あなたの知り合いではどうです?」チャーリーが質問した。「仕事上のつきあいのある人たちは、ジェイソンがあとを継ぐことを知っていますか?」

「過去に取り引きをしたことがある人なら、ジェイソンが後継者だということはなんとなくわかっているだろうね。私が姿を消したときの対処を見れば、ジェイソンにその能力があることもはっきりしているし。ただ、今回の事件は相続問題が原因とは思えない」

「ガールフレンドたちはどうですか? ミランダ・ドイチはあなたが事業を継ぐことを知っていましたか?」チャーリーは尋ねた。

ジェイソンがかすかに眉をひそめた。「どうだろう。仕事のことも家族のことも話題にしたことはなかったので」

「わかりました。とりあえず質問はこれで終わりです。ワイリックに伝えて、調査してもらいます。彼女はときとして、なんということのない情報からとてつもない手がかりを引きだしてくれますから」

「すごく優秀なアシスタントなんですね」ジェイソンが言う。

カーターがほほえんだ。「彼女の実力を知ったらおまえもぶったまげるぞ」

「雇い主よりも偉そうなので、腹が立つこともありますが」

チャーリーの言葉に、カーターとジェイソンが笑った。

ジェイソンの病室を出て屋敷へ戻るときも、チャーリーの思考はあちこちに飛んでいた。パズルを構成するピースはいくつも手に入ったが、ばらばらのままだ。これまで手がけた仕事でもそうだったが、犯罪のパズルにはすべてをつなぐ特別なピースがある。それさえ手に入れば、いっきに全体像が見えてくるピースが。

デンバー市警には圧力鍋の内部のような緊張感が満ちていた。ダンレーヴィー一族が相次いで攻撃を受けたにもかかわらず、犯人の目星もついていなければ動機もわからないのだ。

たしかなのはウィルマ・ショートが殺害されたこと。検視の結果、ウィルマの後頭部には殴られてできた大きな傷があった。また、爪のあいだから、本人のものとちがうＤＮＡ

が検出された。前科者のデータベースに一致するＤＮＡはなかった。

カーターを繰り返し攻撃した人物については、カーター自身が語ったことと、彼の体内からヒ素が検出されたという病院の検査結果、それから車のブレーキが利かなくなった件に関して、ブレーキラインに細工した跡が発見されたという整備士の報告書があるのみだ。

カーターの失踪を助けたロム・デルガードについては、友人を助けただけで違法行為はないという口添えがフォーサイス本部長からあった。加えてカーター・ダンレーヴィーは、デンバー市警が実施した二週間の捜査にかかった費用の補填をすませている。

デンバー市内の各警察署にはジェイソン・ダンレーヴィー狙撃事件に関する捜査指令書が配られた。道路監視システムのおかげで犯人の車の型式はわかったものの、ナンバーは泥で塗りつぶされていて読みとれなかった。

ジェイソンの肩から摘出した弾丸で使用した拳銃の型式も明らかになったし、目撃情報からは犯人の腕全体にタトゥーが入っていたこともわかっている。

チャーリー・ドッジと同様、デンバー市警が必要としているのも、すべてをつなぐパズルのピースだった。

二日前にバディ・ピアスの検視を担当したドクター・ウートンは、昨日はレイ・ガルザの遺体と対面した。レイ・ガルザの検視の際、眉間の銃創の位置を計測してみて、バデイ・ピアスの銃創と瓜《うり》ふたつだと気づいた。同じような位置を撃たれた遺体を連続して検視するのもめずらしい。念のためにふたつの銃弾についた線条痕を確認すると、同じ銃から発射された弾だとわかった。

ドクター・ウートンはそれぞれの事件の担当者に電話をして、遺体安置室に来てもらった。刑事たちはお互いに初対面だった。

「リード刑事、スピック刑事、私はドクター・ウートンです。お忙しいところ、ご足労いただき感謝します。なんでもないことかもしれませんが、ふたつの遺体が関連している可能性がありまして」

「いったいどういうことですか?」リードが尋ねた。

「まずはご覧ください。それから話しましょう」ウートンは遺体を安置している棚に近づき、別々の引きだしを開けてふたつの遺体を出した。

「ぼくが担当している事件の被害者、バディ・ピアスですね」リードが言う。

「こっちはレイ・ガルザ、私の担当です」スピックはリードと顔を見合わせた。

「どちらも眉間のほぼ同じ場所を撃ち抜かれています。同じ口径の銃で」ドクター・ウートンが言った。「死亡時期も同じくらいだったので、念のためにピアスとガルザを撃った弾丸を調べたところ、線条痕が一致しました。つまりふたりは同じ銃で殺されたということです」

両刑事が遺体を見くらべる。

遺体安置所を出た刑事たちは、来たときよりも困惑していた。これから被害者の人間関係を洗って、共通点を見つけなければいけない。同じ銃で殺されたということは、ふたりにはどこかで接点があったはずだ。その接点の先に犯人がいる。

スピック刑事が署に戻ると、担当している事件に関する新しいファイルと、留守中に届いたメール、数件の捜査指令書が待っていた。

ドクター・ウートンからレイ・ガルザの検視報告書が届いていたので、スピックは軽い気持ちで目を通した。腕一面のタトゥーの写真が添付されている。

検視報告書を閉じて、捜査指令書を手にとる。ひとつはジェイソン・ダンレーヴィー狙撃事件の指令書だった。狙撃犯の特徴は左腕のタトゥーで、ギャングが入れているような図柄だったという目撃証言がある。

どきりとしたスピック刑事は、レイ・ガルザの検視報告書をふたたび開いてじっくりと写真を見た。いかにもギャングが入れているようなタトゥーだ。確証があるとは言えないが、報告する価値はある。スピックは受話器をとった。

ブルーナー刑事が報告書を書いているとき、電話が鳴った。編集内容を保存してから受話器をとる。「殺人課のブルーナー刑事です」

「ブルーナー刑事、こちらはスピック刑事です。チェリー・クリーク貯水湖にとめられた車のなかで射殺された男の捜査をしているのですが、ジェイソン・ダンレーヴィー事件の捜査指令書を読んで、被害者の左腕のタトゥーと特徴が一致していると思いました。ギャングが入れているようなタトゥーです。被害者が左利きだということも一致しています。被害者の名前はレイ・ガルザ。レイのスペルはＲＥＹです」

ブルーナーは鼓動が速くなるのを感じながら紙とペンに手をのばした。「タトゥーの写真はありますか？」

「はい。ファイルに入っています。ガルザの車からは拳銃も見つかっていて、ジェイソン・ダンレーヴィーを撃った銃と型式が一致します。偶然かもしれませんが、念のためにお知らせしました」

ブルーナーはペン先を紙に打ちつけた。「その銃の条痕検査をしたいですね。あとは目撃者にタトゥーの写真を見せたいのですが」

「検視官に電話をして写真のデータを送るように伝えます。線条痕もこちらで調べます」

「ダンレーヴィーの事件を早く解決するようフォーサイス本部長から活を入れられているところなので、どんな情報も大歓迎です。条痕検査の結果が出たらすぐに教えてください」

「了解しました」スピックが言った。「それと……もうひとつ気になることがあります。さっき検視官に呼ばれまして、別の署のリード刑事と死体安置所で引き合わされました。同時期に殺されたそれぞれの被害者の傷が、偶然にしてはありえないほどよく似ているというのです。同じ型式の銃で殺されていて、それ自体は驚くことでもないんですが、どちらも眉間のほぼ同じ位置を撃ち抜かれて即死しています。検視官が機転を利かせて両事件で使用された銃弾を調べたところ、線条痕が一致したそうです」

「リード刑事が担当する被害者の名前は？」

「バディ・ピアスです。レイ・ガルザとの接点はこれから調べるところです」

「なるほど。こちらも調べてみます」ブルーナーは言った。

さっそくスピック刑事が言っていたタトゥーの写真データが届いた。ブルーナーは写真をちらりと見て、ミーガン・シモンズの自宅に電話をした。あの事件の目撃者だ。

ミーガンはすぐに電話に出た。

「デンバー市警のブルーナー刑事です。ミズ・ミーガン・シモンズをお願いします」

「わたしです」

「申し訳ないのですが、署まで来てタトゥーの写真を見ていただけないでしょうか。手がかりが見つかったかもしれません」

「一時間以内に伺います」

「助かります。面談室へ案内するよう受付に言っておきますので」

「わかりました。ではのちほど」

電話を切るとすぐ、ブルーナーは似たようなタトゥーの写真を集めた。ミーガンがこのなかから該当の写真を選んだなら、狙撃犯はレイ・ガルザの可能性が高い。

面談室を確保して時計を見る。ミーガンはもうじきやってくるだろう。受付に知らせておかなければ。

数分後、ノックの音がして、受付担当がミーガン・シモンズを連れてきた。「ブルーナー刑事、ミズ・シモンズがいらっしゃいました」

ブルーナーは立ちあがってミーガンと握手をした。「急な連絡にもかかわらず、対応していただいて感謝します。ここに座ってください。机の上の写真から、あなたが見たタトゥーと一致するものがあれば教えてください」

ミーガンはバッグを横に置いて、ゆっくりと机に近づいた。ミーガンがすぐに三枚の写真を除外したのを見て、ブルーナーは感心した。

「これらの写真はちがいます。こんなに凝ったタトゥーではありませんでしたし、色はついていませんでした」ミーガンはスピック刑事が送ってきた写真に手をのばした。「こんな感じ……そう、これだと思います」

「まちがいないですか?」ブルーナーが尋ねる。

ミーガンは迷わなかった。「はい。わたしは看護師です。ささいなことで患者が急変するることもあるので、兆候を見逃さないようにふだんから観察力を磨く訓練をしています。あの車は、信号なんて存在しないかのように猛スピードで交差点に侵入してきました。ミスター・ダンレーヴィーの車が急ブレーキを踏んでとまって、すべてがスローモーションのようでした。犯人の顔を見ていればよかったと思いますが、タトゥーをした腕が窓から突きでて、その先に拳銃が握られているのに気づいたとき、そこに神経を集中させてしまったのです。すみません」

「とんでもない。あなたの証言のおかげでとても助かっています。少々、お待ちください」

玄関までお送りしますので」

ブルーナーは写真を集めて封筒に入れてから、ミーガンを正面玄関へエスコートした。

「ご協力ありがとうございました。気をつけてお帰りください」

「ありがとうございます」ミーガンが言った。

屋敷に戻ると、カーターは書斎へ、チャーリーは二階の客間へ引きあげた。

隣室に続くドアからなかをのぞく。ワイリックが作業に没頭しているのを見て、チャーリーは声をかけるのをためらった。

「そこにいるのはわかっています」ワイリックが言った。「なんですか？」

「作業が終わるまで待ってもいいんだが――」

「作業しながら話を聞くことくらいできます。話してください」キーボードの上に指を走らせながら、ワイリックが言った。

「ジェイソン・ダンレーヴィーは撃たれる直前にミランダ・ドイチと別れていた。ミランダはかなり怒っていたそうだ。悪態をついたりわめいたりするので電話を切ったとジェイソンが言っていた。ミランダの身元調査をするときは、カーターとジェイソンの事件とつながりがないか調べてくれ」

「でもジェイソンとデートしていたなら、どうしてカーターを殺そうとするんです？」ワイリックがキーを打ちながら言った。

チャーリーは彼女のなめらかな指の動きに感心して、しばし返事をするのを忘れた。

「聞いていますか？」

「ああ……ええと……ぼくの勘だ」

「金持ちの男と結婚するのに相手の家族を殺すなんて、わたしに言わせればイカれてる。でも、調べますけど」ワイリックがつぶやく。「ウィルマ・ショートに関して、ひとつわかったことがあります」

チャーリーは椅子を引いて腰をおろした。「どんなことだ？」

「四カ月前、ウィルマの母親の口座に大金が入金されています。それ以前は年金が振りこまれるだけで、それで月々の介護費用の一部を払っていました。入金のあとは、介護費用の全額をその口座から支払っています」

「いくら入金があったんだ?」

「五十万ドル」ワイリックが言った。「でも、お金の出どころは調べようがありません。現金で預け入れされているし、これまで調べた関係者のなかで、最近、五十万ドルもの現金を引きだした人もいません」

「よく調べてくれた。金のやりとりがあったということは、屋敷内で細工をしていたのはウィルマ・ショートでまちがいないだろうな。だが、フリーウェイでカーターの車を煽《あお》ったり、ブレーキに細工したりした人物が少なくともあとひとりいるはずだ」

「次はミランダについて調べてみます」ワイリックが言った。「用がなければ出ていってください。気が散るので」

「ふたつのことを同時にできるんじゃなかったのか?」チャーリーは皮肉を言いながら立ちあがった。

「できますけど、あなたがいると作業ペースが落ちるんです」

ワイリックの眉間にはかすかにしわが寄っていた。蛍光イエローのジャケットを見て、外出するわけでもないのにそこまで服装に凝らなくてもいいだろうと思う。

「まだ出ていかないんですか?」ワイリックが視線もあげずに尋ねた。

「きみとちがって、ふたつのことを同時にできないものでね」チャーリーはぼやきながら自分の部屋に戻った。

靴をぬいでミニバーで飲みものをつくり、メールや請求書をチェックする。デンバーにいてもダラスでの日常は待ってはくれない。

ブルーナー刑事はバディ・ピアスとレイ・ガルザの名前をじっと見た。ミーガン・シモンズのおかげで、ジェイソンを撃った犯人がガルザだということはほぼ確信が持てた。ふたりの逮捕記録はなかなか読みごたえがあり、内容も多岐にわたっている。次はカーターかジェイソンが、このふたりと面識がなかったかを確認しなければならない。ジェイソンの病室はわかっているので、さっそく病院に電話をする。

「もしもし」ジェイソンが電話に出た。

「ジェイソン、ブルーナー刑事です。新しい手がかりがありました。あとで少しお邪魔してもよろしいですか?」

「もちろんです」

「叔父上にもお話を伺いたいのですが、連絡方法を教えていただけませんか?」

「家の電話は家政婦が出ますから、携帯に電話してみてください」

「それはありがたい」ブルーナーはジェイソンが言う番号をさっと書きとめた。「ではのちほどお邪魔します」

　ブルーナーは次にカーターに電話をした。二度目の呼び出し音でカーターが出た。

「ミスター・ダンレーヴィーの携帯ですか？」

「そうだが」

「デンバー市警のブルーナー刑事です。ジェイソンから番号を教えてもらいました。今日、少々お時間をとっていただくことは可能ですか？」

「いいとも。一日じゅう家にいるよ」

「今からジェイソンに会いに病院へ行きます。それが終わってから伺いますので、病院を出るときに改めてご連絡します」

「わかった」カーターが言った。

　ブルーナーはファイルを手に署を出た。病院に着いてエレベーターに乗る。ジェイソンの病室には今日も警備員が立っていたので、警察バッジを見せた。

「ジェイソンと約束しています」

「少々お待ちください。ミスター・ジェイソンは先ほどまで具合が悪かったのです。大丈夫かどうか確認してきます」警備員はそう言って病室に入った。「ミスター・ダンレーヴィー、ブルーナー刑事がお見えです。お通ししてよろしいですか？」

「いいよ、ダニー。痛みどめが効いてきたから」ジェイソンはそう言ってベッドを起こした。

ブルーナーは病室に入った。「体調が悪いなら電話のときにおっしゃっていただければよかったのに」

ジェイソンが首をふった。「大丈夫ですよ。痛みどめが効いてきましたし。それで、新しい手がかりというのは？」

ブルーナーはファイルから写真をとりだした。「目撃者のミーガン・シモンズが、あなたを撃った犯人のものと思われるタトゥーを確認しました。これは犯人を検視解剖する前に撮ったタトゥーの写真です」

「つまり、犯人は死んだということですか？」

「はい。名前はレイ・ガルザ。聞き覚えはありますか？」

「ないですね。でも系列会社も入れると社員は何千人といますから。顔写真はありますか？」

「過去に逮捕歴があって、そのときの写真ですが」ブルーナーは写真を出してジェイソンに見せた。

ジェイソンは熱心に写真を見たあと、首をふった。「残念ですが、まったく見覚えはありません」

ブルーナーは次に、バディ・ピアスの写真を出した。「この男はどうですか？　バディ・ピアスという男なんですが」

ジェイソンはそちらの写真もじっくりと見たあとで首をふった。「会ったことはないと思います。このふたりはどういう関係なんですか？」

「検視官が言うには、ふたりの男は同じ拳銃で殺された確率が高いのです。ふたりの関係を洗えば、事件の黒幕にたどりつけるのではないかと考えています」

「カーター叔父さんはなんと言っていましたか？」

「これから伺うのでまだお知らせしていません。何か思いついたことがありましたら名刺の番号にお電話ください」

「わかりました」ジェイソンはそう言って名刺を受けとった。

「お時間をいただきありがとうございました。痛みが早くおさまりますように」ブルーナーは病室を出た。

次の行き先はダンレーヴィー城だ。


チャーリーがメールに返信して、新しいクライアントたちの身元調査をしているとき、ノックの音が聞こえた。

「どうぞ」

「少しいいかね？」カーターが顔をのぞかせる。

チャーリーはノートパソコンを閉じた。「もちろんです。どうかしましたか?」

「あとでブルーナー刑事がここへ寄ることになっているんだ。新しい手がかりがあるとか。きみとワイリックも同席してもらえないかね?」

「喜んで。どんな手がかりか聞きましたか?」

カーターは首をふった。「いや」

「こちらも新しい情報を見つけたんです。ブルーナー刑事はウィルマ・ショートの捜査も担当していますからちょうどよかった。ワイリックが調べたところ、ウィルマの母親の口座に五十万ドルの入金があったそうです。過去四カ月、ウィルマはそのお金で母親の介護費用を支払っていました。ただ、現金で入金されているので、金の出どころをつきとめることができません。この家の関係者で、同時期に同じ額を引きだした人はいませんでした」

カーターはチャーリーを見つめた。「私を殺すのに五十万ドルも? そんなにも私を憎んでいる人物がいるのか……」

「必ず見つけますよ。ブルーナーの手がかりでまた新たな展開があるかもしれませんし」

「そうだな」カーターが言ったとき、ポケットの携帯電話が振動した。「ブルーナー刑事が図書室で待っているそうだ」

「ワイリックを呼んできます」チャーリーはそう言って隣の部屋に入った。ワイリックはパソコンのキーをたたいていた。

「カーターがぼくたちに下へ来てほしいそうだ。ブルーナー刑事が新しい手がかりを持ってきてくれたらしい」

ワイリックはうなずいて新たに二語を打ち込んでからデータを保存した。そして無言のまま、チャーリーたちに続いて階段をおりた。

18

ブルーナー刑事は肘掛け椅子に座ってメールを打っていた。カーターたちに気づくと、すぐに携帯を置いて立ちあがる。

「刑事さん、わざわざどうもありがとう」カーターが言った。「ミス・ワイリックとは初対面だったね？　ミスター・ドッジのアシスタントだ。ワイリック、こちらはブルーナー刑事だ」

ブルーナーは蛍光イエローのジャケットを着たアマゾネスを見ても、瞬《まばた》きすらしなかった。

「はじめまして」ワイリックに向かって小さく頭をさげたあと、すぐカーターに注意を戻す。「ジェイソンを撃った男を見つけました。名前はレイ・ガルザ。ただし、犯人とわかったのはガルザの死亡後です。ジェイソンが撃たれるところを目撃した女性が、腕のタトゥーからガルザだと確認しています。車の型式も同じでした。現在は車内から押収した銃と、ジェイソンの肩から摘出した弾丸の型式を確認中です」

カーターは眉をひそめた。「それはウィルマの件とも関連しているのかね？」

「その可能性も考えて捜査をしています」ブルーナーが言った。

「狙撃犯の名前をもう一度教えてもらえますか？」チャーリーも尋ねる。

「レイ・ガルザです。レイのスペルはＲＥＹ」

チャーリーはワイリックをちらりと見た。ワイリックが小さくうなずく。

「話にはまだ続きがあります。同時期にガルザと似たような殺され方をした男がいました。バディ・ピアスという男です。どちらも眉間の中央のほぼ同じ位置を撃たれ、即死でした。弾丸の線条痕から、ふたりを撃った拳銃が同じであることがわかっています」

「つまり……バディ・ピアスという男も、カーターとジェイソンの事件に関係している？」チャーリーは尋ねた。

ブルーナーがうなずく。「その線で捜査しています」

「どちらかがフリーウェイで煽《あお》り運転をした犯人かもしれませんね」チャーリーが言った。

「どうしてです？」

「ヒ素を混入したり、階段に水をまくくらいはウィルマ・ショートでもできるでしょうが、ブレーキラインに細工をしたり、フリーウェイで煽り運転をしたりはできそうもないからです」

ブルーナーはカーターに向き直った。「ちなみに、煽り運転をしてきた車の特徴は覚えていますか？」

「ダークレッドのフォード・エスケープだった。新しいモデルだよ」

ブルーナーがメモをした。「署に戻ったら、殺された男たちの車を確認してみます」

「同じ型の車に乗っていたとしたら、辻褄《つじつま》が合いますね」チャーリーは答えた。

突然ワイリックが無言で踵《きびす》を返し、図書室を出ていった。

ブルーナー刑事があっけにとられる。

チャーリーは慌てて説明した。「彼女はもともと口数が少ないのです。でも仕事は恐ろしく速いですよ。おそらく五分もすればバディ・ピアスの車をつきとめてくれるでしょう」

ブルーナーはそれを本気にしていないようで、何も言わなかった。バディ・ピアスとレイ・ガルザの写真をカーターに見せる。「過去の逮捕歴に添付されていた写真です。見覚えはありませんか？」

「どちらも知らないな。だが、本社や系列会社を合わせると従業員はたいへんな人数になるから、そのうちのひとりでないとも言いきれない」

ブルーナーがうなずいた。「ジェイソンも同じようなことを言っていました」

チャーリーの携帯が鳴った。「ワイリックからメールです。バディ・ピアスは二〇一六年モデルのフォード・エスケープに乗っています。色はキャニオンレッドです」

ブルーナーが目を見開く。「本当にやってのけるとは！　どうやらあなたの読みどおり、ピアスとウィルマは共謀していたようですね。となると黒幕はカーターとジェイソンの命を狙っただけでなく、失敗した手下を殺したことになる」

「連続殺人犯ということかね？」カーターが尋ねる。

「いえ、犯人の目的はひとつ――あなたとジェイソンを亡き者にすることなので、連続殺人犯とはちがいます」チャーリーが言った。「雇った連中が口を割らないように始末しているだけですから」

「そのとおりです」ブルーナーもうなずいた。「そこからわかるのは、この男が非常に危険な人物だということ」

「男ではなく女かもしれない」チャーリーが言った。

「どうしてそう思うんですか？」ブルーナーが尋ねる。

チャーリーは肩をすくめた。「ジェイソンがある女性と別れ話をして、二時間後に撃たれたからです。その女性がジェイソンに向かって悪態をついたりわめいたりしたので、ジェイソンは最後まで聞かずに電話を切ったと言っていました」

「でも、カーターの件はそれ以前に起こっている」

「その点についてはこちらもまだ調査中です」

「そうですか……ちなみにジェイソンの元恋人の名前は？」

「ミランダ・ドイチ」

ブルーナーがメモ帳から顔をあげた。「まさかヨハネス・ドイチの娘ですか？」

「そうです」

ブルーナーはため息をついた。「あなたの勘が外れていることを祈りますよ。それでなくてもさっさと犯人を挙げろと本部長からプレッシャーをかけられているのに、デンバーで二番目に裕福な一家の娘が容疑者だなんて、とても言えません」

チャーリーの携帯がまた振動した。「ワイリックからです。レイ・ガルザはミランダ・ドイチと高校の同窓生だそうです」

ブルーナーが目を丸くする。

また携帯が振動した。「バディ・ピアスとウィルマ・ショートは結婚したものの、当時、ウィルマが親の承諾なしに結婚できる年齢に達していなかったために、母親によって阻止されたそうです」

ブルーナーがまいったというように首をふった。

「うちのアシスタントはなかなかやるでしょう？」

「このまま待っていたら、犯人まで教えてくれそうだ」

チャーリーはにやりとした。「さすがのワイリックもそれには少し時間がかかるでしょうね。でもこれまでの調査で、ウィルマ・ショートの母親の口座に五十万ドルの入金があったことがわかっています。母親は介護施設に入っていて、ウィルマはその金で介護料を支払っていました。入金があったのは四カ月前で、カーターへの攻撃が始まったころです」

ブルーナーが両手をあげた。「感服しました。調査のコツを教えてもらいたいものです。実に的を射ている」

「ウィルマ・ショートとミランダ・ドイチについては前々から調べてもらっていたんです。それでもワイリックの勘のよさは否定できませんが」

「いやはや、期待していた以上の情報が得られました」ブルーナーが言った。「ご協力に感謝します。これからも情報を共有していただけますよね?」

「もちろんです」チャーリーが右手を差しだす。

ふたりが握手をしたところで、カーターが立ちあがった。「玄関まで送ろう」ブルーナーを玄関ホールへ導く。

チャーリーは二階のワイリックの部屋へ戻った。

「ブルーナー刑事が感心していたぞ。ミランダの高校時代の記録なんて、よくチェックしたな。またきみの給料をあげないといけない」

ワイリックはチャーリーの賞賛を無視した。「新しい情報は、どれもミランダ・ドイチが犯人だと示していますね」

「たしかに。次はミランダと三人の被害者のあいだに金のやりとりがあったかどうかを調べてくれ。やりとりがあれば、彼女がカーターとジェイソンを狙った犯人ということになる」

ワイリックはうなずいた。「すぐにとりかかります」

ミランダ・ドイチは書斎の机の引きだしをあさって、出てきた書類を片っ端からシュレッダーにかけていった。ジェイソンとの復縁はありえないのだから、ダンレーヴィー家に関係するものはすべて捨ててしまおうと思ったのだ。

廊下に足音が聞こえた気がして手をとめる。足音が遠ざかっていったのを確認してから、ふたたびシュレッダーに書類を入れた。記憶を消すのも、このくらい簡単だったらいいのに。

知ってしまった過去は変えられない。

最後の書類をシュレッダーに通したとき、誰かがドアをノックした。

「ミランダ、私だ」

父の声だった。ミランダは飛びあがって居間に戻った。「どうぞ！」

ヨハネスはドアを開けたものの、部屋のなかまでは入ってこなかった。「これから会議へ行く。夕食には戻れそうもないんだが、ひとりでも大丈夫か？」

「大丈夫よ。ところでパパ、今日はとってもハンサムね」

ヨハネスがほほえんだ。「ありがとう。何かあったら電話しなさい。会議中でも構わない」

ミランダは裸足《はだし》でドアまで移動すると、のびあがって父親の頬にキスをした。「ありがとう。パパは最高のパパだわ。さあ、お仕事へ行って。わたしはとくに予定もないから、ベッドでポップコーンをつまみながら映画でも観《み》ることにする。それも結構楽しいのよ」

「そんなところもお母さんにそっくりだな」ヨハネスが言った。「帰りは遅くなるだろうから、また明日の朝に会おう」

「わかりました」ミランダは廊下に出た。父親がふり返るのがわかっていたからだ。予想どおりヨハネスがふり返ったので、ミランダは手をふった。

自分の部屋へ戻ったミランダは、父がどれほど努力して今の地位まで昇りつめたかに思いを馳《は》せた。ミランダは肉屋の裏にある自宅で育った。しかし彼女が十二歳になるころには、〈ドイチソーセージ〉は全米に知られるブランドに成長していた。ミランダは単なる肉屋の娘ではなく、ソーセージ王の娘になったのだ。

窓辺へ行って、リムジンに乗りこむ父を見おろす。リムジンが視界から消えると、逸《はや》る心を抑えつつ、ドアまで行って鍵をかけた。

書斎をのぞいて破棄し忘れた書類がないことを確認してから、小走りで寝室に入り、寝室のドアにも鍵をかける。

ミランダは服をぬぎすてて、ディルドがあるナイトスタンドに近づいた。

「わたしの恋人、出てきてちょうだい。あなたの出番よ」

ポップコーンと映画なんて、くそくらえ！


昼食はだいぶ前に終わって、ワイリックはレザージャケットと細身のパンツから長袖シャツとジーンズに着替えていた。シャツの裾は膝に届きそうなほど長い。ペプシの入ったグラスを片手に、裸足でパソコンの前に戻る。

チャーリーも同じ部屋にいて、電話やメールの応対をしていた。さっきブルーナー刑事から電話があって、レイ・ガルザの車から見つかった拳銃の条痕検査の結果を教えてくれた。予想どおり、ガルザの銃はジェイソン・ダンレーヴィー襲撃に用いられたものだった。

ただし、ミランダが犯人だとして、カーターを狙う動機がわからない。ジェイソンによれば、ミランダを家に招いたり家族に紹介したりしたことはないという。ふたつの事件を結ぶものはなんだろう？　ふたりが死んで得をする人物はいったい誰なんだ？

チャーリーはふと、ワイリックがキーボードをたたく音がしないことに気づいた。部屋のなかは驚くほど静まり返っている。視線をあげると、ワイリックはノートパソコンの画面を食い入るように見つめていた。

「どうした?」

「ミランダ・ドイチはルーツさがしのサイトでDNA検査をしています」

「ルーツさがし?」

「自分のルーツをさがすのが流行《はや》っていたじゃないですか。参加者がDNAを送って、世界中にちらばっている親戚とリンクさせるっていうプロジェクトを知りませんか?」

「よくそんなサイトを見ていたことがわかったな」

「ミランダの支払い履歴をもう一度調べたんです。この支払先だけ、ほかと毛色がちがったので、なんだろうと思って」

「それで? DNAから何かわかったのか?」

「ヨハネス・ドイチはミランダの生物学的父親ではありません。ミランダは、このサイトのDNA検査でそのことを知ったようです」

それを聞いてチャーリーもワイリックのそばに移動し、パソコンをのぞきこんだ。「それは……すごい発見だ。だがドイチの親子関係と今回の事件がどう関係する?」

「検査結果を受けとって一カ月もしないうちに、ミランダは堕胎しています」

「なんだって? 彼女は妊娠していたのか?」チャーリーの潜在意識のなかで、パズルのピースがかみ合いはじめた。

「堕胎したころ、彼女はジェイソンとデートしていたんだな?」

「そうです」ワイリックはパソコン越しにチャーリーを見た。「結婚したいと思っている男の子どもを急におろす理由は？」

「別の男の子どもだったとか？」

「今回はちがいます。母体が危険だとか、そもそも子どもがほしくないとかでもありません。ほかに考えられる理由はなんでしょう？」ワイリックが重ねて問う。

チャーリーが目を細めた。「きみはすでに答えを知っていて、ぼくが自力で答えにたどりつくのを待っているんだな？　そんなことのために給料を払っているわけじゃないぞ。さっさと答えを言うんだ」

「子どもの母親と父親に、血縁関係があるとしたら？」

「まさか！」チャーリーがテーブルを強くたたいたので、グラスの氷がからんと音をたてた。「冗談だったら怒るぞ。ジェイソンの父親はだいぶ前に亡くなっているが、それがミランダの本当の父親だったということか？　つまりふたりは半分血のつながった兄妹なのか？」

「ちがいます。ルーツさがしのサイトで、ミランダのDNAと最初にリンクしたのはアイルランドの女性でした。ミランダの大叔母の、さらに叔母にあたる人物です。そしてその女性がアメリカのディロン・ダンレーヴィーとリンクした。エドワード、ディナ、カーター、テッドの父親にあたる人物です。つまりミランダは、この四人となんらかの血縁関係があるということになる。当然、彼女はもっと知りたくなった。クレジットカードの記録を調べたところ、民間の研究所にＤＮＡ検査を依頼していました。自分とジェイソンのＤＮＡを」

「ジェイソンとデートしていたから、サンプルを集めるのは造作なかったというわけか。それで結果は?」

「ふたりはいとこ同士でした」

「となると、カーター・ダンレーヴィーがミランダの生物学上の父親ということか?」

ワイリックは肩をすくめた。「エドワード、カーター、テッドのうちの誰かであるのはまちがいありません」

「さすがに胸が悪くなってきた」チャーリーはつぶやいた。「ミランダの母親の名前は?　ミランダが生まれたとき、彼女はいくつだったんだ?　父親がわかれば動機も説明がつくかもしれない」

ワイリックはうなずいた。「母親の名前はヴィヴィアン・モロウ。彼女の私生活をさぐってみますが、その前に甘いものがほしいです」

「甘いもの?」突然話題が変わったので、チャーリーはきょとんとした。

「そう。砂糖たっぷりのやつ。できればチョコレート」ワイリックは平然と言って作業に戻った。

チャーリーは目を瞬《しばたた》きながらも受話器をとって星印を押した。ルースが出る。

「チャーリー・ドッジです」

「ミスター・ドッジ、どんなご用件でしょう？」

「ワイリックが甘いものを要求しているんだ。できればチョコレートがいいらしいんだが、何かあるかな？」

「もちろんございますよ。ザッハトルテはいかがでしょうか？　ほかに、なめらかなチョコレートムースもありますし、ベルギー産の高級チョコレートもございます」

「〈ハーシーズ〉のチョコバーみたいなのはないのかい？」

ルースがくすくす笑った。「では適当に盛り合わせてお届けします。ご一緒にコーヒーもいかがですか？」

「言うことなしだ」

「すぐに準備いたします」

チャーリーは受話器を置いた。「チョコレートはじきに届くよ」

ワイリックはチャーリーが電話をしていたことにも気づいていなかったようだ。手をとめて尋ねる。「魔法使いみたいですね」

「魔法使いじゃなくて探偵だ。さがしものが得意なんだ。むかしながらの張り込み捜査が懐かしいよ。椅子に座ってパソコン画面ばかり眺めているのは精神衛生上よくない」チャーリーはぼやいた。

「弱気ですね。糖分が不足しているんですよ。あなたの分もチョコレートがあるといいですね」

カーターはワイリックをにらんだ。「きみと一緒にするな」

ワイリックが立ちあがった。「ちょっと失礼、お手洗いに行ってきます。チョコレートをひとり占めしないでくださいね」

ワイリックが長いシャツの裾をはためかせながら寝室のほうへ消えるのを見て、チャーリーはやれやれと首をふった。いちいち嫌味を言わないと気がすまないらしい。

数分後、ノックの音がした。

「まだトイレは終わらないのか？　代わりに出るぞ！」チャーリーはわざと大きな声で言った。ワイリックへのささやかな仕返しだ。

ルイーズが食事用のカートを押して入ってくる。「終わったらカートは廊下に出して、電話をください。片づけますので」

「ありがとう、ルイーズ。すごくおいしそうだ。シェフにも感謝を伝えてくれるかな？」

ルイーズがほほえんだ。「かしこまりました」

チャーリーはドアを閉めて盛りつけられた菓子を眺め、ムースに指を突っこんでから、自分用にコーヒーを注《つ》いだ。

ワイリックがシャツをはためかせて戻ってくる。「コーヒーのいい香りがします」

「チョコレートの盛り合わせも届いたぞ」

カートを見たワイリックは顔を輝かせたあとで、ムースの表面のくぼみとチャーリーを交互に見た。「まさか、指を突っこんだんですか？」

「子どものころは、そうやって自分のとり分を主張したものだ。だから答えはイエス。ムースはぼくがもらった」

ワイリックは目を見開いたあと、のけぞって笑いだした。それからカートのほうへ体を倒し、ザッハトルテに指をつきたてる。「では、これはわたしのということで」そう言ってコーヒーを注ぎ、ザッハトルテとフォークを持ってテーブルに戻る。「突っ立ってないで、さっさとムースを食べたらどうですか？」

チャーリーは動揺しながらムースにスプーンを突き刺し、ワイリックのほうへ行った。彼女と目を合わせたら、さっきの笑い声に心を揺さぶられたことがわかってしまうのではないかと思った。ワイリックを異性として意識したくない。彼女には怒りっぽいアシスタントでいてもらわないと困るのだ。

「ミランダはいくつなんだ？」チャーリーはそう言ってから、スプーンでムースを大きくすくって口に入れた。

「二十九歳です」ワイリックがフォークについたチョコレートをなめる。

舌の動きに目が吸いよせられたチャーリーは、すぐに視線をそらした。「ヴィヴィアンについてわかっていることは？」

ワイリックがフォークでケーキを切った。「さっきも言ったとおり、二十歳でヨハネス・ドイチと結婚する前はヴィヴィアン・モロウでした。今も生きていれば五十歳です。そうするとあなたはこう質問するでしょうね――ヨハネスと結婚したときに妊娠していなければ計算が合わないって。だってミランダは、結婚式から八カ月半後に生まれたのだから」

「三十年前、ダンレーヴィー家の三人はそれぞれ何歳だった？」

「ちょっと待ってください」ワイリックがそれぞれの年齢を調べる。「カーターが今五十五歳だから、当時は二十五歳ですね。エドワードは六十歳だから三十歳、テッドは四十六歳だからまだ十六歳」

「仮にミランダが、実の父親はカーターだと確信したか、そう信じていたとして、どうして彼を殺そうとしたんだろう？」

ワイリックはザッハトルテを口に入れ、時間をかけて味わってからのみこんだ。「いとこの子どもを妊娠して怖くなったのかもしれないし、実の父親が妊娠した母親を捨てたと思ったのかもしれない。それはミランダを捨てたも同然ですから」フォークを左右にふりながら続ける。「でもこれはすべて推測にすぎません。ヴィヴィアンの過去をもっと調べてみます。あなたはプディングを食べていてください」

「これはムースだ。それも極上の」チャーリーが言った。「ミランダとレイ・ガルザの関係も、もう少しさぐらないといけないな」

「どうしてです？」

チャーリーは意外そうな顔をした。「高校の同窓生なんて何百人もいるんだから、同じ高校に通っていても顔すら知らないことだってありえるだろう」

「そうなんですか？」

チャーリーは首を傾《かし》げた。「そうなんですかって……きみの高校はちがったのか？」

「学校には一度も通ったことがないので」

「ああ、ホームスクールだったのか」

「家《ホーム》があったのは五歳までだし、ホームスクールで勉強もしていません。わたしは〈ユニバーサル・セオラム〉で、科学者たちに育てられたんです」

チャーリーは眉をひそめた。「それで、どうやっていろいろな知識や技術を身に着けた？」

ワイリックは視線をそらしたあと、チャーリーに向き直り、その目をじっと見つめた。

「身に着ける必要はありませんでした。生まれながらに知っていたので。ちょっと休憩します。裏庭にいますから」

言葉を失っているチャーリーをあとに、ワイリックは部屋を出ていった。

チャーリーは立ちあがり、空になった皿をカートに戻し、自分の部屋へ行った。

ときどきワイリックが怖くなる。彼女の日常は謎に包まれている。

ワイリックのことばかり考えている自分に気づいて、チャーリーは小さく首をふった。

自分の日常をとりもどさなくてはいけない。しばらく思案して、〈モーニングライト・ケアセンター〉に電話をしてアニーの様子を訊《き》くことにした。

「〈モーニングライト・ケアセンター〉です」

「チャーリー・ドッジです。ドクター・ダンレーヴィーはおられますか?」

「残念ながら外出しております。看護師ならおりますが、おつなぎしましょうか?」

「お願いします」

「少々、お待ちください」

待ち受けの音楽が流れてくる。これを聴くといやな気分になる。しかし改めて考えてみると、チャーリーにとっては〈モーニングライト・ケアセンター〉のあらゆる要素が気に障るのだった。

アニー以外のすべてが。

そんなことを考えていると、看護師の声が聞こえた。「看護師のマティです」

ブロンドのショートヘアで、いつもにこにこしている中年の看護師の顔が浮かぶ。

「お忙しいところをすみません。チャーリー・ドッジです。仕事で州外にいるので、アニーの様子を伺いたくて電話をしました。ドクター・ダンレーヴィーから認知レベルがさがったことは聞いていたが、彼女の様子を教えていただけますか？」

「うまくやっていますよ。介助があれば食事もできます。たくさんではありませんが、必要な栄養はとれています。誰かが手をつないでいれば散歩もできますし」

チャーリーは職員に手を引かれて散歩するアニーを想像しようとしたが、うまくいかなかった。

「パズルはどうです？　まだパズルを組み立てようとしますか？」

「最近はやりませんね」マティが答える。「残念ですが」

「痛みがあったり、苦しんだりするようなことはないんですよね？」

「もちろんですよ。怖がってもいませんから安心してください」

「ありがとうございます。妻をよろしくお願いします」チャーリーはそう言って電話を切った。携帯をポケットに戻して立ち、階下の図書室に向かう。窓辺へ行って庭を眺めていると、小道を歩くワイリックの姿が視界に入った。ひとりでいるときがいちばんリラックスしているように見える。

ワイリックがドラゴンの形に刈りこまれた樹木の前で立ちどまった。両手をのばして、誰かにあいさつするように木にふれている。

チャーリーは息を詰めてその姿を見守った。少しして、ワイリックは紫のヒースに縁どられた小道を歩きはじめた。

彼女が言葉どおり裏庭にいて、安全でいることに満足して、チャーリーは二階へあがった。ワイリックの部屋から自分のノートパソコンを持ってきて、自室でメールのチェックを始める。仕事は、進行するアニーの病状を忘れるための手段のひとつだ。

自分が心のバランスを失いつつあることはわかっていた。この事件を早く解決しなければならない。どんなに複雑に見えても終わりはあるはずだ。ダラスに戻れば、自分も周囲の世界も秩序をとりもどすだろう。

ワイリックは乱れた感情が静まるまで歩きつづけた。

屋敷の自室に戻ると、隣室に続くドアは開いていたがチャーリーの姿はなかった。ほっとして、ヴィヴィアン・モロウ・ドイチについて猛然と情報を集めはじめた。

19

　夕食の時間が近づいてきたので、ワイリックはパソコンを閉じて着替えをした。裾の長いシャツとジーンズから、黒のジャンプスーツに着替える。牧師の祭服を思わせる襟がついていて、背中は腰まで大胆にカットされたデザインだ。

スタッズのついた赤のルブタンに足を入れ、靴に合わせてあざやかな赤の紅をさす。

寝室を出ようとしたとき、廊下のドアからノックが聞こえた。

「開いてます」

チャーリーが入ってくる。

　男らしくて清潔感のあるいでたちに見とれたあとで、彼も自分を見つめていることにワイリックは気づいた。

「何か?」眉をひそめて尋ねる。

チャーリーが目を瞬《しばたた》いた。「今すぐ罪を告白するべきか、夕食のあとにしてもいいのか迷っていたんだ」

ワイリックは鼻を鳴らした。「馬鹿なことを言ってないで食事に行きますよ」

チャーリーはうなずいた。本当のところ、ワイリックの美しさに思考停止していたのだった。

ワイリックがゆったりした足どりで近づいてくる。牧師を連想させるジャンプスーツと血色の靴の取り合わせがセクシーだ。

ワイリックがチャーリーの横をすり抜けて廊下へ出たとき、大きく開いた背中が初めて目に入った。ドラゴンのかぎ爪が背中にくいこんでいるかのようだ。

敬虔《けいけん》さにも似た感情と欲望がいっぺんにわきあがった。

チャーリーは無言で廊下に出て、力いっぱいドアを閉めた。

その音を聞いたワイリックは、勝った、と思った。チャーリーの心を揺さぶってやったと。

ふたりは黙って一階へおり、食堂に入った。

「おっと、私が最後かな？」背後からカーターもやってくる。

ディナのサマードレスは薄いバターイエローで、ふんだんに使ったスワロフスキーで光り輝いていた。ほかにも光っているものがある。左手にはまった指輪だ。ディナの薬指には待望の婚約指輪が輝いていた。

ワイリックはほほえんだ。「末永くお幸せに」

「いったいなんのことだ？」チャーリーが問う。

エドワードもテーブルの奥から大きな声を出した。「私にも教えてくれ」

「ディナとケニスが正式に婚約したんだよ」カーターが答えた。「ケニスは私に婚約の許可を求めてくれた。私たちの親はとうに亡くなったが、今は私が一族の長だからと気を遣ってくれたんだ。もちろん家族を代表して祝福したよ」

「それはめでたい！」エドワードが手をたたく。「乾杯しよう。おめでとう、ディナとケニス。とてもうれしいよ」

ディナが涙ぐみながらワイリックに笑顔を向けた。気づいてくれたことがうれしかったようだ。

ケニスも満面の笑みを浮かべている。

「ジェイソンにも報告したんだ」ケニスが言った。「喜んでくれたよ。ぼくも彼も、ディナの幸せを願っていることには変わりないからね」

カーターが席につくと同時にルースが食堂に入ってきた。

「ルース、乾杯するから最高のシャンパンを持ってきてくれ」

「かしこまりました」ルースが足早に出ていく。

数分後、アイスクーラーに入ったドン・ペリニヨンが運ばれてきた。

ラベルを見たカーターがうなずく。「二〇〇四年のヴィンテージだ。この場にぴったりだよ」

「ご満足いただけてよかったです」ルースが言い、手際よくコルクを抜いた。アーネッタがシャンパングラスを運んできて、それぞれの前に置く。

そこでルースが心配そうな顔をした。「お祝い事があると知っていればソムリエを呼びましたのに」

「内輪の祝い事だからその必要はないよ」

ルースがほっとした表情でグラスにシャンパンを注《つ》いでまわる。

カーターが立ちあがってグラスを掲げた。「ディナとケニスに！　ふたりとも末永くお幸せに」

「お幸せに！」エドワードが声をそろえる。

ディナが輝くような笑みを浮かべる。

自分の人生には縁遠い幸せを前に、ワイリックは一瞬、ディナがうらやましくなった。しかしすぐに気分を切りかえ、みんなと一緒にグラスを掲げて、シャンパンをゆっくりと飲んだ。深い味わいとはじける泡が舌の上を流れていく。

チャーリーも愛想のよい笑みを浮かべ、冗談には声をあげて笑ったものの、心の底では、事件の真相を知ったら、この一家の幸せはいったいどうなるのだろうと考えていた。

乾杯がすむと食事が始まった。前菜と魚料理が終わって肉料理を待っているとき、話題は若き日の恋愛話になった。

カーターが自分の経験を披露する。家族にはおなじみの話らしく、カーターが何か言うたびにディナが訂正した。

ついにカーターが片手をあげる。「ディナ、私のガールフレンドについて話しているんだぞ」

「でも、あなたのガールフレンドのことはよく知っているもの」

「彼女と車の後部座席にいたのはこの私だ！」

カーターの発言にみんなが声をあげて笑う。ディナも笑っていた。

「ディナとケニスは正式に婚約したばかりだから、過去の恋愛話は勘弁してやろう」カーターがチャーリーを見る。「きみはどうなんだね、カウボーイ？」

カウボーイとはもちろん、テキサス州ダラス出身のチャーリーのことだ。

チャーリーは機嫌よく言った。「私の話はおもしろくもなんともないですよ。初恋の人は妻でしたし、今でも妻を愛しています」

カーターがワイリックをちらりと見る。

ワイリックは無言でカーターを見返した。

「すてき」ディナがため息をつく。

カーターはエドワードに視線を移した。「次はきみの番だぞ、エディ！　私より五歳も年上なんだから、家族にも話していない恋のひとつやふたつ、あるだろう」

エドワードがにっこりする。「若いころは今よりも社交的だったけど、いちばん記憶に残っている女性とは視力を失ってから出会ったんだ」

「ほう！　それは初耳だ」カーターが声をあげる。

ほかの人たちも期待して耳を澄ました。

「三十歳くらいのとき、大晦日《おおみそか》に友だちに誘われてカウントダウンパーティーへ行ったんだ。あまり乗り気じゃなかったんだけど、知っている人ばかりだと説得されて行くことにした。パンチを飲んで、音楽やおしゃべりに耳を傾けて、傍観者ではあったけれど、それなりに楽しく過ごしていた。ふと、耳もとで女の子の声がした。新年に切り替わるときのダンスの相手になってくれませんかって」

「まあ、ロマンチック」ディナが言う。

エドワードは大したことではないように肩をすくめたが、それが彼にとって大事な思い出だということは伝わってきた。

「光栄だけど、目が見えないからみんなの足を踏んでしまいそうだって答えた。そうしたら彼女が、廊下の向こうの図書室なら、ぶつかっても家具だから気にしなくていいだろうと言ったんだ。図書室でも音楽は聞こえるし、自分の足は自分で守るからって。その言い方に笑ってしまってね、彼女についていくことにした」

　エドワードはしばらく黙って、当時の記憶に思いを馳《は》せていた。それからため息をつく。

「目が見えなくなってから、女の人にふれるのは初めてだった。ダンスをしたのはあれが最後だ。私にとってあの夜は……彼女は特別だった。大事な思い出だよ」

　ワイリックが身を乗りだした。かすかな動きだったので、気づいたのはチャーリーだけだろう。それも、彼女の手がチャーリーの腕をつかんでいたからかろうじてわかったようなものだ。ワイリック自身はチャーリーの腕をつかんでいることに気づいていないようだった。

「その人のお名前は？」ワイリックが尋ねる。

「ヴィヴィ。そう名乗っていたよ。名字は知らないし、そんなことはどうでもよかった」

　ワイリックはチャーリーのほうを見ようとしなかったが、腕をつかむ手に力がこもった。

「すてきな話。教えてくれてありがとう」

　カーターもうなずく。「そんなことがあったなんてぜんぜん知らなかった。エディ、きみはいい男だ。自慢の兄貴だよ」

　肉料理が配膳されて、話題が別のことに移る。

　食事のあとはいつもどおり図書室へ移動した。ワイリックのジャンプスーツの背中――というより背中に生地がないことに、誰もが注目する。

カーターが口を開いた。「ワイリック、こんなことを言ったらまた叱られるかもしれないが、きみのタトゥーはまったく見事だな。うちの庭にもドラゴンの形に剪定《せんてい》した木があるんだよ」

「散歩のときに見ました。クールだった」ワイリックがさらりと返す。

チャーリーはバーカウンターに手をついて尋ねた。「相棒、きみは何にする？」

「スパークリングウォーターにライムをしぼってください」ワイリックが言う。

チャーリーは要望どおりの飲みものをつくってワイリックに渡し、カーターのためにブランデーを注いだ。エドワードは飲みものを断り、しばらくすると部屋に引きあげていった。

チャーリーとワイリックも頃合いを見計らって階段をあがり、部屋へ戻った。

部屋に入ってドアを閉めた瞬間、無言でお互いの顔を見つめる。

「こんなことがあるなんて信じられない！　夕食の席で、欠けていたパズルのピースが手に入るとは！」こらえきれずにチャーリーは叫んだ。

「ヴィヴィアンもエドワードも、その夜がどんな結果をもたらすのかは思いもよらなかったんですね」ワイリックは無表情だったが、口調から興奮していることが伝わってきた。

「エドワードは目が見えないし、ヴィヴィアンよりもずっと年上だったから、ミランダは彼を自動的に父親候補から除外した。テッドは若すぎるし、カーターだろうと推測したんですね。でもそれはまちがいだった」

チャーリーがうなずいた。「ミランダがどうしてカーターを殺そうとしたのかはわからない。だが、彼女がすべての鍵を握っているのはまちがいないだろうな」

「殺された三人に対する支払いの記録さえ見つかれば逮捕できます」

「ああ」チャーリーはうなずいた。「だが続きは明日だ」

「そうですね。今日はもう頭のスイッチを切りたい」

「切ろうと思って切れるものでもないけどな」チャーリーがしかめ面をする。

「たしかに」ワイリックはあいまいに答えた。思考をオフにするのは得意技だ。

「今日はいい働きをしてくれた。明日もよろしく頼む」チャーリーが言い、自分の部屋に戻ってドアを閉めた。

ワイリックは両方のドアに鍵をかけ、寝る支度をした。シーツのあいだに滑りこんで目をつぶる。

パソコンをログアウトするかのように潔く、彼女は思考のスイッチを切った。

ブルーナー刑事もミランダ・ドイチが最有力の容疑者であることを認めはじめていた。ただし捜査には細心の注意を払わないと、中途半端な情報がマスコミにもれたら大騒ぎになる。ミランダ・ドイチのような人物を確たる証拠もなしに容疑者にしようものなら、警察署が丸ごと訴えられることになりかねない。

とにかく殺害動機と、ミランダとウィルマ、ガルザ、ピアスのあいだの金の流れをつきとめなければならない。すでに優秀な部下を選んで調査を始めさせていた。あとは箱のなかから何が出てくるか、辛抱強く観察するしかない。

そろそろ夜の八時だ。殺人のことも騙《だま》し合いのことも、今日はもう考えたくない。署を出たブルーナーは家に向かってハンドルを切った。

翌朝、チャーリーが朝食へ行こうとドアをノックしたとき、ワイリックはすでに仕事を再開していた。彼女が作業しているテーブルに近づきながら、チャーリーは頭部のかさぶたがはがれて、頬のあざもほとんどわからなくなったことを確認した。

「事件の謎がまさに解けようとしているときに、着替えをして一時間も食事に費やす気分にはなれません」ワイリックが作業の手をとめずに言う。

「それもそうだな」チャーリーは言った。「ルースに頼んで、きみの分のコーヒーとデニッシュでも持ってきてもらおうか？」

「そうしてください」ワイリックは顔をあげることすらしなかった。

チャーリーは失笑した。「どういたしまして」小さな声でつぶやいて、静かにドアを閉める。

ワイリックはチャーリーが出ていったことにも気づかないようだった。それほどミランダ・ドイチに関するデータ収集に没頭していたのだ。

チャーリーがひとりで食堂におりると、ダンレーヴィー家の面々は心配そうな表情を浮かべた。

「ワイリックは具合でも悪いのかね？　かかりつけ医に電話をして、往診してもらおうか？」エドワードが尋ねる。

「いえ、ワイリックは元気です。作業が佳境なので、中断したくないそうです」

ディナがうなずいた。「そういうことなら朝食を部屋まで運ばせましょう。わたしもときどき、調子の悪いときは部屋で食べるもの」

焼きたてのビスケットを運んできたルースが、会話を聞いて声をかけた。「何か見繕ってお運びします。ミス・ワイリックはどのようなものをご希望でしょう？」

「コーヒーとデニッシュ……とにかく甘いパンが好きなんだ」

ルースがほほえむ。「かしこまりました」

「ありがとう」チャーリーはそう言ってサイドボードに近づき、自分の皿をとった。焼きたてのビスケットが早く食べてくれと語りかけてくるようだ。

食事が進むにつれ、チャーリーは口数が少なくなっていった。ダンレーヴィー家の人々にはまだ伝えていない事実が、頭のなかで渦を巻く。それらが明るみに出れば、エドワードとジェイソンは深く傷つくだろう。エドワードは知らないうちに娘がいたのだし、ジェイソンは知らないうちに赤ん坊を失っていたのだから。

カーターはチャーリーの様子がおかしいことに気づいていた。彼が視線をあげたときを逃さず声をかける。「いったい何があったんだね？」

チャーリーはポーカーフェイスを繕った。「いえ……ただ、これまでにわかったことを思い返して、断片的な情報につながりを見つけようとしていたのです。ブルーナー刑事の訪問で、この事件が予想していたよりもずっと複雑だということがわかったので……。ぼうっとしてすみません。アニーが施設に入って以来、私の社交術には苔《こけ》が生えてしまったようで」

「べつにきみを責めているわけではないよ。だが、私たちの力が必要なときは遠慮なく言ってほしい」カーターがほほえんだ。

「わかりました。それではみなさん、私も仕事にかかります。何かわかったらいちばんにお伝えしますから」

ワイリックは指についた砂糖をなめながら、検索アプリがはじきだしたデータに目を通していった。ミランダ・ドイチの動かした金についてネットのどこかにデータが残っているとすれば、このアプリが見つけてくれるはずだ。

アプリをつくったのはワイリック自身で、われながら出来栄えには満足していた。ただし、個人情報に関する法律をことごとく無視しているので、このアプリを販売することはできない。

ジーンズで手を拭き、コーヒーカップに手をのばしたとき、パソコンが電子的な声で〝ハレルヤ！〟と叫んだ。

ワイリックはにやりとしてモニターに現れたウィンドウを見た。ミランダ・ドイチの信託預金の入出金記録だ。最初の記録は四カ月前で、それまでは一度も引きだされたことがない。ちなみに最初の引きだし金額は五十万ドル。一週間もしないうちに五万ドル、そのあとジェイソン・ダンレーヴィーが撃たれたのと同じ日に二十万ドルが引きだされていた。そして翌日、同じ額が入金されている。

タイミングよくチャーリーが部屋に入ってきた。

ワイリックは素早く立ちあがってパソコンを指さした。

その目の輝きを見て、チャーリーは決定的な事実が見つかったことを悟った。

ワイリックは最新の発見を早口で説明した。「まず、ミランダ・ドイチの名前で拳銃の登録があることをつきとめました。バディ・ピアスとレイ・ガルザを撃ったのと同じ型式の拳銃です。次がこれです」ワイリックがパソコン画面に視線を戻す。

チャーリーはノートパソコンをのぞきこんだ。「銀行口座の入出金記録？」

「ミランダ・ドイチの信託預金の入出金記録です。四カ月前に五十万ドルの引きだしがありますね？　そのあとに五万ドル、これはおそらくバディ・ピアスに支払ったのでしょう。三度目はジェイソンが撃たれた日です。次の日に同じ額が入金されています。どうして同じ額が入金されているのかがわかりませんが……」

チャーリーは破顔した。「きみは天才だ！　これですべて辻褄《つじつま》が合った。いいか、ミランダとジェイソンの別れは突然だった。それ以前は、ミランダにジェイソンを殺す動機はなかったんだ。だからカーターの件は前払いをして、急に発生したジェイソンの分は依頼が完了してから支払う約束だった。ところがガルザがしくじったので、ミランダはガルザを殺して金を口座に戻したにちがいない」

「なるほど」ワイリックはそう言ってから、降参というように首をふった。「人の心の機微を読むことにかけては、あなたのほうが一枚も二枚もうわてですね」

チャーリーは肩をすくめた。「大したことはないさ」

「いいえ、それも才能です。で、このデータをどうしますか？　入手ルートが違法なので、このまま刑事さんに使ってもらうことはできません。でもこういう事実があることを伝えて、正規のルートで調べてもらうことはできますよね？」

「そうだな」

「だったらそうしてください。あと知りたいのは……というか、いまだにわからないのは、どうしてミランダが実の父親を――父親だと思っていた男性を殺そうとしたのかということです。それに、どうして愛する男の子どもを堕胎したのか」

「ブルーナー刑事も動機の見当がつかないと動きにくいだろうから、ＤＮＡと堕胎の情報も伝えることにしよう。堕胎のほうは、合法的にたどれる記録があるのか？」

ワイリックはほほえんだ。「費用をクレジットカードで払っているので簡単です。おそらくミランダは、保険を使いさえしなければばれないと思ったのでしょう。まずはこれらのデータをプリントアウトします」

「電話で説明するには複雑すぎるな。きみも警察署まで来てもらえないか？」

「わかりました」

チャーリーはそこでためらった。「データを開示することで、きみが面倒なことになったりはしないだろうな？　その危険があるなら別の方法で――」

「違法行為の証拠を残すほど間抜けじゃありません」

チャーリーがにやりとした。「だったら支度をしてくれ。ぼくはブルーナー刑事に電話する」

ブルーナー刑事はフォーサイス本部長のもとへ向かっていた。呼びだされた理由がわからないのが不安だ。おそらく捜査の進み具合を知りたいのだろうが、カーターとジェイソンに関連してさらに三つの殺人事件が起きていると知ったら、ますます機嫌が悪くなるにちがいない。

本庁舎の駐車場に車を入れたとき、電話が鳴った。留守電になるから無視しようと思ったところで、発信者がチャーリー・ドッジであることに気づく。

「神様、どうかいい知らせでありますように」ブルーナーはつぶやいてから電話に出た。「もしもし?」

「チャーリー・ドッジです。新しい情報を入手しました。電話で説明できることではないのですが、ミランダ・ドイチを逮捕するだけの証拠がそろったと思います」

ブルーナーはうめいた。「恐れていたことが現実になってしまったか……」

「どこか内密に話せるところはありますか? こちらで集めた情報をすべて渡します。あとはあなたにお任せしますから」

「わかりました。これから本部長のところへ行きます。捜査が思うように進展していないことにご不満を述べられるだけでしょうから、そう長くはかからないと思います。今から警察署に来ていただければ、到着するころには私も戻れるのではないかと」

「ワイリックも一緒に連れていきます」

「構いません」

「ではのちほど」チャーリーはそう言って電話を切った。

次にカーターに電話をかけたとき、ワイリックが入ってきた。ワイリックは青と白のストライプのタンクトップと白いパンツに着替えていた。

「これからワイリックと一緒にブルーナー刑事に会いに行きます。戻ったらあなたにも内容をお話ししますので」

「新たな情報かね？」

「はい」

「わかった。ところでディナとケニスが少し前に家を出た。ジェイソンが退院するので迎えに行ったんだ。家族がそろうのはうれしいものだよ」

「おめでとうございます」チャーリーは言った。「ではみなさん一緒にお話しできそうですね。セキュリティーチームはまだ警備にあたっていますよね？」

「ああ」

「私が戻るまで、家を離れないでください」チャーリーはそう言って電話を切った。

20

自分のデスクに戻ったブルーナーは、会議室に空きがないか確認しに行った。チャーリー・ドッジとアシスタントが明かす情報は、まだ誰にも知られるわけにはいかない。空いている会議室が確保できたので、ブルーナーはみずからロビーにおりてふたりを待つことにした。

間もなくふたりがやってきた。遠くからでもチャーリー・ドッジの独特の存在感はすぐにわかるが、迫力があるという点では、隣の女性も負けていない。

ブルーナーは歩み寄ってそれぞれと握手をした。

「会議室を予約しました」ブルーナーはそれだけ言ってエレベーターに乗り、無言のままふたりを会議室に通した。ドアを閉めてほっと息をつく。

ところがワイリックはまだ警戒を解いていなかった。部屋のなかを歩きまわり、監視カメラを確認している。

「あのカメラは映像だけで、音声はとれないんですよね？」

「そうです」ブルーナーは言った。「ここなら大丈夫です。私としても、この段階で情報がもれるのは非常に困るので」

チャーリーが席についた。「謎を解いたのはワイリックなので、説明も彼女に任せます」

「座ったほうがいいですよ」ワイリックがアドバイスする。

「そこまで衝撃的な内容なんですか？」ブルーナーはひるんだ。

チャーリーが肩をすくめた。「かなりイカれた内容です」

ブルーナーが着席すると、ワイリックは封筒から書類をとりだした。

「これがわたしたちの調査結果です」そう言ってブルーナーの前にプリントアウトした資料を並べた。

「ミランダはバディ・ピアスとレイ・ガルザを殺したのと同じ型の拳銃を所持しています。ウィルマを含めた三人への支払いには信託預金を使っていました。引きだしの時期と金額は、それぞれに仕事を依頼した時期と一致します。最後の引きだしについてはチャーリーが説明します」

「ジェイソン・ダンレーヴィーが撃たれた日に三度目の引きだしがありますが、翌日に同じ額が入金されています。これはジェイソンと別れてすぐに殺しの依頼をしたので後払いにする約束だったものの、失敗したガルザを始末して、金を支払う必要がなくなったためでしょう」

「そもそもどうしてミランダはカーターを狙ったんです?」ブルーナーが質問する。

ワイリックは別の資料を指さした。「その答えはここから始まります。ヨハネス・ドイチはミランダの生物学上の父親ではありません。ルーツさがしのサイトでミランダは自分のDNAを検査し、偶然そのことを知りました。彼女の遠い親戚はアイルランドにいました。そしてその女性は、アメリカにいるディロン・ダンレーヴィーにつながっていた。ディロンは、エドワード、ディナ、カーター、テッドの父親です」ワイリックはそこでひと呼吸ついた。「それを知ったミランダは、ジェイソンと自分のDNAを民間の研究所に送って調べてもらうことにしました。そして自分とジェイソンがいとこだとわかったわけです。エドワード、カーター、テッドの誰が父親かはわかりませんが、その時点でミランダは中絶しています」

ブルーナーが右手をあげた。「ちょっと待ってください。わからないな。実の父親を殺し、結婚しようとしている男の子どもをおろした? いったいどうして?」

「話はそれだけでは終わりません」チャーリーが言った。「おそらくミランダは、母親の年齢から実の父親を推測しようとしました。ミランダが生まれた年、母親は二十歳で、エドワードは三十歳、カーターは二十五歳、テッドは十六歳でした。いちばん年の近いカーターが父親だろうと見当をつけたわけですが、その推測はまちがっていました。昨日ダンレーヴィー家で食事をしているときに、偶然、過去の恋愛話になって、ミランダの父親がエドワードだとわかったのです。当時、エドワードはすでに視力を失っていましたし、ふたりはつきあっていたわけではなく、年末のカウントダウンパーティーで知り合って、ひと晩をともにしただけでした。エドワードは〝ヴィヴィ〟というあだ名しか知らなかった。ヴィヴィ、つまりヴィヴィアン・モロウは、年が変わってしばらくしてヨハネス・ドイチと結婚しました。その八カ月半後、ミランダが生まれたのです。今お話ししたことはダンレーヴィー家の人々にはまだ知らせていません。彼らにとってはつらい事実でしょうし、まずは犯人逮捕のために警察に話すべきだと思ったので」

ブルーナーは両手で顔をこすった。「つらいなんてものじゃないでしょうね。私だって受け入れがたいのですから。個人的な意見を言わせていただけるなら、ミランダ・ドイチはイカれてる」

ワイリックは資料を指さした。「今の話を証明するデータはそこにすべてそろっています。ミランダは堕胎費用をクレジットカードで支払いました。賭けてもいいですが、ウィルマの遺書を書いたのもミランダ本人でしょう。とにかく、これだけのことをした犯罪者としてはツメが甘いとしか言いようがありません」

チャーリーはテーブルに身を乗りだした。「あとはあなた次第です。ただしワイリックの名前は出さないでいただきたい」

ワイリックがチャーリーをにらんだ。「痕跡を残すほど間抜けじゃないって、さっき言いましたよね」ブルーナーは立ちあがった。「いずれにせよ、彼女の名前は出さないと約束します。本当に助かりました。まったく、見事としか言いようがない。チャーリー、あなたにも感謝します。カーターが失踪したとき、警察の捜査の見落としを拾ってもらいましたから。すぐにいただいた資料をもとに調査して、ミランダ逮捕の準備が整ったらお知らせします」

「なるべく急いでお願いします」チャーリーは言った。「カーターの安全が保証されるまで私はダラスに留《とど》まりますが、われわれもそろそろ地元に帰りたいので」

ブルーナーがうなずいた。「承知しました。では、玄関までお送りします」

警察署を出て車に乗ったチャーリーとワイリックは、車内の空気が冷えるのを待った。

「どこかで昼飯を食べていくか？　それともダンレーヴィー家に帰るか？」チャーリーが尋ねた。

「お屋敷の食事は見た目も味も完璧だけど、今はハンバーガーとフライドポテトの気分です」

チャーリーがにやりとする。「ぼくの心を読んだみたいだな」そこで眉をひそめる。「まさか心を読むことはできないよな？」

「今の質問は聞かなかったことにしておきます。早く車を出して」

チャーリーは駐車場を出て、道路を走る車の流れに合流した。どちらも口を開かなかったが、気づまりな沈黙ではない。

チャーリーが〈レッド・ロビン〉を見つけて駐車場に車を入れると、ワイリックが笑みを浮かべた。「ここのハンバーガー、最高だと思います」

「同感だ」

しかし車を降りて店内に入ったところで、ワイリックの表情がこわばった。

チャーリーもすぐに客たちの視線に気づいた。くすくす笑う者もいれば、じっと見つめてくる者もいる。猛烈に腹が立ったものの、無視するのがいちばんだということはわかっていた。だが食事のあいだじゅう、ワイリックに居心地の悪い思いをさせるのはいやだ。

席につくとすぐ、チャーリーはテーブルに身を乗りだして、低い声で言った。「注目されるのは居心地が悪いだろう？　だがどうしようもない、ぼくがハンサムすぎるからね。魅力的に生まれついた者の宿命なんだよ。辛抱してくれ」

ワイリックはかすかに顔をしかめた。「気を遣ってもらわなくても平気です。もう十年もこういう生活をしているんですから」

「なんのことかわからないな。ぼくの魅力を過小評価するのはきみくらいのものだぞ」チャーリーは平然とした表情でメニューをとってワイリックに渡した。

メニューを受けとったワイリックは、近くのテーブルからこちらを見ている男をチャーリーがぎろりとにらみつけるのに気づいて泣きそうになった。誰かに守ってもらうなんていつ以来だろう。そんな必要はないけれど、うれしかった。唇を噛《か》んでから、思いきって言う。「二度と言いませんが……チャーリー、あなたっていい人」

「当たり前だ。ぼくは最高にいい男だからな」チャーリーがさも当然のように言う。

ワイリックはにっこりした。

給仕係がやってきて、飲みものの注文をとった。そして飲みものを運んできたときに、注文は決まりましたかと尋ねた。

「わたしは決まりました」ワイリックが言った。「チョップハウス・バーガーとフライドポテト。マヨネーズも添えて」

「ぼくはバーニングラブ・バーガーとオニオンリングをもらおう」

給仕係が離れたところで、ワイリックは口を開いた。「ダンレーヴィー家の人たちにはいつ話すつもりですか？」

「戻ったらすぐ、かな。カーターはぼくたちがデンバー市警で何をしたのか知りたがっているだろうし、ジェイソンも午前中に退院してくる。依頼された仕事はやり終えたわけだ。ダンレーヴィー家にとってはきつい現実だが、誰も死ななかったことだけはよかった」

「こんな結末は誰も予想していなかったはず」

ワイリックの言葉にチャーリーがうなずく。ふたたび沈黙が落ちた。

数分して料理が届いた。チャーリーがオニオンリングを頬張る。

ワイリックはハンバーガーを開いて両方のバンズにマヨネーズをぬってから、もとに戻した。

ふたりは黙って食事をし、どちらもデザートはパスした。

ワイリックがトイレに行っているあいだにチャーリーが支払いをすませ、車に乗ってダンレーヴィー家に戻った。

ジェイソンは、退院したことがうれしくて車内でもしゃべりっぱなしだった。ディナに車椅子を押されて裏口を入る。負傷したのは肩だが、ダンレーヴィー家があまりに巨大なので、主治医から車椅子を使うように勧められていた。体を動かすことは大事だが、長い廊下を一日に何往復もしては体力を消耗する。幸い、ダンレーヴィー家にはエレベーターがあるので、二階にある自室へ移動するのも問題ない。

家族そろっての昼食は和やかなものになった。チャーリーとワイリックが昼食の席にいないことは、誰もがなんとなく気づいていた。カーターの口から、チャーリーたちが新たな情報を携えてブルーナー刑事のもとへ行ったと聞いて、みなの期待が高まった。

食事が終わってコーヒーを飲んでいるとき、チャーリーとワイリックが帰ってきた。

「ジェイソン、退院できてよかった！」チャーリーは言った。

ジェイソンはほほえんだ。「家に帰れてほっとしました。ところで新しい情報があるそうですね。さっきから早く知りたくてうずうずしていたんですよ」

チャーリーはワイリックをちらりと見た。ワイリックは無表情だったが、左の目尻がぴくりと動いたのをチャーリーは見逃さなかった。彼女なりに、ダンレーヴィー家の人々の反応を心配しているのだ。チャーリーも同じだった。なんといってもジェイソンはまだ本調子ではない。

「ジェイソン、休まなくて大丈夫ですか？　疲れたなら話はあとにしてもいいんですよ。ただ、話すときはみんな一緒に聞いてほしいんです」

「ぼくなら大丈夫です。話が終わったら部屋に戻って休みますよ」

チャーリーはジェイソンの顔を見つめたあと、うなずいた。「では図書室へ移動しませんか？　あそこなら静かですし、邪魔も入りませんから」

一同は食堂を出て、おしゃべりをしながら図書室へ向かった。

ジェイソンに向かってエドワードが、バージンロードでディナのエスコートをするなら早く傷を治さないと、と声をかける。

ワイリックは気が重くなった。何よりも、やさしいエドワードの悲しむ姿は見たくなかった。

「せっかくの幸せに水を差すみたいでいやですね」チャーリーだけに聞こえるようにささやく。

「大丈夫、うまく話すから」

チャーリーはそう言ったものの、図書室に入るとさすがに緊張してきた。これから話すことは、ダンレーヴィー一家の世界を大きく変えるにちがいない。事実を知ったが最後、二度ともとには戻れない。

カーターがエドワードをソファーに座らせて、自分も隣に腰をおろした。

ケニスはジェイソンの車椅子を押して、ディナが座っている安楽椅子の隣につけ、ジェイソンを挟むように自分も安楽椅子に座った。

チャーリーは一同の前に立った。無実と確信している人々に有罪を言い渡す裁判官になったような心苦しさがあった。

「話しはじめる前に、心にとめておいてほしいことがひとつあります。これから話すことに関して、ここにいる誰も罪悪感を覚える必要はないということです。みなさんにはなんの罪もないのですから」

「なんだか怖くなってきたわ」ディナが言った。

「おどかしてすみません。私たちにも予想外の結末でした。警察は今から話すすべてのことを知っていて、私たちが集めた証拠をもとに犯人逮捕の準備をしています。ですからここで聞いた話は、ほかの人に話さないように注意してください。情報がもれれば犯人をとり逃がすかもしれません」チャーリーは息を吸った。「結論から言いますと、カーターとジェイソンに危害を加えた犯人は、ミランダ・ドイチでした」

「なんだって?」ジェイソンが叫び、一同もざわついた。

「まちがいないのかね?」カーターが尋ねる。

「残念ながら」チャーリーが答えた。「動機についてはまだ不明な点もありますが、調査の結果、わかったことをお伝えします。最初に疑問を覚えたのは、ジェイソンとミランダの破局と、ジェイソンが撃たれたタイミングが不自然なほど一致していたことです。ずっとカーターが狙われていたのに、急に矛先がジェイソンに向いたので、万が一のためにミランダについて詳しく調べるようワイリックに頼みました。ワイリックは、ミランダのクレジットカードの使用記録をたどっている最中に、彼女が自分のルーツをさがすサイトでDNAキットを購入したことをつきとめました。そのサイトで、ミランダは遠縁の女性がアイルランドにいることを知ったのですが、その女性のさらに遠縁がディロン・ダンレヴィーだったのです」

「私たちの父親じゃないか!」カーターが叫ぶ。

チャーリーはうなずいた。「そこでミランダは、ジェイソンと自分のDNAを採取して民間の研究所に送りました」

ディナが息をのんだ。「いったいどうして——」

「検査の結果、ジェイソンとミランダはいとこ同士だとわかりました」

ジェイソンがうめいた。「気分が悪くなってきた」そう言って両手で顔をおおう。

チャーリーはしばらく間を置いてから続けた。「その事実を知ったミランダは……とても残念なことですが……身ごもっていた子どもをおろしました」

「子ども？　彼女は妊娠していたんですか？　ぼくの子どもを、なんの断りもなくおろしたということですか？」

チャーリーがうなずく。「別れる何カ月も前のことです。そしてカーター、あなたが狙われたのは本当にたまたまだった。ミランダには、ディロンの三人の息子のうち、誰が自分の父親かわかりませんでした。あなたがいちばん彼女の母親と年が近かったので狙われたのでしょう」

カーターは眉をひそめた。「ミランダの母親が誰かも知らないのに？」

ジェイソンは震えていたが、なんとか自分を保っていた。「母親の名前はヴィヴィアン・モロウです」

カーターが肩をすくめた。「名前を聞いてもさっぱり――」

チャーリーが首をふる。「父親はあなたではなく、エドワードです。昨日の夕食の席でヴィヴィのことを話してくれたでしょう？　あのときワイリックと私は、エドワードがミランダの父親だとわかりました」

エドワードは土気色の顔をして、身動きひとつしなかった。

カーターが兄の手をとる。「きみのせいじゃない、エディ。こんな恐ろしい事態になったのは、兄さんのせいではないんだ」

エドワードの頬を涙が流れる。言葉は出てこなかった。

「つらい話をしてすみません」チャーリーは言った。「警察の捜査で、ジェイソンを撃った男はレイ・ガルザだとわかりました。ガルザはチェリー・クリーク貯水湖のそばにとめた車のなかで射殺されていました。事件の目撃者がガルザのタトゥーを犯人のものだと確認しましたし、車から押収された拳銃と、ジェイソンの肩から摘出された弾の線条痕が一致したそうです」そこで一同を見渡した。「そして、ガルザの遺体を調べた検視官が、バディ・ピアスという男の遺体との共通点に気づきました。ふたりとも一日ちがいで、額の同じ位置を撃ち抜かれて死んでいました。検視官が調べたところ、それぞれの遺体から摘出された弾の線条痕が一致した。われわれはミランダと彼らの接点をさぐりました。ミランダは自分の信託預金から、ガルザとピアスとウィルマの三人に報酬を払っていました。さらにミランダはガルザと高校の同窓生でした。また、ピアスは若いころ、ウィルマ・ショートと結婚していました。そしてピアスの車は、フリーウェイでカーターに煽《あお》り運転をした車と同車種でした。警察にはすべて伝えましたから、彼女は間もなく逮捕されるでしょう。そうすればカーター、今後、あなたの身に危険が及ぶこともありません」

カーターは感極まった表情で言った。「ありがとう」

「最初に言ったとおり、ここで聞いた話は、まだ誰にも言わないでください。情報がもれれば、ミランダが逮捕前に国外に逃亡する可能性があります」

カーターがエドワードの肩に手をまわして抱き寄せた。

ジェイソンは茫然《ぼうぜん》としている。過酷な事実を受けとめきれないのだ。

「ミスター・ジェイソンは部屋へ戻ったほうがいいですね。鎮痛剤を処方されているなら、のむようお勧めします」ワイリックが助言する。

ディナとケニスがジェイソンに慰めの言葉をかけながら、車椅子を押して部屋を出ていった。

「私はエディを部屋に連れていって、眠るまでそばについているよ」カーターが言った。

「こんなことになって、とても残念です」チャーリーはうつむいた。

カーターが首をふる。「そんなことはない。事実が明らかになってよかったんだ。受け入れるのは簡単ではないが、きみたちのおかげで家族そろって明日という日を迎えられる。何も知らずにいたら、ひとりずつミランダの標的にされて、最後は彼女が唯一の血族としてこの家を乗っとったかもしれない」

ワイリックがはっとする。「それです。動機はそれにちがいありません！　でも、ミランダだって充分お金持ちなのに」

「ミランダはじき三十歳なのに未婚で、婚約したこともない。いくら父親が成功しているとはいえ、肉屋の娘として育ったんだ。ダンレーヴィー家の資産を相続して城に住むのは、やはり別格なのだろう」チャーリーは言った。

「この事件の犠牲者はもうひとりいるな」カーターが静かに引きとった。「事実を知ったらヨハネスは立ち直れまい」

二日後、デンバー市警が捜査令状と逮捕令状を携えてドイチ家にやってきた。赤色灯を点滅させたパトカー六台がドイチ家の周囲の道路を封鎖する。マスコミにもどこからか情報がもれたらしく、パトカーのうしろに取材のバンが数台ついてきていた。マスコミは警察が設置したバリケードの手前でとめられ、それ以上進めないとわかると、カメラを背負ったスタッフが降りてきて屋敷を狙い、リポーターたちは中継の準備を始めた。

ブルーナー刑事はメールを送りおえたところで携帯をポケットに入れ、必要な書類を持って車を降りた。五人ほどの部下を従えて玄関へ向かう。屋敷内を捜索するチームも続々と降りてきた。全員が配置についたことを確認してから、ブルーナーはベルを鳴らした。

戸口に出てきた女性は、警官たちを見て息をのんだ。

ブルーナーと部下が女性を押しのけるようにして玄関ホールに入る。

「警察です。この屋敷の捜査令状と、ミランダ・ドイチの逮捕状を持ってきました。ミランダはどこですか？」

女性がブルーナーを見つめた。「失礼ですが、何かの手ちがいでは――」

ブルーナーはさっきよりも大きな声で言った。「ミランダ・ドイチはどこです？」

女性が屋敷の奥を指さした。「日那様と一緒に食堂におられます」

「案内してください」

女性は警官たちを食堂に通した。「日那様、申し訳ありません。この方たちに命令されて仕方なく――」女性はエプロンで顔をおおってその場を逃げだした。

ヨハネス・ドイチが勢いよく立ちあがる。「いったいどういうことだ？　いきなり家に押し入ってくるなんて非常識じゃ――」

「殺人課のブルーナー刑事です。この屋敷の捜査令状と、ミランダ・ドイチに対する逮捕状を持っています」ブルーナーは令状をヨハネスに渡した。

ミランダが席から飛びあがって逃げようとしたが、すぐに取り押さえられて手錠をかけられた。

「ちょっと待って！　何かのまちがいだわ」ミランダはそう言って泣きだした。「パパ、なんとかして！」

ヨハネスは捜査令状を手に立ちつくしている。

ミランダは刑事たちに視線を移した。「お願いだから手錠を外して。わたしは何もしていないのに。信じてちょうだい」

ブルーナーが反応しないでいると、ミランダは金切り声をあげた。「パパ！　なんとかしてよ！」

ヨハネスはショック状態だった。「ミランダ、どういうことなんだ？　この令状によると、おまえは三人も殺したことになっている。どうしてこんなことに？　なぜ警察が来るんだ？」

「ウィルマ・ショート、バディ・ピアス、レイ・ガルザ殺害容疑で逮捕します」ブルーナーは言い、ミランダの権利を読みあげはじめた。

「それは誰なんだ？　そんな名前は聞いたことがないぞ。どうしてミランダがその人たちを殺さなきゃならない？」

「ミランダは知っていますよ。カーター・ダンレーヴィーとジェイソン・ダンレーヴィーを殺すために彼女が雇った連中です。彼らが仕事に失敗したので、口封じのために殺したのでしょう」

ミランダの心臓が鼓動をとめた。そこまで知っているなんて。でも、どうして？

パニックが襲ってくる。こんなことが起きるはずはない。

「わたしじゃないわ！　何かのまちがいよ！」

「だったらどうして逃げようとしたんです？」ブルーナーが尋ねた。

ミランダが獣じみた奇声をあげたので、その場にいた者全員がぎょっとした。

「パパはわたしのパパじゃないの？　どうして何もしないの？　わたしを愛しているんじゃなかったの？　ソーセージ王とか言ってたくせに、娘がこんなに困っているのに助けないつもり？　もういい、あんたなんて父親でもなんでもない……わたしの父親はカーター・ダンレーヴィーよ！」

「ちがう。カーターはきみの父親じゃない。エドワードだ。きみの推測はまちがっていたんだ」ブルーナーは言った。

ミランダの涙がとまる。「エドワードって、あの障害者のこと？　ママはあいつとやったわけ？」

ヨハネスは胸を押さえた。娘のなかに隠れていた化けものの姿を初めて目にしたのだ。

「連れていけ」ブルーナーは命じた。

ミランダは頭を垂れ、警官たちにひっぱられるままに歩きだした。ショックを受け、事情がわからずに混乱している父親をふり返ることもなく。

チャーリーがシャワーから出ようとしたとき、携帯が鳴った。バスタオルを腰に巻いて携帯をつかむ。ブルーナー刑事からのメールだった。

〝逮捕状がとれた。マスコミが集まっているから、一部始終がテレビで中継されるだろう。フォーサイス本部長が個人的に、きみたちふたりの協力に感謝するとおっしゃっていた〟

チャーリーは隣室に続くドアへ駆けよって、ノックした。「テレビをつけろ。ついに逮捕だ!」そう叫んでから、カーターに内線をする。

「おはよう、チャーリー。どうしたんだね?」カーターが言った。

「ブルーナー刑事からたった今、メールが入りました。逮捕状がとれたそうです。テレビ中継されるだろうと書いてありました」

チャーリーは電話を切ると、地元局のニュース番組をさがした。音量を調整していると き、隣室に続くドアが開いた。

「いったい——」ワイリックがそこで息をのむ。

「見ろ、手錠をかけられている。ああ、気の毒に。父親が倒れた」

ワイリックがチャーリーの隣に立った。「ミランダを見てください。父親が倒れたのに足をとめようともしない。やっぱりあの女はイカれてる。じゃあ、わたしは荷造りすることにします」ワイリックは急いで部屋を出ていった。

チャーリーはしばらくテレビに見入ったあとで、ワイリックの発言を反芻《はんすう》した。

荷造り……そうだ。この案件は終わったんだ。ダラスに帰れる。

それと同時に、自分がバスタオルしか身につけていないことに気づく。ほとんど裸も同然の格好で、ワイリックと並んで立っていたのだ。

「まったく……帰りのフライトはどうなることやら」

チャーリーたちが荷物を持ってエレベーターを降りると、ダンレーヴィー一家が勢ぞろいしていた。

車椅子のジェイソンは、チャーリーとワイリックがエレベーターから降りると真っ先に右手を差しだした。

「チャーリー・ドッジ、あなたの協力を得られたことを、神様とテッド叔父さんに感謝します。警察が見つけられずにいたカーター叔父さんを見つけてくれただけでなく、真犯人を暴いてくれた。あなたとワイリックはダンレーヴィー家の全員にとって恩人です。ぼくはこれでテッド叔父さんに大きな借りができました。叔父はとりたてが厳しいから覚悟しないと」

チャーリーは声をあげて笑った。「実は電話をもらったとき、私はダンレーヴィーの名前を聞いたことがなかったんです。ワイリックがあきれて失踪事件のことを教えてくれました。ワイリックがいなかったら、この結末は迎えられなかったでしょう」

「いずれにせよ、きみたちが来てくれて本当によかったよ」カーターが言った。「どうかアイルランド式の別れの品を受けとってほしい。ルースが昼食を詰めたバスケットを用意してくれた。ワイリックの好きなチョコレート菓子と、チャーリーのためにうちでいちばん上等なアイリッシュウィスキーも入れさせてもらったよ」カーターはポケットから封筒をとりだした。「それからこれは、私の口座からきみの口座へ送金した報酬の記録だ。きみたちは金額以上の働きをしてくれた。これからもわが家の友人として、いつでも訪ねてきてくれ。歓迎する」カーターはチャーリーの肩を抱いたあと、ワイリックの手の甲にうやうやしくキスをした。「きみもハグしたいのはやまやまだが、また叱られそうだからね」

ワイリックが不敵な笑みを浮かべた。「ダンディーなお尻をたたかれたいならどうぞ」

みんながいっせいに笑う。

エドワードが発言の許可を求めるように右手をあげた。

「この家にふたたび笑い声が満ちたのも、親愛なるワイリック、きみの機転とユーモアのおかげだ。どちらもアイルランド人がもっとも大事にする資質だよ。きみの友情に感謝する。他愛のないおしゃべりがとても楽しかった」

ワイリックは自分でも驚いたことに、ほかの人たちをかきわけてエドワードの首に両腕をまわした。「最後に家族以外の女性とハグをしたのが、悲しい記憶のままなんてだめです」そして、エドワードの両手をとって自分の頭に導いた。彼に残された唯一の方法で、自身を見てもらおうとしたのだ。

一同が静まり返る。

エドワードはワイリックの頭をなぞって、そのまま顔へ指をおろした。繊細な指先で頬骨や鼻を確かめ、唇からとがった顎へ移動させる。

エドワードの口からため息がもれた。「ああ、ワイリック……きみは美しい」

チャーリーはその光景から目を離せなかった。ワイリックとはもう何年も一緒に働いているのに、エドワードのほうがずっと彼女に近いところにいる気がした。それが悲しいような、ほっとするような、複雑な気分だった。

ふたりはダンレーヴィー家の面々に付き添われ、調理場の横を通って裏口へ向かった。

「友人には家族と同じように、いつも調理場を――この家の中心を通って出入りしてほしいのです」ディナが言った。「家族を代表して、おふたりの思いやりと、偏見のないまなざしに感謝します。わたしたちの日常を分かち合ってくださってありがとう。食事のバスケットは車までケニスに運ばせますね」

シェフのピーター、ルース、アーネッタ、ルイーズがテーブルの脇に控えている。チャーリーが初めてこの屋敷を訪れたとき、一緒にコーヒーを飲み、タルトを食べたテーブルだ。

「どうぞお気をつけて」ルースが手をふった。

「いつでも帰ってきてください」アーネッタとルイーズが声を合わせる。

「幸運をお祈りします」ピーターが言った。

チャーリーは足をとめ、ダンレーヴィー家の人々、そして使用人たちの顔を目に焼きつけた。「ここは特別な場所だ。あなたたちはどんなにお金を積んでも買えない豊かさを持っている。大きさが同じなら、ひとつのパーツでできたものよりも、たくさんのパーツが組み合わせられたもののほうが丈夫で信頼できると、私の父はいつも言っていました。どこかの調子が悪くなったら、ほかのパーツが助けるからです。あなたたちを見ていると父の言葉を思い出します」

ワイリックがうめいた。「誰か、さっさとドアを開けてください。湿っぽいのは苦手なので」

笑い声に押されるようにして、チャーリーとワイリックは煉瓦《れんが》の小道を車まで移動し、荷物を積んだ。

車が走りだす。

「まだ休戦中ということでいいのかな？」ハンドルを握りながらチャーリーは言った。

「もうその必要はないでしょう」ワイリックが淡々と答える。

チャーリーは落胆しつつも、気にするまいとした。「必要なくなったら終わりなんだな」

ぽつりとつぶやく。

ワイリックはその言葉をあえて無視することにした。まだダラスまでのフライトがある。接近しすぎるのは危険だ。〝沈黙は金〟と言うし。

空港に向かう途中、ラジオのニュースで、ヨハネス・ドイチが心臓発作を起こしたことと、ミランダが留置所で自殺しないよう監視がつけられていることが報じられた。

「高いところにいればいるほど、落ちたときのショックは大きい」

チャーリーの言葉に、ワイリックはあいまいな返事をしただけだった。

空港に到着してヘリに荷物を移し、いつもどおり飛行前点検をして、エンジンをかける。離陸したヘリは、機首を南へ――テキサスの方向へ向けた。

フライトのあいだ、チャーリーがワイリックに話しかけたのは二度だけで、一度目は水のボトルを勧めたとき、もう一度はルースがバスケットに入れてくれた〈ハーシーズ〉のチョコバーを半分にしたときだった。

ダラス郊外にある民間飛行場にはベニーが待機していて、撤収を手伝ってくれた。チャーリーとワイリックはそれぞれの荷物をそれぞれの車に入れた。

チャーリーはバスケットを手にワイリックの車に近づいた。

「これは持っていくといい。ぼくはほしいものを手に入れたから」そう言ってアイリッシュウイスキーのボトルを掲げる。そしてワイリックの返事も待たずに自分の車へ戻っていった。

チャーリーは心底疲れていた。今は、ワイリックに身に覚えのない怒りをぶつけられて、耐える余裕はない。ふり返ることなく車を発進させ、家に帰ると、ダイニングの仮オフィスを見ないようにして寝室に荷物を運んだ。

頭にあるのはひとつだけ――アニーと食事をすることだ。

〈モーニングライト・ケアセンター〉には家族と面会するための個室がある。デンバーを発《た》つ前に電話をして、そこで食事ができるように準備してもらった。

まだ時間があるので、ネットで新しい事務所用の店舗をさがし、五つの場所に目星をつけた。そのあと、妻との食事のために身支度をした。

さっとシャワーを浴びてひげを剃《そ》り、白いドレスシャツにブルーグレーのジャケットをはおり、ダークブルーのスラックスをはいた。途中でフラワーバスケットを買い、バスケットが倒れないように手で押さえながら車でセンターへ向かった。

バスケットを持ってセンターに入るころには、いつものように胃が重くなっていた。泣きつづけている女性や、死んだ息子をさがす男性のことが思い出される。そしてアニーと――意思というものが抜け落ちたようなアニーと、ふたたび向き合わなければならない。

受付のピンキーは帰り支度を整えていた。面会時間はすでに終わったが、チャーリーがアニーと食事をする予定なので、勤務時間を少し延長して到着を待っていてくれたのだった。

「こんばんは、ミスター・ドッジ。到着したことをスタッフに知らせます」

「ありがとう」チャーリーは記録簿に名前と時間を書いた。

「きれいなお花ですね。夕食の支度はできています。スタッフが奥様を連れてきますのでお待ちください」ピンキーはそう言ってチャーリーを個室に通した。「食事のあいだもスタッフが一緒にいたほうがいいですか?」

「いや、その必要はないと思うが……」

「奥様はもう自分で食事ができないので」

「私が食べさせるよ」

「そういうことでしたら大丈夫ですね。何かあれば壁についているボタンを押してください。食事が終わったときもボタンを押してくだされば、スタッフが奥様を迎えに来ます」

「わかった、ありがとう」チャーリーはうなずいた。ピンキーが部屋を出ていくのを見て、いよいよアニーとふたりきりになるのだと実感した。妻と水入らずになるのに、何を恐れる必要があるだろう? しかし、勝手にわいてくる不安はどうしようもなかった。

小さなダイニングテーブルに真っ白なテーブルクロスがかかっている。その上にフォークやスプーン、グラス、ナプキンが並べられていた。テーブルにフラワーバスケットを置いたチャーリーは、置かれたふたつの椅子の距離に気づいた。恋人たちのデートのように近い。

数分後、足音がして、スタッフがアニーの車椅子を押しながら入ってきた。アニーはレースのついた黄色いブラウスにベージュのパンツをはいて、髪をセットし、マニキュアまで塗ってもらっていた。

アニーは美しかった。その目はまっすぐチャーリーに向けられている。

「こんばんは、ミスター・ドッジ。アニーを椅子に移しますね」

「手伝いましょうか?」チャーリーは言った。アニーの体に腕をまわして、その感触を確かめたかった。

「いえ、ひとりで大丈夫ですよ」

スタッフがアニーの両手をつかみ、やさしく立たせて椅子に座らせるのを、チャーリーは一歩さがって見守った。スタッフがアニーの椅子を押してテーブルに寄せる。

「ちょうど食事が運ばれてきました」スタッフはそう言ってうしろにさがった。小さなカートに料理を盛った皿が並んでいる。グラスに飲みものが注《つ》がれ、料理とデザートがテーブルに並んだ。

チャーリーとアニーはふたりきりになった。

チャーリーは妻の細い腕に手を置いた。「こんばんは、アニー。今夜はとってもきれいだね。チャーリーだよ、わかるかい?　きみと食事をしに来た。ほら、おいしそうじゃないか。お腹が空いているといいんだが」

アニーが声のするほうへ顔を向けたので、聞こえていることはわかった。だが、反応はそれだけで、チャーリーがナプキンを襟に挟んでも、もう一枚のナプキンを膝に広げても、彼女は表情を変えなかった。

テーブルの料理は、ほとんど噛まなくてものみこめるものばかりだ。ミートローフに、グレービーのかかったマッシュポテト、つけ合わせのグリーンピース。デザートは小さな鉢に入ったフルーツコブラだ。熱い飲みものはない。ホットコーヒーで火傷《やけど》でもしたらたいへんだからだ。

チャーリーはいったんフォークを手にとってからテーブルに戻し、スプーンに変えた。料理が熱くないか確認してからマッシュポテトとグレービーをすくう。スプーンを口もとに運んでも、アニーは口を開かなかった。チャーリーはしばらく考えた。

「アニー、口を開けてごらん」そう言うと、アニーは口を開けた。スプーンを口に入れる。彼女が口を動かしているあいだにミートローフをすくい、ポテトをのみこんだのを確認してから口へ運ぶ。アニーはそれも食べた。次はグリーンピースだ。

チャーリーは自分が食べることを忘れて、妻に食事をさせた。

ふたりきりのディナー。思い描いていたロマンチックな時間とはほど遠かった。アニーと向き合ったチャーリーの頭にあるのは、彼女に栄養をとらせることだけだった。それでもようやくアニーのためにできることが見つかった。彼女の口に食事を運びながら、チャーリーはやさしく話しかけつづけた。

「ずっと会いたかったんだよ。きみがいないと、ぼくはぜんぜんだめだ」そう言って、今度は飲みものを口もとへ持っていく。「こんなことになって本当に残念だ。私立探偵という仕事についているのに……犯罪を解決して、クライアントのために失ったものをとりもどすのがぼくの仕事なのに、いちばん大事なきみをとりもどせずにいる。世界でいちばん大事な人を。神様に不公平だと何度も抗議したけど、聞いてはもらえなかった」

デザートを食べさせているとき、アニーが突然食べるのをやめた。それ以上は何を言っても頑として口を開けようとしない。飲みものも受けつけない。

チャーリーは彼女のほうへ体を寄せ、頬にキスをした。「もういらないんだね？　わかったよ。今日の食事がぼくにとってどれほど貴重な体験だったか、忘れないでほしい。愛しているよ、アニー。心から」

チャーリーはボタンを押してアニーの椅子のうしろに立ち、両肩に手を置いてスタッフを待った。ふと、何かが肌をかすめた気がして視線を落とす。アニーが頭を傾けて、彼の手に頬をつけていた。

チャーリーは胸がいっぱいになって、アニーの前にまわって膝をつき、自分を愛してくれた女性の面影を求めて大きな瞳をのぞきこんだ。

その瞳には何も映っていない。

「ああ、アニー、大切なアニー……きみがそこにいることはわかっている。愛しているよ」

スタッフが入ってきて、ふたりきりの時間は終わった。

ひとりがアニーを車椅子に移して連れていき、もうひとりが食事の片づけを始める。

「ミスター・ドッジ、このお花はどうしましょう？」

「アニーの部屋には飾れないんだろう？」

「残念ですが。水が床にこぼれたり、誤って花を口に入れてしまったりすると危険ですから」

チャーリーはうなずいた。「わかった。好きに処分してくれて構わない。今日はありがとう」

「どういたしまして。もうお帰りになりますか？」

チャーリーはうなずいた。

「玄関までお送りします」

「ここがこんなに静かなのは初めてだ」廊下を引き返しながら、チャーリーは言った。

「日が落ちると不安定になる患者さんが多くて、安定剤をのませるんです」スタッフはそう言って、ロビーに続くドアにＩＤカードを通した。ドアが開いてロビーに出ると、玄関のドアにもカードを通す。

「お気をつけてお帰りください」

チャーリーは礼を言って車に戻った。

太陽が沈み、夜が駆け足で世界をおおっていく。駐車場の照明も点灯した。エンジンの音、サイレンやクラクション、大音量の音楽——遠くから、街の音が響いてくる。

ひとりの家に帰る時間だ。

だが今夜、チャーリーの胸には小さな喜びがあった。ほんの一瞬ではあったけれど、アニーが戻ってきてくれた。

チャーリーを覚えていてくれるアニーが。

それだけで充分だった。


ダラスに戻ったワイリックには、早急に片づけるべき個人的な仕事があった。飛行場からの帰り道、バックミラーに目を配りながら運転する。マーリンの屋敷へ続く私道へ入ったところで安堵《あんど》のため息をもらした。

マーリンはポーチに座っていた。ヘッドフォンをして、グラスを手にしている。オーディオブックを聴いているにちがいない。

ワイリックは速度を落としてクラクションを鳴らし、帰ってきたことを伝えた。マーリンが手をふる。ワイリックはそのまま屋敷の裏手に車をまわした。

荷物をすべて運ぶのに、車と部屋を二往復しなければならなかった。それからドアに鍵をかける。

いつもどおり、まずは部屋のなかをチェックして、監視カメラや盗聴器がないことを確認する。それから荷物をほどいて、クリーニングに出す服をまとめ、残りを洗濯機に入れた。

食べものの入ったバスケットの中身をのぞいているとき、チャーリーのことを思い出してちくりと胸が痛んだ。ダンレーヴィー家を出た瞬間から露骨にいやな態度をとってしまった。それ以外に彼と距離を置く方法がわからなかったのだ。

ああいう態度をとるのはこれが初めてではないし、最後でもないだろう。だいいちチャーリーにはアニーがいる。仕事さえきちんとこなしていれば、愛想が悪くても彼は気にしないはずだ。

片づけが終わってからパソコンの前に座り、二十五個あるファイルのひとつを開いた。それぞれにサブフォルダーがいくつもあり、そのすべてがワイリックの書いたオリジナルプログラムだ。そしてすべてのプログラムは〈ユニバーサル・セオラム〉を標的にしていた。

何年も前から、いつかけじめをつけなければならない時が来ることはわかっていた。潮時だと悟ったのはマック・ドゥーリンの件があったからだ。デンバーにいるあいだも、家に帰ったらプログラムを実行しようと決めていた。

時刻を確認する。〈ユニバーサル・セオラム〉がある地域との時差は一時間。つまり向こうでは、ちょうど社員たちがランチを終えるころだ。会議中の人もいるだろうし、ラボで新たなワイリックをつくろうとしている人もいるだろう。

ワイリックは彼らの正体を知っていた。一緒に会議に出席して、彼らの顔を見て、話していることを聞いた。彼らの目的を理解していた。

彼らが見誤ったのは、ワイリックがどこまで理解しているかということと、彼女に何ができるかということ。

あの組織で働いているあいだずっと、ワイリックはわざとプロジェクトの完成を引きのばし、たびたび失敗をした。成功させるのは人類にとって害のないプロジェクトだけにした。

がんになって組織に見限られたとき、ワイリックは逃げるチャンスを得た。逃げたところで、すぐのたれ死ぬかもしれない。だが生きのびて、自由になれるかもしれない。ワイリックは自由に賭けた。

だが、それも終わりだ。

組織はワイリックを追いつめて、攻撃してきた。

ワイリックは最初のプログラムを開き、躊躇《ちゅうちょ》することなく送信をクリックした。次のファイルも、次のファイルも同じようにする。それから三時間、ワイリックはファイルを開いては送信することを繰り返した。

リッチモンドは晴れてあたたかかった。この季節のバージニア州は晴天が多い。サイラス・パークスはビジネスランチが終わってオフィスに戻ってきたところで、ジェイド・ワイリックの居場所をつきとめるために新たな手を打とうとしていた。ドゥーリンが消えたあと、ふたりの男を派遣したが、どちらも途中で棄権した。ジェイドに何かされたのだろうか？　しかし、彼女はそれほど危険ではないはずだ。

サイラスがまだ考えているとき、急にパソコンの画面が真っ暗になった。オフィスの照明も消える。受話器をとって管理部に電話をしようとしたが、電話も不通だった。デスクの上を手さぐりして携帯を見つけたときはほっとした。携帯をライト代わりに使えるからだ。しかし、開いた携帯は圏外になっていた。

ひょっとしてこれは、単なる停電ではないかもしれない。組織に対する攻撃だろうか。中国の会社と特許に関して争っている最中なので、妨害工作の線もありえる。

警備上の理由から、〈ユニバーサル・セオラム〉のビルには窓がほとんどなく、電気が消えると昼間でも暗い。サイラスはつまずきながら廊下へ出た。あちこちから叫び声が聞こえてくる。悲鳴や悪態も聞こえた。みんなが暗闇のなかで避難を始めたようだ。

秘書の声がした。「ミスター・パークス！　ミスター・パークス！」

「ここにいる！」サイラスは応えた。「壁に沿ってエレベーターまで行け」

「エレベーターは動いていません。停電になったとき、ちょうどエレベーターを降りたところだったのでわかります」

「きみの携帯は使えるか？」

「いいえ」秘書の声がうわずった。「怖いです。世界はこのまま闇に包まれるのですか？　教会でそういう話をよく聞きますし」

「私にも何が起きているかはわからない。とにかく階段で下へおりるしかないな」

「そんな！　ここは十四階ですよ」秘書が泣きそうな声で言う。

「だが、暗闇にいても仕方がないだろう。〈ユニバーサル・セオラム〉が攻撃を受けているのかもしれない」

サイラスと秘書は壁に手をつき、ほかの社員と合流しながら階段を目指した。本社ビルは巨大で、従業員は何千人もいる。階段はすでに人でいっぱいで、階段室に入ったあともなかなか下におりられなかった。

結局、外に出るだけで一時間以上かかった。駐車場を目指す人々と一緒にビルから押しだされたサイラスは、汗だくで膝を震わせながら新鮮な空気を吸いこんだ。よろよろと車まで歩き、車のエンジンまでかからなかったらどうすればいいだろうと半ば恐れながらキーをまわす。幸いエンジンはかかったが、車の電話も使えなかった。この分では家の通信機器も無事かどうかわからない。

短いドライブのあとで自宅の私道に車を入れる。リモコンでガレージの扉を開けようとしたが、扉はびくともしなかった。

「くそっ！　いったいどうなっているんだ？」サイラスはうめいた。「いったい誰の仕業だ？」

鍵を使って家に入ると、恐れていたとおり、自宅のパソコンも起動しなかった。テレビのスイッチを入れて、映像が映ったことに胸をなでおろし、近くの椅子に腰をおろしてリモコンで音量をあげる。テレビをこんなに頼もしいと思ったのは初めてだった。

五分もしないうちに放映中の番組が中断されて速報が流れた。〈ユニバーサル・セオラム〉に関するニュースだ。本社ビルで大規模なシャットダウンが起きたが、原因はまだわからないという内容だった。続いて、オランダ支社と大阪支社の速報が入った。本社と同じように、突然すべての電源が落ちたという。サイラスは茫然とテレビを見つめた。アラスカの研究所も、サンフランシスコの技術センターもダウンしたらしい。次から次へと、〈ユニバーサル・セオラム〉にかかわるあらゆる施設が機能を停止していることが判明した。

背筋が寒くなった。こんなことができるのはいったいどれほど大きい組織なのだろう？中国に味方している国があるのだろうか？　数カ国が連合して〈ユニバーサル・セオラム〉をつぶそうとしているのだろうか？

結局、最初の日は何もわからないまま終わった。翌日は苦労して支社の責任者となんとか連絡をとったが、解決策は見つからなかった。原因がわからないまま三日目の朝を迎えた。現時点でいったい何百万ドル分の研究やリソースが失われたことか……。サイラスはどん底に突き落とされた気分だった。

携帯がメールの受信を告げる。携帯が使えるようになったのだ。サイラスは送信者を確かめもせずにメールを開いた。

〝この三日間のことは警告だ。わたしに構うな。この次はあんたと、あんたが所有するすべてを破壊する〟

サイラスが驚きに瞬《まばた》きもできないでいるうちに、メールは消えた。だが携帯の電波は立っている。オフィスに駆けこむと、パソコンが復旧していた。

メールが消える寸前、送信者名にジェイド・ワイリックとあったのが見えた。しかしジェイドにこんなことができるわけがない。そんな能力があるはずがないのだ、ぜったいに――。

そのときサイラスは気づいた。ジェイドが意図的に本来の能力を隠していたのかもしれないという事実に。自分が組織の実験台にされたことを知って憤り、何年もじっと息をひそめて、ひたすら逃げるチャンスをうかがっていたのかもしれない。

ジェイドの乳がんがわかって、たった六週間でステージⅡからⅣになったとき、彼女はもう終わりだと思った。ところがそのあと、ジェイドは奇跡的な回復を見せた。医師たちがありったけの薬を投与し、化学療法をやったことは事実だ。それでもサイラスたちは、奇跡の裏に遺伝子操作の影響があったのではないかと考えた。だからジェイドをとりもどそうとした。

自分たちはひょっとして、とんでもない化けものを生みだしてしまったのかもしれない。

訳者あとがき

初めて原書を読んだとき「これ、めちゃくちゃおもしろいんですけど、mirabooksでいいんですか?」と編集者に質問した一冊が、無事に刊行となり感無量です。

なぜそんな質問をしたのかというと、ストーリーは本格的な探偵ものだし、少女まんが級のときめきはありつつも、ヒーローとヒロインは手もつながないから。よってホットなラブシーンを期待する読者には物足りないかもしれません。でも、大人の切ないロマンスを求めている読者はドはまりすると思います。かくいう訳者もはまりました。早くふたりのその後が知りたい!

ヒーローのチャーリー・ドッジはダラスでも評判の私立探偵。元陸軍レンジャー部隊所属で、アフガニスタンに従軍経験もあり、長身で鍛えあげられた肉体と高いプロ意識の持ち主です。既婚者ですが、妻のアニーは若年性アルツハイマーで三年前から施設に入っています。夫すら認識できなくなった妻をひたむきに愛し、支えるチャーリーは、プライベートの孤独を埋め合わせるように仕事にのめりこむ日々を送っています。チャーリーのいちばんの魅力は、いわゆるスーパーマンではないところ。依頼人や警察を含めた事件関係者とのやりとりは、カリスマ探偵というよりもたしかな技術を持った職人です。昨今は探偵の仕事もパソコン作業なしではすまされませんが、「むかしながらの張り込み捜査が懐かしいよ。椅子に座ってパソコン画面ばかり眺めているのは精神衛生上よくない」なんてちょっとおじさんぽい発言もあり、かわいいなあと思いました。

対するヒロインのジェイド・ワイリックは正真正銘のスーパーウーマン。ハイヒールをはくと百八十センチを超える長身に、スキンヘッド（!）。眉も、胸もありません。なぜならワイリックは乳がんのサバイバーだからです。乳房の再建手術をする代わりに、あざやかなドラゴンのタトゥーを全身に入れるぶっ飛んだところもあります。さらに、ここからがふつうの探偵ものとは一線を画すところなのですが、ワイリックは〈ユニバーサル・セオラム〉という巨大シンクタンクが、遺伝子操作で生みだした文字どおりの〝超人類〟なのです。ずば抜けたＩＱを有し、ネットワークに精通し、プログラミングもヘリの操縦もできます。でも彼女の心は……？　チャーリーに対する淡い思いを表に出さないように、必死で強がるふつうの女性で、そのギャップがなんとも切ない。がんで余命宣告を受けたときに組織から見放されたワイリックは、苦しい治療に耐えて命をつなぎ、初めて自由を手に入れました。彼女が生きのびたことを知って、組織はワイリックをとりもどそうとしますが、彼女は誰にも助けを求めず、自由のために闘います。

この本の魅力を語りだすと、とてもあとがきのページ内では収まりません。チャーリーへの今回の依頼は失踪したデンバーの大富豪を見つけることですが、失踪事件そのものも読みごたえがあるし、事件の関係者も個性的で、生き生きとしています。またハードボイルドの探偵ものではつい食事に注目してしまう訳者ですが（濃いコーヒーとか、厚いベーコンの挟まったハンバーガーとか、ヒーローみずからがつくったオムレツとか……日常の食べものからその人の生活のにおいが立ちのぼってくるので）、本書に出てくる食べものはどれもおいしそうです。

ワイリックがチャーリーに対する気持ちを自覚し、抑えようとする一方で、チャーリーはまだ、自分のなかに芽生えた静かな情熱に気づいていません。そんなふたりの視線の動きや、ちょっとした会話が、実際に体をふれ合わせるよりもずっとロマンチックで、読みながら身もだえすること請け合いです。

シャロン・サラの新境地をどうぞ、お楽しみください！

二〇二〇年四月

岡本　香